LES YEUX BANDÉS

Titre original :
The Blindfold
Editeur original :
Poseidon Press, New York

ISBN 2-7427-0712-3

Photographie de couverture :
Garim Baker

SIRI HUSTVEDT

LES YEUX BANDÉS

roman traduit de l'américain
par Christine Le Bœuf

BABEL

à Paul Auster

UN

Maintenant encore, je crois parfois l'apercevoir dans la rue, ou debout devant une fenêtre, ou penché sur un livre dans un café. Et pendant un instant, avant de comprendre qu'il s'agit de quelqu'un d'autre, je sens mon cœur se serrer et je perds le souffle.

Il y a huit ans que je l'ai rencontré. Je préparais alors un doctorat à l'université de Columbia. Il faisait très chaud cet été-là, et je passais bien des nuits sans sommeil. Couchée dans mon deux-pièces de la 109e rue ouest, je veillais en écoutant les bruits de la ville. Je lisais, écrivais et fumais jusqu'au matin, mais certaines nuits, trop accablée par la chaleur pour travailler, j'observais mes voisins. De mon lit, par ma fenêtre à barreaux, mon regard plongeait, à travers l'étroit puits d'aération, dans l'appartement d'en face et je voyais les deux hommes qui habitaient là errer d'une chambre à l'autre, à demi dévêtus dans l'atmosphère étouffante. Un jour de juillet, peu de temps avant ma rencontre avec Mr. Morning, l'un d'eux se mit nu à la fenêtre. Il faisait sombre, et il resta là longtemps, debout, le corps éclairé par une lampe jaune derrière lui. L'obscurité de ma chambre me dissimulait, et il ne soupçonnait pas ma présence. C'était deux mois après que Stephen m'avait quittée, et je pensais à lui sans cesse, en m'agitant dans les draps humides, sans jamais trouver le confort, jamais le soulagement.

Pendant la journée, je cherchais du travail. En juin, j'avais fait des recherches pour un historien de la médecine. Cinq jours par semaine, installée dans la salle de lecture de l'Académie de médecine, 103e rue est, j'y remplissais des fiches de renseignements sur les grandes maladies – la peste bubonique, la lèpre, la grippe, la syphilis, la tuberculose – ainsi que sur des affections plus obscures dont je ne me souviens qu'à cause de leurs noms – le pian, le muguet, la chlorose des jeunes filles, la sidérose, les pierres de pitié et la dengue. Le docteur Rosenberg, un octogénaire qui parlait et se mouvait avec une extrême lenteur, me payait six dollars l'heure pour remplir ces fiches, et bien que je n'aie jamais compris ce qu'il en faisait, je ne le lui demandai pas, craignant qu'une explication ne nous prît des heures. Ce travail s'acheva lorsque mon employeur partit pour l'Italie. Comme étudiante, j'avais toujours été pauvre, mais les vacances du docteur Rosenberg me firent toucher au désespoir. Je n'avais pas payé mon loyer de juillet, et je n'avais pas d'argent pour le mois d'août. Chaque jour, j'allais consulter, dans le bâtiment de philosophie, le panneau où étaient affichées les offres d'emploi, mais quand j'arrivais elles avaient déjà été enlevées. Pourtant, c'est ainsi que je trouvai Mr. Morning. Une petite annonce rédigée à la main indiquait : "On demande assistant pour recherches concernant projet déjà en chantier. De préférence étudiant en littérature. Herbert B. Morning." Un numéro de téléphone figurait sous le nom, et j'appelai aussitôt. Avant que j'aie pu me présenter convenablement, une belle voix d'homme m'indiqua une adresse sur Amsterdam Avenue et me dit d'y venir dès que possible.

Il faisait brumeux ce jour-là, mais le soleil était aveuglant et je clignais des yeux dans la lumière lorsque je franchis la porte de l'immeuble à appartements bon marché où habitait Mr. Morning. L'ascenseur ne fonctionnait pas, et je me souviens d'avoir transpiré en montant l'escalier jusqu'au quatrième étage. Je vois encore son visage intense sur le seuil. C'était un homme très pâle, avec un beau grand nez. En respirant à grand bruit, il m'ouvrit la porte et m'introduisit dans une petite pièce renfermée qui sentait le chat. Les murs étaient tapissés de rayonnages chargés de livres, et d'autres livres s'entassaient en tours penchées par toute la chambre. Il y avait aussi de hautes piles de journaux et de magazines et, sous une fenêtre aux stores soigneusement baissés, un fouillis de vieux vêtements ou de chiffons. Au centre de la pièce se dressait un bureau massif en bois sur lequel étaient posées une douzaine de boîtes de tailles diverses. A côté, un lit étroit aux draps froissés, jonchés d'autres livres encore. Mr. Morning s'installa à son bureau et je m'assis en face de lui dans un vieux fauteuil pliant. Un mince rayon de lumière se faufilait à travers une déchirure du store jusqu'au plancher, entre nous, et j'y voyais danser la poussière.

Je fumais, contribuant à embrumer l'atmosphère, et j'observai la peau de son cou ; elle était d'une blancheur lunaire. Il me déclara qu'il était content que je sois venue puis se tut. Sans le moindre semblant de réserve, il me dévisageait, détaillait du regard mon corps entier. Je ne sais pas si cet examen était libertin ou simplement curieux, mais je me sentis agressée et me détournai de lui, et lorsqu'il me demanda mon nom je mentis. Je mentis tout de go, sans hésitation, et m'inventai un nouveau patronyme : Davidsen. Je devins Iris Davidsen. C'était un acte défensif, une façon de me protéger d'un danger indéfini, mais par la suite ce faux nom m'a hantée ; il semble qu'il m'ait suivie partout, me faisant dévier de mon chemin et modifiant étrangement mon univers pendant quelque temps. Quand j'y repense à présent, je vois dans ce mensonge le commencement de l'histoire, une sorte d'introduction à mon malaise. Tout ce que je lui racontai d'autre était vrai – sur mes parents et mes sœurs dans le Minnesota, sur mes études de littérature anglaise du XIXe, sur les travaux de recherche que j'avais effectués, même mon numéro de téléphone. Tandis que je parlais, il me souriait, et je me disais : C'est un sourire d'intimité, comme s'il me connaissait depuis des années.

Il m'expliqua qu'il était écrivain, qu'il gagnait sa vie en écrivant dans des magazines. J'écris sur n'importe quoi, pour tous les goûts, me dit-il. J'ai écrit dans *Field and Stream*, *House and Garden*, *True Confessions*, *True Detective*, *Reader's Digest*. J'ai écrit des nouvelles, un roman d'espionnage, des poèmes, des essais, des critiques – j'ai même un jour rédigé un catalogue d'art. Il fit une grimace et agita un bras. "Les toiles rythmiques de Stanley Rubin révèlent une dette envers le maniérisme – Pontormo, en particulier. Les longues formes ondulantes font allusion à…" Il rit. Et je publie rarement sous le même nom.

— Alors vous ne prenez pas position ?

— J'écris dans toutes les positions, Miss Davidsen, le plus souvent assis, parfois debout. Au XVIIIe siècle, il était courant d'écrire debout – devant une écritoire. Thomas Wolfe écrivait debout.

— Ce n'est pas tout à fait ce que je voulais dire.

— Non, bien sûr que non. Mais, voyez-vous, il est impensable qu'Herbert B. Morning écrive pour *True Confessions*, tandis que Fern Luce peut le faire. C'est aussi simple que ça.

— Ça vous amuse de porter des masques ?

— J'adore ça. Ça donne à ma vie de la couleur et du danger.

— Danger n'est pas un peu exagéré ?

— Je ne crois pas. Rien n'est hors de ma portée du moment que j'adopte le nom approprié à chaque œuvre. Ça n'a rien d'arbitraire. Il faut un don, du génie, si je puis le dire moi-même, pour trouver le pseudonyme qui suscitera l'homme ou la femme convenant à une entreprise. C'est Dewitt L. Parker qui a fait ce catalogue d'art, par exemple, et Martin Blame est l'auteur du roman d'espionnage. Cependant, il y a des risques. Même les projets les plus soigneusement élaborés peuvent mal tourner. Il est impossible de savoir avec certitude qui se cache sous les noms de plume que je choisis.

— Je vois, dis-je. Dans ce cas, je devrais sans doute vous demander qui vous êtes en ce moment.

— Vous avez le privilège, ma chère, d'avoir affaire à Herbert B. Morning lui-même, débarrassé de toute autre personnalité.

— Et en quoi Mr. Morning a-t-il besoin d'assistance ?

— Pour une sorte de biographie, dit-il. Pour un travail consacré à l'attirail de l'existence, à ses pièces et à ses morceaux, à ses trésors et à ses déchets. J'ai besoin de la libre réaction de quelqu'un comme vous aux objets en question. J'ai besoin d'une oreille et d'un œil, d'un scribe et d'une voix, d'un Vendredi pour chaque jour de la semaine, de quelqu'un de vif et de sensible. Voyez-vous, je suis en train de sonder l'essence même du monde inanimé. On pourrait dire qu'il s'agit d'une anthropologie du présent.

Je le priai de me donner plus de détails sur ce travail.

— Ça a commencé il y a trois ans, quand elle est morte.

Il se tut, comme pour réfléchir.

— Une jeune fille – une jeune femme. Je la connaissais, mais pas très bien. Quoi qu'il en soit, après sa mort, je me suis retrouvé en possession d'un certain nombre d'objets qui lui avaient appartenu, des objets ordinaires, quotidiens. Je les avais chez moi, ceci et cela, ici et là, des objets perdus, abandonnés, muets, mais pas morts. Ça, c'était capital. Ils n'étaient pas morts, pas dans le sens où nous considérons d'habitude les objets comme dépourvus de vie. Ils paraissaient chargés d'une sorte de pouvoir. Par moments, je les sentais presque bouger, et puis après plusieurs semaines, j'ai remarqué qu'ils semblaient perdre cette vivacité, qu'ils semblaient faire retraite dans leur nature d'objets. Alors je les ai mis en boîtes.

— Mis en boîtes ?

— Je les ai rangés dans des boîtes afin de les conserver à l'abri de l'ici et du maintenant. Je suis persuadé que ces objets portent son empreinte – la marque d'un corps tiède, vivant dans l'univers. Et bien que j'aie tenté de les mettre à l'abri, ils se refroidissent. Je le sens. Ça fait trop longtemps, mon travail est donc urgent. Il faut que j'agisse vite. Je vous paierai soixante dollars par objet.

— Par objet ? Je transpirais sur mon siège, et je réajustai ma position en tirant ma jupe sous mes jambes, qui me parurent étrangement fraîches au toucher.

— Je vais vous expliquer, dit-il. Il prit un petit enregistreur dans un tiroir de son bureau et le poussa vers moi. Ecoutez ceci d'abord. Ça vous dira presque tout ce que vous devez savoir. Pendant que vous écoutez, je vais sortir de la pièce.

Il se leva de son siège et se dirigea vers une porte. Un gros chat jaune surgit de derrière une caisse et le suivit.

— Poussez sur *play*, me recommanda-t-il, puis il disparut.

En me saisissant de l'appareil, je remarquai quelques mots griffonnés sur un bloc-notes, juste à côté : “une main de femme”. Ces mots paraissaient importants, et je m'en souviens comme s'il s'était agi de mots de passe vers une vie souterraine. Quand je fis démarrer la bande, une voix de femme chuchota : “Ceci appartenait à la défunte. C'est un drap blanc pour un lit d'une personne…” Suivait une laborieuse description du drap. Elle comprenait la moindre tache, la plus minuscule décoloration, la texture du coton usé et même l'étiquette dont l'inscription avait été effacée par les lavages répétés. Elle durait dix minutes environ ; le discours entier était prononcé sur ce ton étrange, à mi-voix. En soi, la description était fastidieuse, et pourtant je l'écoutai dans l'expectative, imaginant que les mots révéleraient bientôt autre chose que le drap. Il n'en fut rien. A la fin de la bande, je regardai vers la porte derrière laquelle Mr. Morning s'était caché et je vis qu'elle était entrebâillée et qu'il avait passé la moitié du visage dans l'ouverture. Il se trouvait à contre-jour et je ne voyais pas bien ses traits, mais ses cheveux pâles brillaient au-dessus de sa tête, et je l'entendis de nouveau respirer avec difficulté tandis qu'il marchait vers moi. Il tendit la main vers la mienne. Sans y réfléchir, je la retirai.

— Vous voulez des descriptions des affaires de cette fille, c'est ça ? (J'entendais la tension et le formalisme de ma voix.) Je ne comprends pas le rapport entre une description enregistrée et votre projet dans son ensemble, ni pourquoi cette femme chuchotait.

— Le chuchotement est capital, parce que la voix humaine dans sa plénitude est trop personnelle, trop marquée par sa propre histoire. Je recherche l'anonymat afin que rien n'empêche la pureté de l'objet de passer, de se manifester dans sa nudité. Un chuchotement est sans caractère.

L'entreprise paraissait bizarre jusqu'à la folie, mais elle m'attirait. Le hasard m'avait offert cette petite aventure, et j'étais contente. Il me semblait aussi que, sous leur excentricité, les idées de Mr. Morning possédaient une sorte de logique insolite. Ses commentaires sur le chuchotement, par exemple, avaient un sens.

— Pourquoi n'écrivez-vous pas les descriptions ? demandai-je. Ainsi aucune voix ne viendrait interférer avec l'anonymat que vous désirez.

J'observais attentivement son visage. Il se pencha par-dessus le bureau en me regardant en face.

— Parce qu'ainsi, répondit-il, on n'a pas de présence vivante, aucune force capable de provoquer un éveil.

Je me déplaçai de nouveau sur mon siège, en contemplant le tas de loques sous la fenêtre.

— Qu'entendez-vous par éveil ?

— Je veux dire que les objets en question tendent à s'animer lorsqu'on les scrute, que tout muets qu'ils sont, ils peuvent néanmoins témoigner des mystères humains.

— Vous voulez dire que ce sont des indices de la vie de cette fille ? Il n'y aurait pas une manière plus directe de se procurer des renseignements biographiques ?

— Pas pour le genre de biographie qui m'intéresse.

Il me sourit, en ouvrant la bouche cette fois, et j'admirai ses grandes dents blanches. Il n'est pas vieux, pensai-je, même pas la cinquantaine. Il se pencha pour ramasser une boîte bleue sur le sol – une boîte de grand magasin, de taille moyenne – et me la passa.

Je soulevai le couvercle.

— Pas maintenant ! cria-t-il presque. Pas ici !

Je remis le couvercle en place.

— Chez vous, quand vous serez seule. L'objet doit demeurer emballé et dans la boîte sauf quand vous travaillez. Etudiez-le. Décrivez-le. Laissez-le vous parler. J'ai également pour vous un enregistreur et une cassette neuve. Ah, oui, et vous devez commencer vos descriptions par les mots : "Ceci appartenait à la défunte." Pourrez-vous me faire ça pour après-demain ?

Je lui dis que je pouvais et, sortant de chez lui avec ma boîte et mon enregistreur, me hâtai de retrouver la lumière du jour. Je m'éloignai de l'immeuble d'un pas rapide et ce n'est qu'après avoir tourné le coin, quand je fus certaine qu'il ne pouvait me voir de sa fenêtre, que je regardai dans la boîte. Dedans, un gant blanc plutôt sale reposait sur un lit de papier de soie.

Je ne rentrai pas tout de suite chez moi. Fuyant la chaleur, j'allai m'asseoir dans un café climatisé où je passai plusieurs heures à griffonner des notes pour moi-même à propos du gant et à calculer le nombre d'objets qu'il me faudrait décrire avant de pouvoir payer mon loyer. J'imaginais mes descriptions : des compositions concises, élégantes, petits exercices littéraires fondés sur une sorte de positivisme attardé datant du XIXe siècle. Dans l'immédiat, je décidai de faire comme si le verbe pouvait réellement saisir l'objet. Je bus du café et mangeai une brioche au sucre ; j'étais heureuse.

Mais le soir, quand je posai le gant à côté de ma machine à écrire afin de me mettre à l'ouvrage, il me parut changé. Je le touchai, j'en tâtai la laine pelucheuse et puis, très lentement, je l'enfilai sur ma main gauche. Il était trop petit pour mes longs doigts et ne me couvrait pas le poignet. En le regardant, j'eus le sentiment inexplicable d'avoir vu le même gant sur une autre main. Je me mis à tirer brusquement sur ses doigts jusqu'à ce qu'il vole par terre. Je le laissai là plusieurs minutes, je n'avais pas envie d'y toucher. Cette petite main de laine maculée et éraflée me paraissait effrayante, objet échoué et vide, à la fois inepte et cruel. Finalement, je le ramassai et le fourrai dans sa boîte. Il n'y aurait pas de description avant le lendemain. Il faisait trop chaud. J'étais trop lasse, trop nerveuse. Je me mis au lit près de la fenêtre ouverte ; l'air stagnait, immobile. Je touchai ma peau moite et jetai un regard à l'appartement d'en face, mais ses deux occupants dormaient et leurs fenêtres étaient noires. Avant de céder au sommeil, je portai la boîte dans l'autre pièce.

Ce fut cette nuit-là que commencèrent les hurlements. Le bruit me réveilla, mais je ne pus l'identifier et pensai d'abord qu'il s'agissait des feulements de chats en folie, comme j'en avais entendu depuis le début de l'été. Mais c'était une voix de femme, un long gémissement guttural qui s'achevait en grondant. Arrête ! Je te déteste ! Je te déteste ! répétait-elle sans cesse. Je me raidis et me demandai s'il fallait appeler la police ; longtemps, j'attendis en écoutant. Par une fenêtre, quelqu'un cria : La ferme ! et cela s'arrêta. Je me remis à attendre, mais c'était fini. Je mouillai une serviette à l'eau froide et m'en frottai le cou, les bras et le visage. Je pensai alors à Stephen, tel que je l'avais vu souvent, à son bureau, la tête légèrement détournée, ses grands yeux baissés vers ses papiers. Ça, c'était quand son corps me paraissait encore enchanté ; il possédait une force contre laquelle je m'étais débattue avec rage pendant des mois. Plus tard, l'enchantement s'était dissipé, et il était tombé dans une banalité que je n'aurais jamais crue possible.

Le lendemain matin je recommençai. Sur la table de la cuisine, à la lumière du jour, la boîte avait retrouvé son innocence première. En me servant des notes prises dans le café, je travaillai avec régularité, mais c'était difficile. J'examinais attentivement le gant, en m'efforçant de me rappeler les mots désignant ses différentes parties, sa texture et la couleur de ses taches. Je remarquai que le bout de l'index était noirci, comme si sa propriétaire avait laissé traîner son doigt sur une surface sale. Elle était sans doute gauchère, pensai-je, c'est un geste de la main la plus utilisée. Une jeune fille parcourant du doigt une barrière du métro. L'image fit tressaillir ma mémoire : "une main de femme". Ces mots pouvaient évoquer sa main, sa main gantée ou le gant lui-même. La coïncidence paraissait chargée de sens, et pourtant elle n'éveillait rien en moi qu'un sentiment de culpabilité. Je poussai plus loin la description, mais plus j'écrivais, plus je donnais de précisions quant aux caractéristiques du gant, et plus celui-ci devenait lointain. Au lieu de le fixer à la lumière de l'exactitude scientifique, l'abondance de détails le faisait disparaître. En fait, ma description minutieuse de ses décolorations, de ses traces d'usure, de ses peluches, de ses fils brisés et de sa paume distendue me paraissait sans rapport avec la pauvre petite chose que j'avais sous les yeux.

Dans la soirée, après avoir revu mon texte, j'en fis la lecture dans l'enregistreur. Chuchoter m'ennuyait ; cela rendait les mots clandestins, étrangers, et quand j'écoutai la bande je ne reconnus pas ma propre voix. On aurait dit le zézaiement d'un enfant précoce en train de réciter des absurdités dans un coin invisible de la pièce, et en l'entendant je rougis d'une honte que je ne comprends toujours pas.

Plus tard, je fus de nouveau réveillée par les hurlements mais, de nouveau, ils s'arrêtèrent au bout de quelques minutes. Cette fois je ne réussis pas à me rendormir et je restai éveillée pendant des heures, en proie à un vague tourment, le cerveau encombré d'images éparses d'épuisement et de chaleur.

Mr. Morning ne réagit pas tout de suite à mon coup de sonnette. J'avais pressé le bouton trois fois et m'apprêtais à repartir quand je l'entendis arriver en traînant les pieds. Il s'arrêta sur le seuil, me regarda droit dans les yeux et sourit. Surprise par la beauté de son sourire, je me détournai. Il s'excusa de m'avoir fait attendre, sans donner d'explication. Ce jour-là, l'appartement me parut plus chaotique que lors de ma première visite ; le bureau en particulier était un fouillis de papiers et de boîtes. Il me demanda la cassette ; je la lui remis, puis il me fit sortir de la pièce en me poussant doucement par la porte derrière laquelle il s'était caché la fois précédente.

Je me trouvai dans la cuisine, une petite pièce encore plus chaude et malodorante que l'autre. Je vis un peu de vaisselle sale dans l'évier, plusieurs livres empilés sur le buffet, et une grande boîte blanche. De la chambre voisine, je parvenais tout juste à entendre l'enregistrement, ma voix feutrée qui psalmodiait les particularités du gant. Je feuilletai un ou deux livres – un atlas mondial et un petit volume de *The Cloud of Unknowing* * – mais en vérité c'était la boîte qui m'intéressait. Je m'en approchai. Les angles du couvercle semblaient usés, comme s'il avait été ouvert souvent ; il était fixé sur deux côtés au moyen de papier adhésif. Je passai un doigt sur la bande pour voir si je pourrais la décoller. Je tentai de glisser l'ongle sous la pellicule jaunie, mais je ne réussis qu'à la plisser et à la déchirer et je renonçai, puis essayai de l'autre côté. J'avais la tête penchée sur la boîte quand j'entendis venir Mr. Morning, et je m'écartai d'un bond en faisant involontairement tomber la boîte. Je pus la remettre à sa place avant qu'il franchisse la porte. Je ne sais toujours pas s'il avait vu ou non mes mains s'en écarter précipitamment, mais quand elle était tombée, ce qui se trouvait dedans avait brinquebalé avec un grand bruit creux, et il avait dû l'entendre. Pourtant, il ne dit rien.

Nous retournâmes nous asseoir dans l'autre pièce. Il me regardait, et je me souviens d'avoir pensé que son regard avait une force singulière et qu'il paraissait cligner des yeux moins souvent que la plupart des gens.

* Vieux texte mystique anonyme. *(N.d.T.)*

— Ça allait, l'enregistrement ? demandai-je.

— Bien, répondit-il, mais il y a un aspect de la chose que vous avez oublié de décrire, et je crois qu'il est important.

— Qu'est-ce que c'est ?

— L'odeur.

— Je n'y ai pas pensé, dis-je.

— Non, fit-il, peu de gens y pensent et cependant, sans son odeur, un objet perd son identité ; l'absence d'odeur affaiblit votre description, elle la prive d'une dimension. Chaque objet possède son odeur propre et porte aussi l'odeur d'un lieu. Cela peut être très précieux dans une enquête.

— Comment ? Je criai presque.

Il se tut un instant en fixant la fenêtre.

— Par l'évocation d'une chose essentielle, une chose qu'on n'avait pas encore remarquée, un lieu, un moment, un mot. Pensez simplement à tout ce qu'on oublie dans des placards et des greniers, aux moisissures, à la poussière, aux cadavres d'insectes desséchés et écrasés – ces odeurs laissent des traces. Les malles de ma mère sentaient la lavande et la laine mouillée. Il m'a fallu longtemps pour analyser cette odeur, et puis je l'ai identifiée, et je me suis rappelé des événements que j'avais oubliés.

— Il y a quelque chose que vous souhaitez vous rappeler au sujet de cette jeune fille morte ? demandai-je.

— Pourquoi dites-vous ça ? Il tourna la tête vers moi avec brusquerie.

— Parce que manifestement vous attendez quelque chose de tout ceci. Ce n'est pas sans raison que vous voulez ces descriptions. Quand vous avez parlé de ces malles, j'ai pensé que vous cherchiez peut-être à déclencher un souvenir.

A nouveau, il se détourna.

— Le souvenir de tout un monde, dit-il.

— Mais je croyais que vous la connaissiez à peine, Mr. Morning.

Il saisit un crayon et se mit à griffonner sur une page d'un carnet.

— Je vous ai dit ça ?

— Oui.

— C'est vrai. Je ne la connaissais pas bien.

— Alors qu'est-ce que vous cherchez ? Qui était cette fille ?

— Moi aussi, j'aimerais le savoir.

— Vous ne répondez pas à ma question. Elle avait bien un nom, cette fille ?

— Son nom ne vous dirait rien, Miss Davidsen. Il parlait dans un murmure.

— Ça ne me ferait pas de mal de le connaître, dis-je.

Il continuait à promener son crayon sur la page devant lui. Je tendis le cou pour l'apercevoir, m'efforçant de déguiser mon geste en tirant sur ma jupe. Plusieurs lettres étaient tracées sur le papier – on aurait dit un *I*, un *Y*, un *B*, un *O*, un *M* et un *D*. Il avait entouré le *M* d'un cercle. Rien ne permettait de deviner si ces lettres étaient censées se trouver dans un ordre quelconque, mais dès cet instant, alors que je n'avais pas encore le moindre soupçon, elles me firent un effet bizarre. Je les gardai en moi, comme les douleurs vagues mais persistantes d'une maladie légère.

Il posa son crayon, redressa la tête et la hocha en me regardant. Il se tapota la poitrine.

— Vous avez une rougeur – là. C'est la chaleur.

— Non, c'est une tache de naissance. Je touchai ma peau juste sous la clavicule.

— Une tache de vin, fit-il. Ça a du caractère – marquée à vie. Je vous demande pardon de dire ça, j'ai toujours trouvé très émouvants de tels défauts, petits signes extérieurs de notre nature mortelle. J'ai utilisé une tache de naissance dans quelque chose que j'ai écrit un jour…

Je l'interrompis.

— Vous n'allez rien me dire, n'est-ce pas ?

— Vous faites allusion à notre sujet, je suppose ?

— Bien sûr.

— Je crois que vous n'avez pas bien compris la nature de votre tâche. Je vous ai engagée précisément parce que vous ne savez rien. Je vous ai engagée pour voir ce que je ne vois pas, parce que vous êtes ce que vous êtes. Je ne prétends pas que vous soyez une page blanche. Vous portez en vous votre vie, vos romans du XIXe siècle, votre Minnesota, la plénitude de votre existence sous tous ses aspects, mais vous ne l'avez pas connue, elle. Quand vous regardez les objets que je vous confie, quand vous écrivez et puis parlez à leur propos, vos paroles et votre voix peuvent exercer un effet catalyseur sur un être insoupçonné. Toute connaissance que vous auriez d'elle ne ferait que vous distraire de votre travail. Disons, à titre d'exemple, qu'elle s'appelait Allison Hart et qu'elle est morte de leucémie. Quelque chose apparaît devant vous, une image. Une rangée de lits d'hôpital, peut-être, dans une vaste salle éclairée par des tubes fluorescents, et vous la voyez, j'en suis sûr. Allison – c'est un prénom romantique –, pâle et émaciée, belle autrefois, étendue sous des draps blancs... Et ce que vous voyez est suggéré non seulement par mes paroles, mais par mes inflexions, mon expression ; et alors vous perdez votre liberté.

Je voulus parler mais il m'arrêta.

— Non, laissez-moi finir. Disons que je vous raconte qu'elle s'appelait – il se tut un instant – Maxine Robinson et qu'elle a été assassinée. Il fixait la porte, derrière moi, en clignant des yeux comme s'il essayait d'apercevoir quelque chose dans le lointain. Il respira plusieurs fois profondément. Qu'elle a été assassinée, ici même, dans cet immeuble. Que composeriez-vous alors, Miss Davidsen, en regardant le contenu de mes boîtes ? Vous seriez suffoquée par ce que vous savez, exactement comme je le suis. Ça n'irait pas ; ça n'irait pas du tout.

— Vous jouez avec moi, et je n'aime pas ça, dis-je. Si vous admettez que je fais intervenir mes propres associations dans mes descriptions, pourquoi ne pourrais-je pas appliquer mon bagage aux événements de sa vie ? Et de sa mort.

— Parce que, cria-t-il. Parce que ce dont il est question, c'est de découverte, de résurrection, pas d'enterrement. Il empoigna le bord du bureau et le secoua. Il est question d'expiation, Miss Davidsen, d'expiation !

— Grand Dieu, fis-je, d'expiation, pour quoi ?

Soudain calmé, il recula son fauteuil, croisa les jambes puis les bras, et pencha la tête d'un côté. Ces gestes avaient quelque chose de délibéré, presque de théâtral.

— Pour les péchés du monde.

— Qu'est-ce que ça veut dire ?

— Ça veut dire exactement ce que disent les mots.

— Ces mots, Mr. Morning, sont des mots liturgiques. Vous voilà tout à coup d'humeur religieuse. Qu'est-ce que je dois en penser ? Vous paraissez avoir un grand talent pour parler avec élégance sans rien dire.

— Soyez patiente, je crois que vous finirez par me comprendre. Il souriait.

Je n'avais rien à répliquer. La chaleur de la pièce, l'obscurité, cet éclat et ce discours incompréhensible m'avaient ôté toute volonté de répondre. En l'affaire de quelques secondes, je me sentais épuisée. Mes os me faisaient mal. Je dis enfin :

— Il faut que je m'en aille.

— Si vous restez, je vous ferai du thé. Je vous servirai des *crumpets* et je vous raconterai des histoires. Je vous éblouirai par mes manières impeccables, mon esprit et mon imagination.

Je fis non de la tête.

— Il faut vraiment que j'y aille.

Il me paya de trois billets de vingt dollars et me remit une nouvelle boîte – une petite boîte blanche de bijoutier, cette fois. Il ajouta qu'il n'avait pas besoin de la description avant le lundi de la semaine suivante. J'avais quatre jours. Il me serra la main et puis, juste avant que je passe la porte, il me flatta le bras. C'était un geste de sympathie, et je l'acceptai comme s'il m'était dû.

Dans la seconde boîte se trouvait une boule de coton sale et déformée. Je m'aperçus que j'hésitais à y toucher, comme si elle était contaminée. Une pelote de fibres, colorée par du fond de teint ou de la poudre d'apparence orange dans la lumière, et marquée par un grumeau non identifiable d'une substance dense et brune. Je m'éloignai de la petite boîte. Avait-il récupéré cette chose après la mort de la jeune fille ? Je l'imaginais dans une salle de bains, penché sur la corbeille à papier pour y cueillir ce tampon d'ouate usagé. Comment avait-il trouvé ces débris ? Avait-il amassé dans ses boîtes d'autres résidus de ses poubelles ? Je le voyais, seul, suivant du bout des doigts les contours d'un objet, assis dans son fauteuil devant la fenêtre au store baissé. Mais dans ma vision, je ne discernais pas ce qu'il tenait en main. Je ne voyais que son corps voûté par-dessus.

Pendant ces quatre jours entre deux visites à Mr. Morning, je ne me sentis jamais libérée de lui.

Des bribes de sa conversation envahissaient mes pensées, surgissant sans raison à toute heure, pendant la nuit surtout. L'idée que cette fille avait été assassinée dans l'immeuble s'imposait à moi, et mon imagination s'en empara. Il m'avait provoquée ; il n'avait eu d'autre intention que de me suggérer une autre mort possible, mais dès qu'il avait raconté cela, j'avais eu l'impression de le savoir depuis le début. Résurrection. Expiation. Sa passion paraissait authentique. Je me rappelais sa respiration entrecoupée tandis qu'il parlait, les lettres sur la page, la chute de la boîte blanche, sa main sur mon bras. En même temps, je me disais que cet homme était un charlatan, un amateur de jeux, de devinettes, de sous-entendus. On ne pouvait rien croire de ce qu'il racontait. Mais en définitive c'est son attitude qui me fit soupçonner qu'il avait dissimulé la vérité parmi ses mensonges, et qu'il était sérieux quant à son projet et à la jeune femme.

Cette nuit-là, je travaillai pendant des heures à la description de la boule de coton. Avec une pince à épiler, je la tenais sous la lumière en essayant de trouver des mots capables de l'exprimer, mais cette chose échappait au langage ; elle y résistait plus encore que le gant. Et lorsque je tentais des métaphores, l'objet disparaissait si complètement dans l'autre chose que j'abandonnai les comparaisons. Que pouvait être ce débris ? Assise là à en flairer les fibres et à tâter la tache brune avec une aiguille, je me sentais submergée de dégoût. La boule de coton ne me parlait pas. C'était une page blanche, un message codé ; elle n'avait sans doute aucun rapport avec quoi que ce fût de terrible, et pourtant j'avais l'impression d'avoir fait intrusion dans un secret honteux, d'avoir vu quelque chose que je n'aurais pas dû voir. Je rédigeais avec lenteur, et mon esprit vagabondait. La nuit résonnait de bruits multiples : à côté de chez moi, un homme et une femme se disputèrent en espagnol ; des sirènes de pompiers hurlèrent, et j'entendis quelque part, tout près, un chien leur faire un lamentable écho. Vers deux heures, dans l'atmosphère de four de ma chambre, je chuchotai la description à l'appareil. Lorsqu'elle fut enregistrée, je remis la boule de coton dans sa boîte et la cachai avec la bande dans un placard de l'autre pièce. En fermant la porte, je me rendis compte que j'étais en train de me comporter comme quelqu'un qui a mauvaise conscience.

Pour la troisième fois, j'attendais derrière la porte de Mr. Morning sur le palier obscur. J'entendais un bruit dans l'appartement, comme si un souffle de vent le traversait, un flot de sons. J'approchai l'oreille de la porte et compris alors de quoi il s'agissait – les bandes, toutes ces voix susurrant à qui mieux mieux. Il écoutait les descriptions. On ne pouvait distinguer les voix l'une de l'autre, mais j'éprouvais la certitude que la mienne s'y trouvait ; je m'éloignai de la porte. Pendant un instant, je songeai à m'enfuir, à abandonner sur le seuil boîte et enregistreur. Je frappai pourtant. Sans doute, à ce moment, me fallait-il en savoir plus sur Mr. Morning, découvrir ce qu'il cachait. Je devinai des bruits d'appareils arrêtés, de bandes réenroulées l'une après l'autre, puis de tiroirs ouverts et refermés.

Quand il vint à la porte, il était débraillé. Ses cheveux humides de transpiration se dressaient sur sa tête et deux boutons de sa chemise étaient déboutonnés. Evitant de regarder son visage enfiévré, je me tournai plutôt vers la pièce désormais familière. Les stores étaient toujours complètement baissés. Comment peut-il supporter cette obscurité ? me demandai-je. Il se pencha vers moi et sourit.

— Excusez mon apparence, Miss Davidsen. Je dormais et j'avais complètement oublié l'heure. Vous me voyez dans mon personnage oblomovien – à demi réveillé seulement. Vous serez obligée d'imaginer la robe de chambre de brocart, j'en ai peur. Et il n'y a pas de Zakhar, à mon regret infini.

Quand il prononça les mots "je dormais", je sentis une légère contraction dans ma poitrine. Il ment, pensai-je. Il ne dormait pas. Il écoutait les bandes.

Il poursuivait :

— Donnez-moi la description, je vous chasse sans attendre dans l'autre pièce, et ensuite nous pourrons bavarder. Je me réjouissais de votre venue. Vous illuminez la journée.

Dans la cuisine, je cherchai la boîte des yeux, mais elle n'y était plus. Il l'a enlevée, me dis-je, pour que je ne puisse pas voir ce qu'elle contient.

Le son amorti de ma voix me parvenait de l'autre pièce tandis que j'attendais. Combien de personnes avait-il engagées pour lire ces descriptions dans ses enregistreurs ? A quoi servaient-elles vraiment ? Pendant un instant, je me le représentai, couché sur le lit défait, en train d'écouter ce chaos de chuchotements, puis je repoussai cette image. Ensuite il fut à la porte, me faisant signe de le suivre dans sa chambre.

— Vous avez fait du beau travail avec un objet difficile, dit-il.

— Où l'aviez-vous trouvé ? demandai-je. Ça ne me paraît pas très révélateur, un vieux bout d'ouate.

— C'est précisément des objets de ce genre qui sont les plus parlants, les plus pathétiques. Ça y était, dans votre description – le pathos.

— Où l'aviez-vous trouvé ? répétai-je.

— Elle l'a laissé ici, répondit-il.

— Qui était-elle ? Qu'était-elle pour vous ?

— Vous ne pouvez pas résister, n'est-ce pas ? Vous mourez de curiosité. Je suppose qu'on doit s'attendre à ça de la part d'une jeune fille aussi intelligente que vous. Honnêtement, je ne sais pas qui ni ce qu'elle était pour moi. Si je le savais, je ne m'acharnerais pas sur cette question. Mais ceci ne vous satisfait pas, n'est-ce pas ?

Je m'entendis soupirer et me détournai de lui.

— Je sens qu'il y a quelque chose qui cloche dans ce que vous m'avez dit, quelque chose de caché derrière vos paroles. Ça me met mal à l'aise.

— Je vais vous dire ce que vous avez envie d'entendre, ce que déjà vous croyez savoir – qu'elle a été assassinée. Elle a été assassinée dans la buanderie, au sous-sol de cet immeuble. Elle habitait ici.

— Et elle s'appelait Maxine Robinson ?

— Non, dit-il, ça je l'ai inventé.

— Pourquoi ? demandai-je. Pourquoi m'avoir dit ça ?

— Parce que, chère amie, je ne vous racontais pas les faits à ce moment-là. Je ne vous racontais qu'une histoire – une histoire parmi des quantités d'histoires possibles –, un petit conte pour vous amuser et vous donner envie de revenir. Il contempla ses mains. Et me garder en vie. Mille et un contes.

— Je me sentirais beaucoup mieux si vous pouviez éviter de mêler les livres à tout ceci, pour une fois.

— Je veux bien essayer, mais ils surgissent sans cesse, c'est comme un tic, l'un après l'autre, ça bourdonne dans mon crâne, tous ces gens, tous ces mots. Une vraie maison de fous là-dedans. Il fit la grimace en désignant sa tête.

— Quel était son vrai nom ?

— Ça n'a pas d'importance. Je suis sérieux. Ça n'a aucune importance pour ce que vous faites. Un nom peut évoquer tout ou rien, mais c'est toujours un écueil qui vous bloque le passage. Je le sais. Je suis un spécialiste. Je veux vous garder pure et elle sans nom. Il me contempla fixement. Je ne me moque pas de vous. J'ai besoin de vous. J'ai besoin de votre aide et si vous en savez trop, je vous perdrai. Vous ne serez plus capable de faire les descriptions.

L'émotion qui imprégnait sa voix me toucha. C'était comme s'il m'avait révélé quelque chose d'intime, d'inconvenant. Je sentis la chaleur me monter au visage. Quand je répondis, ma voix tremblait.

— Je ne vous comprends pas.

— J'essaie de comprendre une vie et un geste, me dit-il. J'essaie de rassembler les fragments d'un être incompréhensible et de me souvenir. Savez-vous que je n'arrive même pas à me souvenir de son visage ? J'ai beau faire, pas moyen de l'évoquer. Je peux vous dire de quoi elle avait l'air ; je peux vous énumérer les détails de son visage, trait par trait, mais je ne peux pas évoquer ce visage entier.

— Vous n'avez pas de photographie ?

— Photographie ! Il cracha le mot. Je parle d'un souvenir véritable – je parle de voir le visage.

Le chat se frotta à la jambe de Mr. Morning et je le regardai. La pièce s'était rafraîchie.

— Pourriez-vous ouvrir la fenêtre ? demandai-je.

Il se leva et remonta le store à mi-hauteur. Dehors, il faisait plus sombre. Une couverture de nuages gris avait remplacé la brume jaune étouffante. J'observai son profil devant la fenêtre. Il restait debout, avec sa chemise et son pantalon trop larges, une main dans une poche, et je le trouvai élégant. Ce sont ses épaules, pensai-je, et l'étroitesse de ses hanches. Il doit l'avoir aimée ou haïe.

— Il faut que je m'en aille, dis-je.

— Vous me ferez encore une description, vous voulez bien ?

Je fis oui de la tête. Il me donna une nouvelle petite boîte et trois billets de vingt dollars, et me demanda de revenir le surlendemain. J'enfonçai l'argent dans ma poche sans le regarder et me levai. Une brise légère entrait par la fenêtre. Le temps changeait. A la porte, il tendit la main et je la pris. Il garda ma main dans la sienne un peu plus longtemps qu'il n'aurait dû et, lorsque je la retirai, il me pressa la paume du pouce. Cela me surprit, mais un frisson familier me parcourut.

L'atmosphère s'était rafraîchie remarquablement vite. Le ciel était lourd et noir, et je marchai jusque chez moi le nez en l'air, pour sentir les premières gouttes de pluie. Je rentrai en hâte dans l'appartement et ouvris la boîte en arrachant le couvercle et en jetant de côté le papier de soie. Le troisième objet se trouvait devant moi sur la table. C'était un miroir, sans ornements, un simple rectangle même pas encadré. Sans réfléchir, je le ramassai pour y examiner mon visage, ôtai une petite croûte du coin intérieur de mon œil, examinai ma bouche, la ligne de mon menton, puis j'écartai le miroir afin d'en voir plus. Je n'y comprends toujours rien, mais en le regardant je fus prise de nausées et d'un étourdissement. Je m'assis, me mis la tête entre les genoux et respirai profondément. Il est possible que ce vertige n'ait eu aucun rapport avec le miroir. Je n'avais guère mangé ce jour-là, ni la veille. Afin de limiter mes dépenses, je me privais de nourriture pour me payer des cigarettes, et j'avais peut-être simplement faim, et pourtant quand je pense à ce miroir, maintenant, je suis troublée, comme s'il avait eu quelque chose d'anormal, quelque chose de répugnant.

Encore mal assurée sur mes jambes, je m'installai à mon bureau et me mis à prendre des notes. J'écrivais pour moi, je tapais des questions concernant Mr. Morning et son projet, mais je n'arrivais à rien. Ses propos sur la mémoire, le chuchotement ou la résurrection me revenaient comme les bribes d'une idée mystérieuse, de quelque plan bizarre. Et puis je me rappelai le bruit des bandes derrière la porte, son pouce, et sa silhouette mince devant la fenêtre. Ces lettres, pensai-je, ces lettres sur la page. Que signifiaient-elles ? Un nom. Son nom. Je les déplaçai en tâchant de les ranger dans un ordre cohérent. Je trouvai *mob*, *boy*, *dim* et puis *body* *. Le mot me parcourut toute – une minuscule crise de nerfs. Mais c'était absurde. Un homme griffonne sur un bout de papier et je déchiffre ses gribouillis dépourvus de sens. D'ailleurs, il y avait des lettres que je ne réussissais pas à incorporer. *I. M*. Il avait

* Foule, garçon, obscur et puis corps. *(N.d.T.)*

entouré le *M*. Mes soupçons ne se dissipaient pas, et je me mis à imaginer qu'au lieu de se cacher, Mr. Morning souhaitait en réalité parler, qu'il voulait me dire quelque chose, que les lettres, les allusions étaient des révélations, faisaient partie d'une confession détournée. "Si vous en savez trop, je vous perdrai." Je pris mon parapluie et sortis sous l'averse.

Cinq minutes plus tard, je me trouvais dans l'entrée de l'immeuble de Mr. Morning. Je sonnai chez le concierge. Après une attente considérable, un gros petit homme vint m'ouvrir la porte. Il bâilla puis haussa les sourcils, expression destinée apparemment à remplacer la question : Que voulez-vous ?

— Je cherche un appartement, dis-je. Vous avez quelque chose de libre ?

C'était le premier prétexte venu et, à ma grande surprise, il y avait un appartement libre dans l'immeuble.

— Trois cent soixante-quinze par mois. Il haussa de nouveau les sourcils.

— J'aimerais le voir.

Il m'emmena au troisième étage et ouvrit la porte d'un petit appartement identique à celui de Mr. Morning. Je parcourus les pièces comme si je les inspectais. Le gérant s'appuya au chambranle de la porte ouverte avec une expression d'ennui agressive.

— J'ai entendu dire qu'il y avait eu un meurtre dans cet immeuble, dis-je.

— Il y a de ça trois longues années, ma jolie. On n'a plus rien eu de ce genre depuis.

Je m'approchai de lui.

— Comment s'appelait-elle ?

— Votre parapluie pleut sur moi, mon chou.

J'écartai le parapluie et répétai ma question.

— Elle s'appelait Maxine ? Maxine Robinson ?

— Holà, holà ! Il s'éloigna de moi en levant les mains. Qu'est-ce qui se passe ici ? S'appelait Zalewski. Sherri Zalewski. C'est pas un secret. C'était dans tous les journaux.

J'avais les larmes aux yeux.

— Qu'est-ce qui vous arrive, fillette ? demanda-t-il.

— Je vous en prie, dites-moi. On a trouvé celui qui avait fait ça ?

— Vous avez une raison particulière de vous y intéresser ?

— Ça ne peut pas faire de mal que vous me racontiez l'histoire, plaidai-je.

Alors il me l'a racontée. Je crois qu'il avait pitié de moi, ou bien mon émotion l'embarrassait. Sherri Zalewski était une infirmière qui avait habité l'immeuble. Elle avait été tuée à coups de couteau un vendredi soir pendant qu'elle faisait sa lessive. Personne n'avait rien vu ni entendu. Une femme qui avait déménagé peu après l'avait trouvée le lendemain matin. Vraiment affreux, me dit le gérant, vraiment moche. Cette femme avait vomi dans le corridor. La police n'avait jamais trouvé l'assassin.

— Ils ont traîné par ici pendant des mois, poursuivit-il. Ça n'a rien donné. Pendant quelque temps, ils en ont eu contre le gars du F 4, un type bizarre, Morning. Ils l'ont même emmené au poste. Tous les locataires lui criaient des insultes et des vacheries. On l'a laissé aller. Y avait rien contre lui.

— Vous pensez qu'il l'a tuée ?

— Naan, fit-il, c'est pas son genre.

De là, je me rendis à la Butler Library pour consulter les journaux, mais je n'y trouvai pas grand-chose de plus. Sherri Zalewski venait de Greenpoint. Sa mère était morte ; son père était postier ; elle avait une sœur. Une amie, citée par le *Times*, l'appelait "un ange de miséricorde". Il n'était pas question de Mr. Morning. D'après les articles, la police n'avait aucun suspect. Sherri Zalewski avait disparu de la presse pendant des mois ; son nom ne réapparaissait qu'une seule fois, dans un article du *Times* sur les affaires de meurtre non résolues dans la ville de New York. Je trouvai une seule photographie – un cliché fortement tramé, provenant sans doute d'un portrait de fin d'études secondaires. Je contemplai cette image, cherchant à y pénétrer, mais elle était particulièrement muette : une fille ni jolie ni laide, avec de petits yeux et une bouche charnue.

Je fixai soigneusement la chaîne de sécurité à ma porte et allumai toutes les lumières de l'appartement avant de m'asseoir devant ma machine à écrire. J'avais décidé d'écrire et d'enregistrer une lettre à Mr. Morning. Je fis d'abord une brève description du miroir, mais il y avait peu de chose à en dire. Sa surface était intacte ; il n'en émanait aucune odeur perceptible ; c'était un objet à la fois plein et vide, bourré d'images d'un côté, vacant de l'autre. A part le bruit régulier de la pluie au-dehors, mon immeuble et ma rue me paraissaient inhabituellement silencieux, mais les bruits que j'entendais me faisaient sursauter et je compris que j'attendais quelqu'un, que j'écoutais, guettais l'arrivée d'un intrus. Je l'avais en tête. Des fragments de nos conversations me revenaient : Fern Luce, ce qu'il avait dit au sujet de son incapacité à se souvenir du visage, l'odeur de laine et de lavande des malles de sa mère. J'écrivais, et tout en écrivant je voyais le corps de la jeune femme sur le plancher de l'appartement inoccupé que j'avais visité. C'est toujours là que je le vois, je ne sais pourquoi – ensanglanté et disloqué. Je vois ce cadavre comme sur une photographie en noir et blanc, sous la faible lumière d'une ampoule. Maintenant encore, quand cette image surgit, je ne peux pas l'examiner de près. Je la repousse.

Le soir devenait nuit. Ma chambre s'obscurcissait, et les poils blonds sur mes avant-bras se dressaient. Je m'enroulai dans une couverture et écrivis page après page, qu'ensuite je jetai. Quand j'eus terminé, j'avais juste un feuillet. Près de moi, le miroir brillait sous la lampe. Vers une heure du matin, je dictai à l'enregistreur les mots que j'avais écrits, mais je ne les écoutai pas. La brise soufflait sur mon lit, et je sombrai dans un sommeil profond et vide.

Il faisait frais et humide chez Mr. Morning ce jour-là. Pour la première fois, ses fenêtres étaient ouvertes et le vent pénétrait, faisant palpiter un journal sur le haut d'une pile. Ses joues anormalement pâles étaient teintées de rose, et il paraissait respirer plus aisément. Je suis tout à fait certaine qu'il sentit immédiatement mon appréhension, car il ne me dit quasi rien et son visage exprimait du chagrin et peut-être du regret. Avant de me retirer dans la cuisine, je remarquai sur son bureau une épaisse liasse de feuilles qui ressemblait à un manuscrit.

Je ne fermai pas la porte de la cuisine ; je la laissai entrouverte et glissai un œil par la fente. Je le regardai installer l'enregistreur devant lui sur le bureau et le mettre en marche. Il se renversa en arrière dans son fauteuil, en laissant ses bras pendre mollement à ses côtés, et ferma les yeux. Après un bref intermède de crachotements de l'appareil, j'entendis ma voix dans la pièce voisine. J'écoutai la courte description du miroir que j'avais scrupuleusement chuchotée. Ensuite ma voix s'épanouit, et je vis Mr. Morning jeter un regard rapide dans ma direction. Je fermai vivement la porte. En écoutant cette voix aiguë et enfantine qui devait être la mienne, je serrai les dents si fort qu'ensuite mes mâchoires restèrent douloureuses.

“Je sais qui elle était. Elle s’appelait Sherri Zalewski. Je me suis demandé quelque temps si vous ne l’aviez pas inventée, mais maintenant je sais qu’elle a existé et qu’elle a habité et est morte dans votre immeuble. Un gant, une boule de coton sale, un miroir. Pourquoi ces objets ? Où les avez-vous trouvés ? Vous deviez vous douter que j’allais vous poser ces questions. Je vous soupçonne de les avoir provoquées, d’avoir prévu que je me renseignerais sur elle et sur vous. Vous auriez dû me raconter l’histoire, Mr. Morning. Vous auriez dû me la raconter franchement plutôt que par allusions. Ce que je crois, c’est que ce projet représente pour vous, en quelque sorte, une tentative de défaire ce qui s’est passé cette nuit-là, que ces objets font partie d’une idée complexe que je n’arrive pas à distinguer.” Il y eut un silence sur la bande, et je guettai un bruit de sa part, mais il n’en fit aucun. “Les objets, les enregistrements, tous vos discours. Je ne sais pas qu’en faire, comment les comprendre, comment vous comprendre. Ce que je sais, c’est que les morts ne reviennent pas à la vie.” J’entendis un fort raclement. Il devait avoir déplacé sa chaise. Mais la bande se déroulait toujours. Je m’appuyai contre la porte, comme si le poids de mon corps pouvait l’empêcher d’entrer. “Je sais que la police vous a interrogé, qu’on vous a soupçonné. Je ne prétends pas que vous l’avez tuée, je vous demande de me dire la vérité. C’est tout.” C’était fini. Il marchait vers la porte, et je l’entendis tourner la poignée de l’autre côté. Je me reculai. Il respirait fort et une sorte de sifflement semblait monter du fond de sa poitrine. Il s'arrêta sur le seuil et me dévisagea ; il était congestionné. Il paraissait sur le point de parler, mais il ferma la bouche et reprit le contrôle de sa respiration.

— Qu'y a-t-il à ajouter ? fit-il. Vous vous attendez à ce que je me confesse, n'est-ce pas, à ce que je m'écroule devant vous en vous avouant que je l'ai tuée. Mais cela n'arrivera pas. Cela ne se peut pas.

— Qu'est-ce que vous racontez ?

— Je vous ai déjà tout expliqué. Il regarda au-delà de moi, serrant les lèvres en un spasme d'émotion. Il n'y a rien de plus à raconter. C'est votre histoire, pas la mienne.

— Que voulez-vous dire ?

— Je veux dire que vous avez déjà inventé l'histoire. Elle vous appartient, à vous, pas à moi. Vous avez déjà inventé une fin, un dénouement. Je suppose qu'il est inévitable que vous désiriez avoir satisfaction. Il me regarda. "Le méchant magicien fut pétrifié." "Le roi et la reine vécurent heureux." "Il mourut en prison, le cœur brisé." N'importe quoi. Ce que vous avez négligé, c'est qu'il y a des choses indicibles. C'est ça que vous avez omis. Les mots peuvent les recouvrir pendant un certain temps, et puis elles reviennent en hurlant. Une tempête. Un fléau. A moitié oubliées seulement. La différence entre vous et moi c'est que je sais que j'ai oublié. Vous, non.

Il se tourna vers l'autre pièce. Je parlai à son dos :

— C'est ça que vous avez à me dire ? Je vous demande la vérité et c'est ça que vous me dites ?

— Oui.

— Je ne vous comprends pas. Je ne vous comprends pas du tout. Dites-moi que vous ne l'avez pas tuée. Ma voix avait filé dans l'aigu.

— Non.

Mr. Morning se dirigea vers son bureau, et j'entendis cliqueter les stores. Une bouffée de vent arriva du dehors et les papiers qui se trouvaient sur la table furent projetés en l'air – des centaines de feuilles blanches voletèrent à grand bruit contre les étagères et les murs, soufflées par-dessus les piles de journaux, glissant sur le plancher de bois. Mr. Morning les ramassa hâtivement.

— Ecoutez, Iris, me dit-il. Je sais que la situation a changé, mais je n'ai pas envie de vous perdre. Je voudrais que vous continuiez à travailler encore un peu pour moi. Je voudrais que vous bavardiez avec moi comme vous l'avez fait pendant ces deux semaines. Vous allez rester, n'est-ce pas ?

Je lui dis que oui. Je pensais en moi-même que si je faisais une description de plus, je pourrais insister encore, qu'il me dirait la vérité, mais je me demande à présent si c'était la vraie raison.

Il ouvrit le tiroir de son bureau et en sortit une autre petite boîte blanche. Il me la tendit des deux mains.

— Pour demain. Demain à deux heures.

Il me rendit l'enregistreur et, après m'avoir expliqué qu'il était à court d'argent liquide, établit un chèque au nom d'Iris Davidsen.

— Je ne peux pas l'accepter, dis-je.

— S'il vous plaît, je vous en prie.

Je pris le chèque, sachant que je ne pourrais pas l'encaisser. Je me dirigeai vers la porte en me frayant un chemin parmi les feuillets épars. Il m'accompagna.

A la porte, il saisit ma main dans les deux siennes.

— Une dernière chose. Avant que vous partiez, j'aimerais que vous me laissiez un objet à vous.

Il avait les yeux brillants.

— Non.

— Pourquoi non ?

Je dégageai ma main de son étreinte.

— Non.

— Un tout petit objet. Il se pencha vers moi, et dans l'encolure de sa chemise j'aperçus la saillie de sa clavicule. Je sentis une vague odeur d'eau de Cologne.

J'ouvris mon sac et me mis à fouiller dedans, bousculant livres, enveloppes et clefs jusqu'à ce que je découvre une vieille gomme verte, noircie de traces de crayon, que je lui fourrai en main en déclarant que je devais m'en aller à un rendez-vous.

J'imagine qu'il demeura sur le seuil à me regarder courir vers l'escalier, et qu'il resta planté là tandis que je le dévalais d'un palier à l'autre, car je n'entendis pas la porte se refermer.

Je déboulai dans la rue et me mis à marcher en direction de Broadway. Au premier carrefour, je m'arrêtai. La pluie avait cessé et le ciel se déchirait en grandes percées vides et bleues. J'observai le mouvement des nuages, puis regardai autour de moi. La lumière toute neuve donnait aux trottoirs, aux immeubles et aux gens une netteté impitoyable ; chaque élément se détachait, comme si ma vue avait soudain été aiguisée. C'est alors que je décidai de me débarrasser des objets. Ouvrant mon sac, j'en sortis le chèque et le réduisis en morceaux que je jetai dans une grande poubelle. Ensuite je jetai aussi l'enregistreur et la boîte, sans l'avoir ouverte. Je revois encore le petit appareil noir gisant de travers sur le tas de détritus, et la boîte plus petite encore dégringolant au fond de la poubelle. Dans sa chute, elle heurta un gobelet de plastique et je me détournai au moment où un fond de café brun pâle ruisselait sur son couvercle. Je garde de ces objets mis au rebut, abandonnés parmi d'autres débris, un souvenir vif mais silencieux, comme si je m'étais trouvée dans une ville muette, décor d'un film ou d'un rêve. Je ne les ai vus là qu'un instant, et puis je les ai fuis comme s'ils risquaient de s'animer et de me poursuivre.

Je ne croyais pas que ça se terminerait ainsi. Mr. Morning avait mon numéro de téléphone, après tout, et rien ne l'empêchait de me retrouver. J'ai attendu pendant des mois, mais je n'ai plus jamais eu de ses nouvelles. Quand le téléphone sonnait, c'était toujours quelqu'un d'autre.

DEUX

Georges avait d'abord été l'ami de Stephen, et je suppose que le problème était là, en partie. Il y avait huit mois que je connaissais Stephen et, bien que nous fussions souvent ensemble, nos amours allaient de crise en difficulté. Stephen était secret. Il aimait garder pour lui ce qu'il savait – l'origine d'un coup de téléphone, le lieu d'un rendez-vous, le nom d'un vieil ami, jusqu'au titre d'un livre. J'aurais dû savoir dès le début qu'il était perdu pour moi, mais la magie de son corps me tenait. Un regard à sa nuque, à ses mains, à sa bouche, déclenchait un frisson de mémoire sexuelle, un plaisir qui se muait en tourment, car Stephen me rationnait aussi son corps, me le refusait pendant des jours, voire des semaines, et je vivais dans un état de désir permanent. Et pourtant, chaque fois, au moment où je ne pouvais plus en supporter davantage et où je décidais de le quitter, il me revenait transformé : passionné, confiant, irrésistible. Notre harmonie ne durait guère. En général, il suffisait de quelques heures pour que Stephen se rétracte à nouveau. Je voyais parfois sur son visage les signes de son éloignement. Ses yeux devenaient vagues, ses mâchoires crispées, ses lèvres serrées. En vérité, même quand j'avais Stephen dans mon lit, j'éprouvais souvent l'impression qu'il n'y était pas tout entier, qu'il n'était pas solide, et que si j'avais voulu j'aurais pu passer la main à travers lui. Je ne puis expliquer ce sentiment, mais je suis persuadée qu'il a joué sur ce qui s'est passé ensuite et n'est pas sans rapport avec cette maudite photographie.

Je les ai vus ensemble pour la première fois un jour d'avril. Il faisait froid. Je venais de sortir de la Butler Library et m'étais arrêtée sur les marches pour boutonner mon manteau quand je vis Stephen, à quelques mètres, en pleine conversation avec un jeune homme. Ils ne me voyaient pas, et je les observai pendant quelques secondes avant de les aborder. Stephen s'approcha de l'autre, lui posa la main sur l'épaule et lui parla à voix basse. L'intimité de ce geste provoqua en moi un léger choc. Encore un aspect de sa personnalité qu'il m'a dissimulé, pensai-je. En m'entendant prononcer son nom, Stephen se retourna soudain et sourit, mais il me sembla qu'une légère rougeur envahissait ses joues et son front. L'autre jeune homme ne souriait pas. Il posait sur moi un regard si pénétrant, si chargé de signification que je dus me retenir de rire. Iris, fit Stephen, voici Georges, et à ce moment il se mit à pleuvoir. Nous nous blottîmes tous trois sous mon parapluie et marchâmes jusqu'à la pâtisserie hongroise d'Amsterdam

Avenue. Je me souviens que l'épaule de Georges touchait la mienne et que Stephen avait glissé la main dans la poche de mon manteau et, à travers les épaisseurs de tissu, promenait ses doigts de haut en bas dans le creux de ma hanche. Je tournai mon visage vers son cou et le vis jeter un coup d'œil à Georges. Il semblait chercher à croiser le regard de son ami, mais Georges regardait droit devant lui.

Nous nous installâmes à une table au fond de la pâtisserie et bûmes du café. Stephen me présenta Georges comme un artiste qui prenait des photographies, pas comme un photographe. La différence paraissait d'une importance extrême, car il y revenait avec insistance. La plus grande part de ce que nous avons dit m'échappe, mais la conversation était animée et Georges, qui s'était montré plutôt froid, se dérida. Quand il parla, je remarquai un léger accent que je ne pus identifier, et les mots lui venaient plus lentement qu'à la plupart des gens, ce qui donnait à ses paroles un poids singulier. Je me sentais en verve, spirituelle même, ou du moins c'est ainsi que je m'imaginais. Sans doute l'attention ravie avec laquelle Stephen et Georges semblaient m'écouter me donna-t-elle l'illusion que ce que je disais les avait captivés. Ce n'est que plus tard que l'idée s'imposa à moi qu'il y avait autre chose, que la présence de Georges exerçait un effet sur moi et sur Stephen et que sans ce café avec Georges, Stephen ne m'aurait peut-être pas ramenée chez lui cet après-midi-là, et que nous n'aurions pas fait l'amour comme nous l'avons fait, impatiemment, furieusement, à peine avions-nous refermé la porte derrière nous.

J'interrogeai Stephen au sujet de Georges ce même jour, au lit, tandis que nous écoutions la pluie sur l'échelle de secours devant la fenêtre de sa chambre. Etait-ce un vieil ami ? Où s'étaient-ils rencontrés ? A quoi ressemblaient ses photographies ? Mais Stephen était réticent. Non, il n'y avait pas très longtemps qu'il connaissait Georges. Ils s'étaient rencontrés en ville, à une soirée. Les photographies étaient ingénieuses. C'est le mot qu'il employa. Il laissa beaucoup de choses dans l'ombre, et il me fut impossible de savoir s'il se taisait par habitude ou si Georges était quelqu'un qu'il avait des raisons de cacher.

Georges se mit à me faire signe. Il m'invitait à prendre un café, à déjeuner, à dîner, et j'y allais. Nous avions de longues conversations, et il connut bientôt mon histoire, du moins sa plus grande partie. Il y avait tant d'aisance dans ses manières, tant de gentillesse et de compréhension qu'il n'était pas difficile de se confier à lui. Mais il y avait autre chose aussi, quelque chose de plus important. Georges avait une façon de me parler comme s'il me connaissait mieux que je ne me connaissais moi-même, et en lui cette présomption semblait une sorte de magie libératrice de pensées et de souvenirs dont je n'avais jamais rien dit à personne. Je lui parlai de Stephen. Ce fut sans doute ma première erreur, mais je me sentais seule à cette époque, seule même avec Stephen, et fatiguée de me surveiller à chaque phrase, de me reprocher d'en avoir dit plus que je n'aurais dû.

A la différence de Stephen, Georges paraissait ouvert et franc, mais en fait il se livrait très peu et parfois, après nos soirées ensemble, je me demandais ce que je savais de lui, en réalité. Il était le fils unique d'un diplomate américain et avait passé son enfance en Europe et en Asie. Son père était mort et sa mère vivait à Bruxelles ; il parlait peu d'elle.

Georges devait avoir de l'argent. Ses photographies n'auraient pu lui payer son grand appartement et ces repas coûteux. Il me racontait ses anciennes petites amies – une architecte suédoise avec qui il avait vécu pendant deux ans, une belle mime qui s'était jetée par la fenêtre d'un troisième étage à Paris et avait survécu, ainsi qu'une armée d'autres personnages féminins qui n'étaient entrés dans sa vie que pour en ressortir. Mais s'il faisait preuve d'une franchise remarquable quant à ces aventures, dont il me relatait très en détail les hauts et les bas, il les évoquait comme s'il s'était agi des éléments comiques de la biographie d'un autre, et j'eus bientôt l'impression que ces histoires, vraies sans aucun doute, étaient néanmoins des moyens d'évasion. Elles étaient trop fluides, trop complètes, et je me surpris à me demander : Où sont les failles ?

Un soir, dans son appartement – un vaste loft blanc presque vide sur West Broadway –, Georges me montra une série de photographies. Il m'expliqua que ces images avaient été associées par paires : un instantané saisi dans la rue couplé avec une photo de studio. Toutes étaient en noir et blanc. Sur la première, prise de nuit, on voyait une très jeune prostituée en train de monter dans une grosse voiture. Mon œil fut immédiatement attiré vers sa jambe levée, chaussée jusqu'à la cuisse d'une botte blanche qui paraissait étrangement rayonnante. La photo jointe à celle-là représentait des pièces de voiture étincelantes disposées sur un plancher – un capot, un pare-chocs, un siège baquet, de même que des fils, tubes, tuyaux et autres entrailles dont je ne connaissais pas les noms. Je regardai une autre paire. Deux femmes fumaient, assises sur le seuil d'une porte ouverte. Un petit enfant vêtu d'un lange était debout derrière elles, la bouche ouverte, hurlant. La seconde photo montrait un évier avec des mains de femme gantées de caoutchouc et de l'eau qui s'engouffrait en tourbillonnant dans un trou noir. Toutes les photographies que je regardai évoquaient en moi un vague sentiment de détresse. Elles n'avaient rien de sinistre, rien de macabre, et pourtant la juxtaposition des images suggérait un monde en déséquilibre.

Je m'arrêtai un long moment devant deux d'entre elles. La première était un instantané, pris à travers une fenêtre protégée par une grille. A travers les barreaux en losanges, on devinait une petite chambre avec un lit défait, un vieux fauteuil club et un tapis extraordinairement poilu, mais de toute évidence ce qui avait intrigué Georges était un poster affiché au mur. L'image d'une jeune femme en costume de bain, obscurcie par la grille – on ne distinguait pas du tout son visage, mais son torse aux formes parfaites était bien visible. Cette photographie faisait la paire avec celle d'un jeune homme nu, coupé à hauteur des épaules, le dos à l'objectif. Devant lui se trouvait une fenêtre.

— Tu aimes bien celles-là ? demanda Georges.

— Oui, dis-je. Je fixais les fesses de l'homme, petites et musclées, et ses cuisses étroites. Elles me rappelaient Stephen, et pendant un instant je fus convaincue que c'était lui. Cette révélation me causa un choc, mais les corps se ressemblent, et plus je contemplai la photo, plus il me sembla que c'était quelqu'un d'autre.

— Comment as-tu réussi à prendre la première ? demandai-je à Georges.

— D'une échelle de secours, répondit-il.

— Tu connais la personne qui habite là ?

— Non.

Je le dévisageai.

— Mon Dieu, dis-je, tu te balades dans New York sur les échelles de secours pour lorgner par la fenêtre chez des inconnus. Tu vas te faire arrêter, assassiner…

Georges se pencha vers moi. Il n'était pas rasé. Je voyais les petits poils sur son menton. Quel effet ça ferait d'être un homme ? pensai-je.

— Tu aimes ça, hein ?

— Quoi ?

— Le danger, ça t'excite.

Son sourire m'irritait, et je m'écartai de lui. Je cherchais une réplique, mais en vain. Cette nuit-là, dans mon lit, je pensai à plusieurs choses que j'aurais pu dire et déplorai le fait que l'esprit me venait généralement trop tard, qu'il culminait quand ça ne servait plus à rien, pendant ces heures solitaires proches de minuit.

Les photographies que Georges m'avait montrées me demeuraient en tête, mais elles étaient accompagnées d'autres visions plus fortes de Georges en chasse, rôdant à travers la ville avec son appareil, se faufilant dans des ruelles et s'accrochant à des échelles de secours. Je le voyais perché sur des toits et caché derrière des poubelles, volant des images dans l'obscurité, son flash illuminant les visages étonnés de gens surpris dans un acte qu'ils auraient voulu garder secret – un baiser, une bagarre ou une transaction illicite – et alors je voyais Georges s'enfuir en courant comme un voleur. Plus que n'importe quoi, les photographies avaient modifié l'idée que je me faisais de lui. Le gracieux jeune homme aux longs cheveux noirs et aux manières élégantes avait engendré un double, et c'était celui-ci, celui que je ne connaissais pas, qui me fascinait.

Ce samedi-là, le soleil était radieux et il faisait très chaud. Georges nous avait invités, Stephen et moi, à déjeuner chez lui, et dans le métro qui m'emmenait vers la ville j'éprouvais un vif sentiment d'expectative. Après avoir mangé, nous montâmes tous trois sur le toit pour nous installer au soleil dans des chaises longues. Nous découvrions l'autre paysage de la ville – des étendues de goudron luisant, de mystérieux câblages, des tuyaux rouillés, et de bizarres petits abris. Un peu abrutis par le repas et le soleil, nous parlions peu. Nous avions chacun un livre. Je lisais le mien par intermittence et regardais les nuages avec un émerveillement apathique. Ils avançaient très lentement sur le bleu du ciel. Stephen était absorbé dans sa lecture. Il avait roulé son pantalon blanc au-dessus de ses genoux, et ses mollets nus rosissaient au soleil. Georges avait posé son livre et contemplait la ville. Son appareil se trouvait sur un tabouret, près de lui. Nous n'étions qu'à quatre étages au-dessus de la rue et le bruit de la circulation nous arrivait à peine amorti. Georges se leva et marcha jusqu'au bord du toit. Je le regardai placer ses doigts de pied au-dessus du vide et se balancer lentement en arrière sur ses talons.

— Ne fais pas ça, lui criai-je. Ça me terrifie.

Georges tourna brusquement la tête vers moi et écarta les bras comme un balancier.

Stephen regardait Georges en hochant la tête.

C'est alors que je l'entendis – un hurlement, un gémissement violent et bestial qui me traversa à la façon d'une décharge électrique. Pendant un instant, je crus que Georges était tombé, mais je le vis se précipiter vers moi et attraper son appareil. Stephen se leva d'un bond et courut vers l'endroit où s'était trouvé Georges. Je le suivis et regardai en bas, dans la rue, où une petite foule s'était rassemblée autour d'une jeune femme effondrée sur le trottoir. Un ruisselet de sang courait sur le ciment près de sa tête, et je vis son bras se dresser vers le haut, comme si quelqu'un avait essayé de le lui arracher. Son corps entier se convulsait. Sa jupe était enroulée autour de ses hanches, exposant ses cuisses et la lisière blanche de son slip. J'entendis Georges jurer en manipulant son appareil et son film, mais je ne le regardai pas. La jeune femme perdit l'un de ses souliers en un spasme et je vis un homme dans la foule se pencher pour le ramasser, mais une fois qu'il l'eut entre les mains, il hésita, manifestement incertain de ce qu'il fallait en faire. Il jeta un regard de part et d'autre et puis en un mouvement rapide s'agenouilla pour le redéposer par terre. Un autre homme quitta la scène et courut vers une cabine téléphonique, au coin de la rue. Une passante en chemisier rouge avait ôté sa veste et s'efforçait d'en faire un coussin sous la tête de la jeune femme, mais elle n'arrivait pas à bien la placer et poussa un cri en voyant la tête se rejeter en arrière et heurter à nouveau le ciment. Quelqu'un pleurait. J'entendis à plusieurs reprises le déclic de l'appareil de Georges, puis il jura encore. Stephen restait immobile, les yeux rivés à la rue. Je sentais mon pouls battre dans mon crâne, et j'avais étrangement froid, mais je continuais de regarder. Un homme lança des instructions, ses paroles furent brouillées par un camion qui passait. Il se fraya un chemin dans la foule et prit la tête de la jeune femme entre ses mains. Alors je la vis uriner. Une grande tache assombrit le tissu de sa robe et le liquide s'écoula sur le trottoir. L'homme la tenait fermement, face à moi, juste sous mon regard. Elle avait le visage gonflé, rouge et barbouillé de sang, les yeux ouverts mais blancs. Soudain je compris qu'elle étouffait. Son visage disparut derrière l'homme. Il se penchait sur elle et je crois qu'il avait une main dans sa bouche. Il y eut des sirènes. Mes genoux flanchèrent. Je me repris, imaginant mon corps dans les airs, en train de tomber dans la rue, là-dessous. Je m'écartai du bord du toit.

Stephen et Georges regardaient toujours. Georges avait son appareil pendu autour du cou. Leurs visages, très différents en réalité, se ressemblaient à ce moment, avec leurs lèvres entrouvertes, leurs yeux rétrécis par la concentration.

— Je crois que ça va aller maintenant, fit Stephen. Elle est dans l'ambulance.

— Cet homme l'a sauvée, dis-je.

Le débit de Stephen était précipité, excité.

— On a peine à croire qu'un corps puisse faire de tels mouvements. Je n'avais jamais vu une crise du haut mal. J'ai cru qu'elle allait se briser en morceaux. Tu as pu prendre des photos ? demanda-t-il à Georges.

— C'est possible, répondit Georges, mais je ne crois pas. L'obturateur s'est bloqué. Je ne comprends pas. Je n'aurai plus jamais une occasion pareille.

Stephen hocha la tête.

— Dommage.

Je me rassis sur une des chaises longues.

— Ça vaut peut-être mieux, dis-je.

— Quoi ? demanda Stephen.

— Qu'il n'y ait pas de photos.

— Pourquoi ? Stephen paraissait agacé.

— Eh bien, parce que ce serait terrible pour elle si elle savait, ça paraît si indiscret, d'enregistrer la souffrance de quelqu'un…

— Tu crois vraiment qu'il y a des sujets qu'on ne doit pas photographier ? demanda Georges. Il parlait doucement, d'un ton égal.

— Je crois que oui, peut-être, dis-je, réfléchissant à voix haute.

— Tu es pour la censure, alors, lança Stephen.

Je levai les yeux vers lui. Il avait le visage tendu, combatif.

— Pas la censure, dis-je lentement. Ça c'est extérieur. Je veux dire un contrôle de l'intérieur. Après tout, les images aussi peuvent mentir, peuvent suggérer le contraire de la vérité.

— Vraiment, Iris, fit Stephen, qu'est-ce que ça veut dire, la vérité ?

Je me tournai vers Georges, qui m'observait intensément.

— Je veux dire tout simplement que le fait de photographier une crise d'épilepsie implique une certaine responsabilité. Je fus surprise de sentir les larmes me monter aux yeux et baissai la tête pour qu'ils ne le remarquent pas.

Georges s'agenouilla près de ma chaise longue.

— Tu es très pâle, dit-il. Ne prends pas ça si à cœur.

Je me répétai ses derniers mots. Ils ne signifiaient rien, comme les mots d'un langage que je n'aurais pas compris. Ça m'arrive parfois : un mot, souvent un mot tout simple, ordinaire, perd son sens et se transforme en charabia. Je fixais le vide, au-delà de Georges et de Stephen, et je m'aperçus que le temps avait changé. Des nuages noirs cachaient le soleil.

— Rentrons avant l'orage, dis-je.

Nous redescendîmes nous installer chez Georges pour bavarder. Ils ne firent plus allusion à l'épileptique, ni l'un ni l'autre, et j'étais certaine que c'était par égard pour moi. Par les fenêtres ouvertes, nous entendîmes le tonnerre et puis la pluie arriva à torrents. Georges referma les croisées et alla à la cuisine nous faire du thé. Stephen était assis près de moi sur le canapé, un bras sur mes épaules. Il faisait bon dans cette grande pièce et le thé me réchauffa. Georges nous rejoignit, Stephen et moi, sur le canapé. Assise entre eux, j'oubliai ce que j'avais vu sur le toit. C'est normal d'oublier. Même des gens en deuil, distraits par un petit bonheur, oublient leurs morts, et je ne connaissais même pas cette pauvre femme.

La pluie cessa. Le soleil, entrant par les larges fenêtres, éclairait le visage de Stephen. Georges avait sur sa table des tulipes rouges dans un vase de cristal, et elles aussi furent soudain illuminées.

J'éprouvai un sentiment de joie aiguë. C'est alors que Georges se pencha vers moi et me chuchota à l'oreille :

— Je voudrais te photographier.

Je ris.

— Pourquoi chuchotons-nous, Georges ?

— C'est une conversation privée, ma chère, dit-il, et il sourit. Strictement entre toi et moi.

— Eh bien alors, entre toi et moi, pourquoi veux-tu me photographier maintenant ? Je chuchotais bruyamment. Ça fait un moment qu'on se connaît. Pourquoi maintenant ?

— Qu'est-ce que vous marmonnez tous les deux ? demanda Stephen, qui devait avoir entendu cet échange.

— Ça ne te regarde pas, fit Georges, souriant toujours, et puis à moi : Parce que ça vient de me frapper : ton exceptionnelle beauté, la profondeur de ta personnalité et de ton intelligence.

— Essaie la manière grave, Georges, conseilla Stephen. Ça doit marcher.

— Vendu, fit Georges. Iris, je désire prendre ta photographie. Tu m'as inspiré. Ma requête peut passer pour un caprice, mais en fait, il y a des semaines que je languis et je viens seulement à cet instant de trouver le courage de te le demander. Quand il s'agit de photographie, je ne plaisante jamais. Je suis on ne peut plus sérieux. Il se leva du canapé, s'agenouilla à mes pieds et me prit les deux mains dans les siennes.

Saisie de fou rire, je cherchai Stephen du regard.

— Qu'est-ce que tu en penses ? lui demandai-je. J'ose me confier à lui ?

Stephen haussa les épaules. Je me rendis compte qu'il s'était lassé du jeu. Il lança un coup d'œil à Georges ; celui-ci avait porté mes mains à ses lèvres, et je me retournai vers lui. Relevant le menton, il me regarda droit dans les yeux.

— Oui, dis-je, quand tu voudras.

Ce oui me mettait en danger, j'en eus conscience à l'instant où je le prononçais. Mais ça m'était égal. C'est ça qui est si curieux dans toute cette histoire. En prononçant ce mot, je savais que je scellais avec Georges un pacte qui ne pourrait être dénoncé à la légère. Et il y a plus, quand je m'assis auprès de Stephen dans le métro pour rentrer chez nous, je compris que d'une certaine manière je lui avais fait mal en acceptant d'être photographiée. Il n'en dit rien, mais je le devinais à sa sollicitude et à la faim ravivée qu'il avait de moi. Je ne regrettais rien. Quand la rame repartit avec une secousse de la station de la 72e rue, il me prit le visage dans les mains et m'embrassa avec violence. Il y avait de la colère dans son baiser, et pendant ce bref instant je savourai mon pouvoir. Au matin, le charme mystérieux que j'avais exercé le soir avait disparu. Stephen se montrait maussade et irritable. Manifestement, il ne voulait plus de moi dans son appartement, et je lui donnai satisfaction, mais en partant je me sentais malheureuse. Je marchai vers chez moi avec une effroyable impression de vide dans la tête, la poitrine et l'estomac. Elle était si prononcée que la pensée me traversa que je n'habitais plus en moi-même comme auparavant. Le *moi* qui avait toujours désigné l'ensemble de ma vie intérieure semblait s'être déplacé, et pendant une minute j'arrêtai de marcher, abasourdie de me sentir étrangère à moi-même.

Georges m'appela pour confirmer notre rendez-vous. Je devais venir chez lui le samedi à midi. Il fallait que je m'habille avec simplicité. C'était tout. Le samedi matin, je m'éveillai tard, d'un rêve où il était question de Georges. Je ne m'en rappelle que la fin. Il portait une des chemises de Stephen et me désignait une fenêtre de la taille d'un de ces cubes avec lesquels jouent les enfants. C'était un rêve désagréable, et je l'écartai de mes pensées avant de regarder par la fenêtre, en me tordant le cou afin d'apercevoir le ciel au-dessus du puits d'aération. Il était bleu. Un bon jour, pensai-je. Je choisis une robe noire toute simple, boutonnée devant, me mis du rouge à lèvres, saisis un pull et m'en allai chez Georges.

Le temps printanier me remplit d'allégresse, et pendant que j'attendais que Georges m'ouvre sa porte, je me rendis compte que je souriais. Il m'attira sans un mot à l'intérieur et me serra rapidement contre lui. Je remarquai que mon cœur battait plus vite. La pièce familière paraissait inondée de lumière.

— Il fait beau ici, aujourd'hui, dis-je.

Georges me prit le visage entre ses mains. Il se pencha en arrière et plissa les yeux, mimant un examen sévère.

— Ça ira, déclara-t-il. Tout est là.

— Tout quoi ?

— Tout ce dont j'ai besoin.

— Ce n'est pas une réponse, dis-je en me dégageant.

— C'est ma réponse, répliqua-t-il. Il gardait les yeux fixés sur les miens ; ses paupières lourdes et ses cils sombres étaient immobiles. Je regardai sa bouche et la trouvai belle pour la première fois.

Georges observait mes pieds.

— Je crois que tu serais mieux pieds nus. La robe est bien, mais tes souliers et tes chaussettes sont comiques.

— Tu trouves ? demandai-je en baissant le nez vers mes socquettes de coton et mes sandales.

— Un peu enfantins.

— Moi, ça m'est égal, fis-je, et je me penchai pour les enlever.

— Non, dit-il, laisse-moi faire.

Je m'assis par terre, les jambes étendues devant moi. Georges s'assit aussi et prit mon pied droit contre lui. Il détacha lentement la boucle et fit glisser la chaussure de mon pied. Il souriait. Je regardai ses doigts rassembler en douceur le tissu en haut de la socquette et la baisser sur ma cheville et mon talon. Il la plia et la déposa sur la sandale. Puis il s'en prit à l'autre pied. Il n'y avait aucune hâte en lui. Ses gestes étaient méthodiques, précis. Après m'avoir ôté l'autre sandale et l'autre chaussette, il garda mon pied nu quelques secondes entre ses mains ; son expression était sobre. Je m'inclinai en arrière, appuyée sur mes mains, et fermai les yeux. La lumière aveuglante de la pièce avait laissé sa marque rouge sur l'intérieur de mes paupières, une lueur dans ma cécité. J'entendis Georges respirer, puis marcher à travers la pièce et revenir, mais je n'ouvris les yeux qu'en entendant le déclic de son appareil.

— On a commencé ? fis-je. Juste comme ça ?

— Juste comme ça.

— Je ne suis pas sûre de savoir quoi faire.

— Si, tu sais.

Je ne répliquai pas. Peut-être que je savais, après tout. A travers la fenêtre, le soleil me chauffait le dos, et je sentais mes cheveux qui flottaient dans mon cou. Ce n'est pas déplaisant d'être regardée, et j'eus l'impression de le redécouvrir, là, assise sur le plancher, en écoutant l'obturateur de l'appareil. Je perdis le fil de mes pensées. Des images et des mots me traversaient la tête ainsi que ça se passe avant le sommeil. Je changeais de position presque à mon insu. Ça n'a pas d'importance, me disais-je. Cette pensée fut peut-être la transition, la modification que je voulus en moi sans savoir pourquoi. L'allure s'accéléra. Je m'entendis rire. Nous trouvâmes un rythme. Georges sautait d'un côté à l'autre. Il s'accroupissait, se relevait, s'agenouillait, et je bougeais avec lui. Il riait, et je dansai, d'abord prudemment, consciente de mes bras et de mes jambes, de ma taille et de mes hanches, me voyant comme dans un miroir, et puis je m'oubliai et m'abandonnai à des mouvements de plus en plus rapides. Je tournoyais et virevoltais comme une folle pour Georges, qui me criait des encouragements et prenait, me semblait-il, des centaines de photos, ne s'arrêtant qu'afin de changer le film dans son appareil. Mes pieds martelaient le plancher. Je faisais du bruit, me frappais les cuisses, tambourinais des deux mains sur une chaise, criais avec une exubérance vertigineuse. Mon cœur battait la chamade. Je ne sais pas combien de temps cela dura, mais je me souviens que l'effort m'avait essoufflée, que je sentais couler la sueur dans mes cheveux et sous mes bras, et que j'ai fini par me plier en deux, épuisée. Je relevai les yeux vers Georges. Il souriait. Il était assis par terre avec son appareil sur ses genoux. Je tombai à genoux et rampai vers lui en regardant ses bras minces et sa belle bouche. Je levai le bras droit et tendis la main vers son visage, mais quelque chose dans son expression m'arrêta. J'ai eu ce que je voulais, semblait-elle signifier. N'approche pas davantage. Je baissai le bras, reculai, m'assis, encore essoufflée.

Georges continuait à me fixer. Des gouttelettes de sueur s'étaient formées au-dessus de sa bouche et sur ses tempes. Il paraissait fatigué mais content de lui, comme quelqu'un qui vient de bien manger, et en examinant son visage, avec son front haut et ses sourcils qui se touchaient presque, je le trouvai répugnant. Le plaisir intense que j'avais ressenti l'instant d'avant avait disparu. Je le vis passer la langue sur sa lèvre supérieure. Un geste sans conséquence qui, pour une raison ou une autre, me parut horrible, et je fermai les yeux. Qu'est-ce qui vient d'arriver ? me demandai-je. Je ne dis rien à Georges, mais il devait avoir senti cette altération. J'allai à la fenêtre et regardai dehors. Un homme avec un paquet dans les bras se hâtait vers le coin de la rue. J'avais les mains qui tremblaient. Je me retournai, vis mes sandales et mes socquettes sur le sol, et me penchai pour les chausser.

Tandis que je bouclais la seconde sandale, Georges vint se mettre debout près de moi.

— Tu vas bien ? me demanda-t-il.

— Je suis fatiguée, prétendis-je. C'est tout. En levant les yeux vers lui, je vis que son regard avait perdu son acuité.

— J'espère qu'il en sortira quelque chose, dit-il.

Je regardai la porte.

— D'où ?

— Des photos, Iris. Tu es encore ici ?

— Excuse-moi, dis-je.

— Parfois je travaille pendant des heures et il n'y a pas une bonne photo. D'autre part, il m'arrive de saisir une image fabuleuse en une seule prise. On ne sait jamais.

— C'est une question de chance, alors, fis-je, en ramassant mon gilet sur le canapé.

— La chance joue un rôle.

— Et le reste ? Je me dirigeai vers la porte.

— Le reste, dit-il, à sa façon lente et délibérée, est calcul.

Je tendis la main vers la poignée mais Georges se déplaça de façon à me bloquer la sortie.

— I-ris.

Il s'attardait sur chaque syllabe de mon nom, en faisant un appel.

— Qu'y a-t-il ? chantonnai-je à mon tour.

Il s'adossa à la porte et parcourut mon corps des yeux, de haut en bas.

— Tu es transparente, me dit-il.

Je tressaillis.

— Qu'est-ce que tu veux, Georges ?

— C'est ça la question, hein ? Peut-être que tu devrais te la poser aussi. Il se pencha vers moi et m'embrassa sur la joue ; il ne s'écarta pas. Il resta plusieurs secondes la bouche contre mon visage, puis il m'embrassa dans le cou.

— Ne gâchons pas ça, murmura-t-il.

Je le pris par les épaules et le poussai contre la porte, pas fort, mais fermement. Je vis qu'il était surpris.

— Fais attention, dis-je. Je mords.

Il eut un éclat de rire, fit un pas de côté et m'ouvrit la porte, et en m'éloignant dans le couloir je l'entendis rire. Touché, me cria-t-il, mais je ne me retournai pas.

Stephen et moi devions nous retrouver pour dîner au *Moon Palace*, un restaurant chinois de la 112e rue, près de Broadway. Il était en retard, à son habitude, et j'essayai de lire en l'attendant mais mon livre, un essai austère sur les héroïnes dans le roman anglais du XIXe siècle, ne retenait pas mon attention. L'œil sur les pages, je pensais à l'après-midi. Je m'interrogeais à nouveau sur ce qui s'était passé. Une entreprise de séduction avortée ? Je me souvenais de ses lèvres contre mon cou, de ses longs cheveux dans ma figure. *Ne gâchons pas ça*, avait-il murmuré. Dans le passé, je m'étais accordé des plaisirs éphémères, j'avais couché avec des quasi-inconnus, et je n'en avais pas eu de regret. Mais ces rencontres-là étaient simples. Avec Georges, je me sentais perdue – comme dans un pays étranger dont je n'aurais pu lire les signes. Et Georges avait pris l'avantage. En déclarant que, contrairement à lui, j'étais intelligible – un livre ouvert – il m'avait rendue vulnérable. Savoir ce qu'il voyait ou ne voyait pas, ce qu'il devinait ou ne devinait pas paraissait presque superflu. Georges avait du goût pour l'ambiguïté, et j'avais l'impression qu'il avait créé en moi, en vue de son amusement personnel, une brume de doute. L'idée qu'il pouvait manipuler mon désir le titillait. C'était de cela que j'avais peur. Ce qui m'écœurait, c'était de me sentir impliquée dans cette relation ténébreuse. Je l'avais cherché, et mes motifs me semblaient confus. Georges n'était sans doute pas extralucide, mais il avait deviné instinctivement comment sonder en moi l'inexprimé, ce que j'avais senti s'éveiller à ce moment où il me fixait, le visage enfiévré de satisfaction. Je sentis une main sur mon cou et sursautai. Pivotant sur moi-même, je vis Stephen.

Je repris mon souffle.

— C'est New York, ici, Stephen. On ne s'amène pas en douce comme ça dans le dos des gens.

— Désolé, dit-il, et il sourit. Comment va le modèle ?

— Pourquoi ? demandai-je. Tu as parlé à Georges ?

— Non. Il ouvrit de grands yeux. Je voulais simplement savoir comment ça s'est passé.

— Bien, dis-je.

Il s'assit en face de moi.

— Bien ? C'est tout ce que tu as à en dire ? Il se renversa contre le dossier de sa chaise, appuya ses poings sous son menton et m'examina en souriant de nouveau. Qu'est-ce qui s'est passé ?

— Rien. Il a pris des photos.

Stephen se pencha à travers la table, me saisit le poignet et me tira vers lui. Je sentis une bouffée de désir qui m'irrita. Non, pensai-je, non. J'essayai de me libérer de sa poigne, mais il me tenait fermement. Il murmura :

— Tu as couché avec Georges, hein ?

— Stephen ! Il me lâcha.

L'homme assis à la table voisine m'adressa un petit sourire.

— Ça ne fait rien, dit-il. Tu es libre de faire ce que tu veux.

Je regardai Stephen commander le repas. Quand le garçon fut parti, il s'adressa à moi avec animation.

— Tu sais, Georges aime mieux les photos que les gens.

En l'entendant, je sentis ma gorge se serrer.

— Que veux-tu dire ?

— Exactement ce que j'ai dit. Il se tut et fit semblant d'observer quelque chose à l'autre bout de la pièce. Il a voulu me photographier, moi aussi, mais j'ai refusé.

L'image du jeune homme devant la fenêtre me revint à l'esprit. Ce n'était pas Stephen, pensai-je. Bien sûr que non.

— Pourquoi tu ne me l'as pas dit ?

— J'aurais dû ? fit-il. Tu as pris ta décision. J'ai pris la mienne. Elles sont totalement indépendantes.

— Salaud, murmurai-je.

Il leva les mains, en un geste de fausse surprise.

— Je ne vois pas de quoi tu parles.

Nous nous regardions fixement. Les yeux de Stephen étaient nébuleux, pas francs. Etait-ce par négligence qu'il ne m'avait pas parlé de son refus de se laisser photographier par Georges ? Ça me paraissait trouble. Notre intimité n'avait pas de règles. Il n'y avait aucun contact entre nous. Je sentis ma frustration comme une tenaille autour de ma poitrine, de mes mâchoires. Sans savoir ce que je disais, je lançai, comme une idiote :

— Tu ne m'as jamais aimée.

Le visage de Stephen se détendit, et je me souviens d'avoir pensé comme c'est facile de parler par clichés, d'emprunter une réplique à un roman à l'eau de rose et de la laisser tomber. De toute façon, avec nos propres mots, nous n'arrivons jamais qu'à errer aux alentours de l'inexprimable, et il y a quelque chose de rassurant à répéter ce qu'on a déjà entendu. Stephen avait une réponse toute prête.

— Je t'ai toujours aimée, dit-il. Je ne t'aime pas comme tu voudrais, c'est tout.

Deux jours après, Georges téléphona.

— Il n'y a qu'une photo dont je sois vraiment content, mais elle est extraordinaire. J'ai pensé que Stephen et toi pourriez venir dîner demain, et je vous la montrerai. Il y en a plusieurs autres très jolies, mais elles ne me vont pas. Ce n'est pas… Il hésita.

— Pas de l'art, suggérai-je.

Georges rit.

— Non, dit-il, ce n'est pas de l'art.

Il y eut un silence.

— Je me sens moche quand je pense à l'autre jour, dis-je.

— Il n'y a pas de raison.

— Mais je me sens moche.

— Ne t'en fais pas.

— Tu n'en as pas parlé à Stephen ?

— Qu'est-ce que j'aurais dit, Iris ?

— Je ne sais pas.

— Il y a quelque chose que tu voudrais me dire ? demanda-t-il.

La question me prit de court. Je ne répondis pas avant plusieurs secondes.

— S'il y a quelque chose, fis-je enfin, je ne vois pas ce que c'est, en ce moment.

Georges rit de nouveau.

— Bon, eh bien si tu trouves, je suis toujours là. D'accord pour demain, alors ? A huit heures chez moi ?

— D'accord.

— Je me réjouis de te voir, Iris. Sa voix était chaleureuse, affectueuse, et je me demandai ce que cela signifiait.

— Au revoir, Georges.

— A demain, dit-il.

Je l'écoutai raccrocher.

Stephen et moi ne nous rendîmes pas ensemble chez Georges. Je le lui proposai, mais il me répondit qu'il avait un rendez-vous en ville avant le dîner. Il ne me dit pas avec qui et je dominai mon envie de le lui demander, mais dans l'après-midi, quand je m'installai à la bibliothèque pour commencer un essai que j'avais pompeusement intitulé : *Romans au cœur du roman : le destin de Dorothea Brooke, de George Eliot*, je me mis à imaginer que c'était avec une jolie femme que Stephen avait rendez-vous. La silhouette et la couleur des cheveux de cette femme variaient au gré de mes pensées mouvantes, mais l'idée de son existence demeurait, empoisonnante, et même si elle n'était qu'une émanation de ma jalousie, je n'arrivais pas à endiguer un flot de fantasmes à propos d'elle et de Stephen. Quand le moment fut venu de m'en aller de la bibliothèque, j'avais inventé plusieurs scénarios complexes les impliquant tous deux, mais je n'avais pas écrit un mot sur Dorothea. Chez moi, je changeai trois fois de tenue, et j'arrivai chez Georges avec vingt minutes de retard.

Georges m'ouvrit la porte, et je vis Stephen debout derrière lui. Ils me saluèrent à l'unisson. Stephen avait le visage rouge, et les manches de sa chemise blanche, déboutonnées, étaient remontées au-dessus de ses coudes. Il fait sans doute chaud dans la pièce, me dis-je, mais quand j'y entrai, l'air était frais et je remarquai que les fenêtres étaient ouvertes. Je sentais sur moi le regard de Georges tandis que j'observais Stephen, et je résistai à la tentation de me tourner vers lui. Georges m'apporta un verre de vin et je restai debout, immobile, à écouter les bruits de la nuit au-dehors. J'entendis quelqu'un crier le prénom Paul. J'attendis une réponse. Il n'y en eut pas.

— Tu es bien silencieuse, dit Stephen, derrière moi.

Je tournai sur moi-même pour répliquer. Son visage avait retrouvé sa pâleur habituelle. Il fixait le vide, au-delà de moi, et ce regard sans but m'irrita.

— Comment était ton rendez-vous ? demandai-je.

Il me dévisagea avec l'air de ne pas comprendre.

— Tu as rencontré quelqu'un cet après-midi, non ?

— Ah, ça, dit-il. C'était bien.

— Je connais ? J'écoutais avec une fascination détachée mon ton de jérémiade. Ma question était fausse. Aucune réponse ne m'aurait pacifiée. J'avais simplement cédé à un besoin pervers d'interroger, de m'exposer et de me tourmenter, et à peine m'étais-je entendue dire ces mots que j'en ressentis à la fois du soulagement et de l'humiliation.

— Oh Iris, fit-il, pas encore une crise de jalousie.

Je m'écartai de lui. Mes désirs commençaient à m'écœurer. Ils étaient devenus vieux et tyranniques, me harcelaient comme des maîtres brutaux, et je compris alors que je souhaitais qu'ils meurent.

Au cours du repas, je parlai surtout à Georges, ainsi que Stephen. Après le dessert, Georges quitta la table et revint avec une enveloppe jaune qu'il déposa devant moi.

— Regarde, dit-il.

Stephen, qui était assis à côté de moi, se pencha pour voir aussi.

Je soulevai le rabat et retirai de l'enveloppe une grande photographie. En dépit de mes angoisses concernant l'après-midi que j'avais passé avec Georges, je ne m'attendais pas à ce que je vis alors. Au premier abord je ne me reconnus même pas. La personne qui figurait là semblait dépourvue de ressemblance avec moi, et pendant une seconde je pensai que Georges s'était trompé, qu'il ne m'avait pas donné la bonne photo, et puis je m'apparus, et j'éprouvai la sensation bizarre de retrouver quelque chose, le souvenir d'un événement oublié, quelque chose de déplaisant et de déconcertant. Je tâchai de le saisir, mais c'était comme un fragment de rêve revenu un instant à la surface durant le jour, suscité par une vision ou un bruit, et redisparaissant dans l'inconscient – aussi vite qu'il était venu. Je posai la photo sur la table et la repris aussitôt.

Ce n'était pas une photo en pied. J'étais cadrée sous les seins, et mes bras tendus étaient coupés aux coudes. On voit des photos taillées de toutes sortes de façons, et il est rare que l'effet en soit dérangeant. Quand on les regarde, on complète ce qui manque, mais cette image-ci était différente. La convention semblait ne pas s'y appliquer, et j'avais l'affreuse impression que les morceaux de moi qui ne s'y trouvaient pas faisaient réellement défaut. Je ne le compris pas au moment même mais j'y ai réfléchi si souvent depuis, j'en suis venue à croire que cette impression naissait du fait que ce qu'on voyait de moi était également fragmenté. Une longue mèche de cheveux me traversait la joue droite et une partie de la bouche, partageant mon visage en deux. Une ombre noire sous mon menton relevé donnait à ma tête l'air de flotter à distance de mon corps. Mon visage entier manquait de netteté, en partie parce que la lumière était faible, et aussi parce que j'avais une expression inepte, un rictus intérieur, une grimace qui ne signifiait aucune émotion particulière, pas même une sensation. C'était un visage privé de raison, et je le détestai. Je ne suis pas ça, pensai-je, et je laissai la photo me tomber des mains sur la table.

Stephen la saisit aussitôt et la tint à bout de bras devant lui. Il siffla longuement entre ses dents, je ne l'avais jamais entendu pousser cette sorte de soupir, et son visage, que je voyais de profil, me parut envahi par une douceur inhabituelle. Il contemplait la photo en hochant lentement la tête.

— Stephen, fis-je d'une voix à peine audible. Il ne réagit pas. Stephen ! répétai-je.

— Quoi ? Il ne me regardait pas.

— Cette photo, elle est…

— Etonnante, dit-il.

Je posai des doigts timides sur son bras nu, mais il se déroba à mon contact.

— Non, lui murmurai-je, elle est terrible. Tu ne peux pas ne pas le voir. Elle est cruelle.

Il répondit d'une voix haute et forte qui me remplit de honte.

— Qu'est-ce que tu racontes, Iris ? Explique-toi.

Je cherchai Georges des yeux ; je crus qu'il était sorti, et puis je l'aperçus, debout à l'autre bout de la pièce, appuyé contre le mur, en train de fumer. Je croisai son regard. Il nous avait observés avec attention, j'en étais sûre. Mais dans quelle intention ?

— Qu'est-ce que tu penses, Iris ? me demanda Georges.

— Ça ne me ressemble pas, dis-je. Pour être honnête, je trouve qu'il y a quelque chose d'horrible…

Georges m'interrompit.

— Et qu'en pense Stephen ?

Stephen leva la tête vers son ami.

— Je crois, dit-il, que tu ne sais sans doute pas ce que tu as fait. Tout est là, Georges, tout ce que tu cherchais. Là-dessus, il se replongea dans sa contemplation. Son regard fixe me rappelait certains animaux dont les yeux paraissent totalement inertes, presque aveugles, et j'eus soudain le sentiment que pour Stephen j'étais devenue invisible. Un cap inattendu avait été franchi, et j'avais été perdue de vue.

Après cette soirée, Stephen se montra distant. Il me téléphonait souvent, mais ne manifestait aucun désir de me ramener chez lui, et je n'y allais presque jamais. Nous ne nous entendions plus, et en dépit de mes fermes résolutions de le reconquérir par mon charme léger, la pierre qui pesait sur mon cœur m'en rendait incapable. Auprès de Stephen, j'étais devenue ennuyeuse, amère, sotte. Avec les autres, je retrouvais ma subtilité. Des hommes qui ne m'étaient rien me faisaient signe, et de temps à autre j'acceptais une invitation. Sur eux, mon indifférence agissait comme un aphrodisiaque. Parce que je n'en attendais rien, je me sentais libre de bavarder, et je racontais toutes sortes de bêtises qui ne semblaient qu'aggraver leur désir. A la fin de telles soirées, je refermais ma porte sur un visage plein d'espoir et me mettais seule au lit, et une fois couchée j'éprouvais des remords envers l'homme que j'avais laissé dans le couloir, j'avais honte de cette coquette en moi – ce personnage féminin ridicule qui n'apparaissait que lorsque je me sentais vraiment seule et triste.

La photographie remontait de temps en temps à la surface de ma conscience comme un objet de regret, mais je pensais que le pire était passé et m'efforçais d'aller de l'avant. Et puis, après une rencontre fortuite avec lui dans la rue, Stephen disparut. Je l'avais aperçu en compagnie d'une petite rouquine, pas plus de dix-huit ans. Elle était jolie et frêle, et portait des vêtements coûteux. Ils bavardaient, et à la position de Stephen je devinai son intention. Il se penchait vers elle, les épaules voûtées. Je le connaissais. Il ne séduisait pas par des plaisanteries. Il enlevait les femmes sur un nuage de sérieux. Alors je lui gâchai son effet. Je les abordai et embrassai Stephen en lui demandant de me présenter la jeune fille. Elle s'appelait Lily. Quel beau nom, dis-je en regardant le visage de Stephen se durcir. Avant de les quitter, je posai un baiser ferme et passionné sur la bouche crispée de Stephen. En me retournant, je la vis qui ouvrait de grands yeux verts, interrogateurs. Ce fut tout. Je ne me retournai plus. Je rentrai chez moi en courant et lançai quatre verres neufs contre le mur. Douze dollars plus taxe à la poubelle.

Huit jours passèrent. Stephen n'appelait pas, demeurait introuvable. A la bibliothèque, son coin habituel restait inoccupé. Il n'assista pas au seul cours que nous avions en commun et ne se montra dans aucun des lieux qu'il fréquentait en temps normal. Je résistai à l'envie de lui téléphoner, mais je téléphonai à Georges. Il fut le seul à qui je racontai la scène avec la jeune fille rousse, et je traitai l'incident comme une petite comédie, dont nous rîmes ensemble. Georges avait sans doute vu Stephen, il devait au moins lui avoir parlé ; pourtant, je savais qu'insister pour qu'il me renseigne sur son ami constituerait un manquement à la loyauté, et je tins ma langue.

Le neuvième jour, je craquai. Forte du prétexte pathétique d'un livre à rapporter, je décidai de rendre visite à Stephen. J'y allai à pied et, après avoir franchi la porte d'entrée de l'immeuble en même temps qu'un vieil homme qui me connaissait de vue, je montai par l'ascenseur au cinquième étage et me trouvai bientôt devant la porte de son appartement. Je respirai un grand coup et frappai. Il n'y eut pas de réponse. Je frappai de nouveau, plus fort. Toujours pas de réponse. Il est sorti avec la rouquine, me dis-je. Je frappai une dernière fois et essayai la poignée. Elle tourna, je poussai la porte. Je fis un pas à l'intérieur et appelai Stephen sans la refermer. D'où j'étais, je pouvais constater que la fenêtre de la chambre était entrouverte. Un courant d'air passa sur mon visage et je sursautai en entendant la porte claquer derrière moi. Sur la pointe des pieds, j'entrai dans la chambre et, comme je ne voyais personne, je frappai à la porte de la salle de bains. Le silence de Stephen avait quelque chose de sinistre. Il est mort, pensai-je. Il est mort depuis des jours, couché derrière cette porte. Je tournai la poignée et poussai, mais elle était bloquée. Alors j'y allai de tout mon poids et faillis m'étaler dans la salle de bains minuscule. Pas de Stephen. Je regardai à nouveau dans la chambre et remarquai sur le bureau une tasse de café à moitié vide. En me penchant pour voir s'il était froid, je vis la photographie, ou du moins un bout de la photographie, qui dépassait de sous un magazine.

Cela me fit un choc de la voir là. Stupidement, je ne l'avais jamais imaginée qu'en possession de Georges. Il s'agissait sans doute d'une copie. La seule idée qu'il en existait plus d'un exemplaire m'horripila, et j'eus une vision fantastique de sa prolifération – mon image multipliée par milliers, éparpillée comme balayures dans les rues de New York. Je la saisis pour l'examiner une seconde fois. Ça ne peut pas être aussi affreux que dans mon souvenir, me disais-je. J'en reconnus les différentes parties : le visage obscurci par les cheveux, le cou vide, dans l'ombre, les bras coupés aux épaules, les seins petits sous ma robe noire. A cause de quoi l'avais-je détestée ? Elle n'est pas laide, pensai-je. Elle n'a aucun caractère. Est-ce que je la vois bien ? Je l'étudiai encore et ne ressentis rien. Je me souviens d'avoir constaté avec étonnement mon absence de réaction, tout en continuant à la fixer. Il me sembla que ma tête devenait légère, comme si j'allais m'évanouir, et je fus prise d'une vague nausée. J'attrapai de ma main libre la chaise de Stephen et m'assis devant son bureau, la photographie toujours dans l'autre main. Je respirai profondément et y reportai mon attention. L'image se modifiait. Avec plus de curiosité que d'appréhension, je remarquai un petit trou noir dans le visage. Comment est-ce possible ? me demandai-je. Ce trou n'y était pas. Pourtant, je ne doutai pas un instant de sa réalité. Le trou grandit, gagna l'œil gauche et le nez, et alors la peur arriva, froide et absolue, une terreur si profonde qu'elle entraînait une sorte de paralysie. Je me sentais pétrifiée. Le trou était en train de dévorer l'image entière, visage et chevelure, épaules, seins, buste, et pendant un instant je ne vis plus que des moignons de bras suspendus là, tout seuls, puis eux aussi furent absorbés, mais tel un personnage dans un rêve, je ne pouvais pas crier. Je n'avais plus de voix, et je voyais le trou qui commençait à avaler le cadre de la photo. Quoique inquiète pour mes doigts, je ne pensai pas à la lâcher. Elle était liée à mes mains, indissociable de mes membres ; et puis je fus aveugle. Je ne sais pas quand je recouvrai la vue, mais je me souviens que la lumière dans la pièce fut la première chose que je remarquai, et qu'elle m'étonna. Ensuite j'aperçus les objets sur le bureau de Stephen. Ils se précisaient lentement – objets confus et sans nom, issus d'un autre monde. J'entendis respirer et pensai qu'il y avait quelqu'un d'autre dans la pièce, avant de comprendre qu'il s'agissait de ma propre respiration, bruyante et inégale comme celle d'un malade. La chambre redevenait elle-même, et je vis la photographie qui gisait face contre le sol, rectangle blanc insignifiant.

C'était fini, et j'avais mal à la tête. Je souffre de migraines et suis sujette à des illusions nerveuses et à des hallucinations mineures, mais je n'ai jamais pu décrire ces expériences comme des aberrations purement neurologiques, parce qu'au moment où elles se produisent je suis convaincue que ce que je vois est vrai, que cette terrible impression de fragilité et d'absence correspond à la réalité – pure et nue. Cette nudité est irrémédiable. Elle reste en arrière, en ce lieu brut et sans voix qui existe au-delà des rêves inarticulés de la vie quotidienne, où on ne peut demander à se rendre mais seulement être emmené. Tandis qu'assise dans l'appartement de Stephen, je me remettais de ma vision, je lui donnai un sens. C'était, m'expliquai-je, une révélation de l'obscurité inhérente à cette photographie, le signe d'une dégradation des relations entre nous : Stephen, Georges et moi. Je me demande à présent s'il n'est pas dangereux d'attribuer une signification à ce qui, par essence, est vacant, mais il me semble que nous ne pouvons l'éviter. Nous bouchons les trous par la parole, nous expliquons le vide jusqu'à oublier sa présence. Ma tête était douloureuse et je me sentais sans force. Je devinais que le mystérieux brouillard de la dépression commençait à m'atteindre – fardeau informe dont je ne pouvais me débarrasser. J'entendis un bruit et sursautai sur mon siège.

— Qu'est-ce que tu fous là, Iris ?

C'était Stephen. Je levai les yeux vers lui.

— La porte était… Je trébuchai sur le mot *ouverte.*

Il paraissait furieux.

— Jamais je n'irais fouiner chez toi, dit-il. Qu'est-ce qui t'a pris ?

— Je n'ai pas fouiné, protestai-je. Où étais-tu ? J'avais peur qu'il ne soit arrivé quelque chose…

— J'ai été voir Mrs. Stone. Elle a été malade. Mais là n'est pas la question.

Je ne répondis pas. Mrs. Stone était une théosophe octogénaire avec qui Stephen s'était lié d'amitié. Je ne me souvenais plus du tout d'elle.

— Qu'est-ce que tu faisais avec ça ? Il s'avança vers moi, ramassa la photo sur le sol et la secoua devant moi. Tu l'as pliée, ajouta-t-il en l'examinant. Tu allais la prendre, c'est ça ?

Je me touchai la tempe à l'endroit douloureux et regardai Stephen.

— Bien sûr que non, dis-je.

— Tu as parlé à Georges ?

— Que veux-tu dire ?

Stephen me fit face. Son beau visage était glacial, très blanc, mais ses oreilles paraissaient brûlantes. Ces oreilles rouges eurent sur moi un effet calmant, et je les contemplai avec intérêt.

Il serra la photographie contre son cœur à la façon d'un enfant qui revendique la propriété d'un jouet.

— Qu'est-ce que tu faisais avec, alors ?

— Je la regardais. Ma voix me sembla si basse que je me demandai s'il pouvait m'entendre.

— Quel droit as-tu de la regarder, de t'introduire chez moi ?...

— Cette photo est horrible, dis-je.

Stephen tint la photo devant lui. Son visage reprit des couleurs, ses oreilles pâlirent.

— Je la regarde tout le temps, dit-il. Depuis la première fois que je l'ai vue, j'ai voulu savoir comment elle fonctionne, comment ça fonctionne. J'aurais voulu la démonter, la décoder, mais cette fille est un mystère. Georges non plus ne peut pas l'expliquer. Tu dis que c'est une photo horrible. Je ne sais pas ce que ça veut dire. Tu poses un jugement moral, mais ce visage, cette femme est au-delà de tout ça.

— Stephen, c'est une photo de moi.

Il haussa les épaules.

— Tu ne comprends pas, c'est évident. Regarde-la, fit-il en brandissant la photo sous mon nez.

Je tournai la tête.

— Non.

— Tu ne veux plus la regarder ? Il rit, surpris.

— Non, dis-je. Pose-la.

Mes yeux erraient sur les étagères chargées de livres. J'étais si fatiguée que j'avais envie de me coucher. Stephen émit un petit bruit, une sorte de grognement, et je sentis qu'il me prenait par le bras pour m'attirer vers lui.

— Iris, tu deviens dingue ? Ce n'est qu'une photo. Regarde-la. Il agitait la photo près de mon visage.

Je fermai les yeux et retirai mon bras d'une secousse.

— Non.

— Tu es sérieuse, fit-il. Tu en as peur.

Je ne répondis pas. Sans y penser, je posai la main sur ma tête. La peau de mon crâne était douloureuse. Stephen s'agenouilla à mes pieds et tendit un bras vers mon visage. Il ne tenait plus la photo.

— Qu'est-ce qui se passe, Iris ? demanda-t-il, et il écarta de mon œil une mèche de cheveux. Comme tu es pâle. C'est une de tes migraines ?

Sa gentillesse me fit pleurer. Je dus rester assise là à renifler et à trompeter dans un kleenex pendant au moins cinq minutes, jusqu'à ce que Stephen commence à déboutonner mon chemisier, ses doigts sur ma gorge, sa bouche près de mon oreille.

Le lendemain matin, je partis sans attendre le réveil de Stephen. Je n'avais plus mal à la tête. J'envisageai de lui laisser un mot, puis je changeai d'avis. En passant, je vis la photo retournée sur le bureau. Un coup d'œil, me dis-je, un simple coup d'œil pour vérifier, mais je retins ma main. Quand j'arrivai dans la rue, la lumière et l'air frais me surprirent. Sortir de ces petites pièces sombres, pensai-je, c'est comme sortir d'une tombe.

Stephen quitta la ville ce jour-là. Il m'annonça qu'il allait passer six jours chez ses parents à San Francisco et assister au mariage d'un cousin. Je le crus. Dans mon esprit, la photographie s'effaçait derrière la vision que j'en avais eue chez Stephen. Je ne pouvais dissocier l'image du trou, et même si je pouvais la décrire avec une certaine exactitude et en nommer les parties, j'étais incapable de la voir réellement. Sa présence dans ma conscience était en fait une absence que je ressentais comme une menace légère mais constante. C'était assez pénible, mais ce qui acheva de me démoraliser, c'est que la photo commença d'apparaître en d'autres endroits et je me sentis envahie par le sentiment étrange qu'elle avait désormais sa vie propre. Ceci n'est pas à prendre littéralement. Ce que je veux dire, c'est que la photographie paraissait circuler – sinon la photo elle-même, du moins la rumeur de son existence. Le lendemain du départ de Stephen, je lisais à la bibliothèque et un jeune homme que je n'avais jamais vu vint s'asseoir à côté de moi en disant : Vous êtes la fille de la photo, n'est-ce pas ? J'étais sidérée. Il me regarda et rit. Jonathan Mann me l'a montrée. Je ne connais pas de Jonathan Mann, fis-je. C'est vrai ? répondit-il. Il m'a dit qu'il vous avait rencontrée. Je ne pense pas, répliquai-je en dévisageant fixement le jeune homme. Alors il jeta un coup d'œil à l'horloge, sauta sur ses pieds et s'en fut vers la porte. Et vous, qui êtes-vous ? lui criai-je, m'attirant des regards irrités d'autres lecteurs. Whorf, répondit-il, Ian Whorf… Histoire de l'art.

J'utilisai le téléphone du couloir pour appeler Georges, mais il n'était pas chez lui. Qui peut bien être ce Jonathan Mann ? Georges doit le savoir, pensai-je, et je renouvelai ma tentative. Sans résultat. Le lendemain, la même chose se produisit. Mon professeur de linguistique, un grand type amical avec une barbe blanche et un visage rouge, me retint après le cours. J'ai entendu dire que vous vous lancez dans une deuxième carrière, comme modèle ? Il me souriait. Qui vous a dit ça ? demandai-je, consciente de la crispation de ma voix. Le professeur Phibbs parut embarrassé. C'est dans le bureau du département d'anglais, dit-il. Marge, la secrétaire, avait l'air au courant. Marge. Je répétai le nom à haute voix. Je connaissais vaguement Marge. C'était une petite femme pleine de zèle qui trônait derrière une table immense au milieu du bureau. J'essayai de me l'imaginer en train de parler de la photographie. Stephen pouvait-il la lui avoir montrée ? Cette seule idée me paraissait fantastique. Je saluai le professeur Phibbs, gagnai le bâtiment de philosophie et pris l'ascenseur jusqu'au sixième étage.

En entrant dans le bureau, je vis une jeune femme – sans doute une étudiante – assise seule dans l'antichambre. Elle avait une étonnante masse de cheveux bruns dressés tout autour de la tête, et je les regardais en lui parlant. Marge est là ? En prononçant ces mots, je me rendis compte de l'absurdité de ma démarche. Non, elle est absente pour quelques jours. Je peux t'aider ? Non, dis-je, c'est personnel. Tu veux laisser un message ? Non, non. Trop d'emphase dans ma voix. Non, merci, fis-je en tentant de changer de ton. Comme tu voudras, répondit-elle, et elle se plongea dans une pile de papiers qui se trouvait devant elle.

Je passai toute la soirée à essayer d'atteindre Georges. J'avais beau laisser sonner le téléphone, il ne répondait pas. Je cherchai aussi le nom de Ian Whorf dans l'annuaire de Manhattan, mais ne l'y trouvai pas. Quand l'aube pointa dans le puits d'aération devant ma fenêtre, je veillais encore sur mon lit couvert de livres, d'articles polycopiés et de revues – mes lectures pendant des heures d'insomnie. Je finis par sombrer dans un sommeil léger, inquiet, plein de voix bavardes et de foules anonymes.

Je me réveillai trois heures plus tard et m'en fus à la bibliothèque, où je produisis trois pages sur Dorothea Brooke, dont les illusions semblaient parées d'une vigueur nouvelle, après quoi, épuisée, je me rendis au bâtiment de philosophie pour prendre le thé dans le salon des licenciés. Ce rituel, où le chuchotement était de rigueur, se pratiquait tous les après-midi. Une dame morose, assise derrière une grande machine argentée, dispensait avec parcimonie thé et petits biscuits incolores. Nous étions censés payer ce privilège vingt-cinq cents, mais en général, l'assiette destinée à recueillir nos contributions restait vide. Betsy Wingate était installée au fond de la pièce, et elle agita la main quand j'entrai. Je la rejoignis après avoir fait la queue pour être servie. Betsy était une connaissance, pas une amie. Je l'avais rencontrée à un cours sur la poésie romantique anglaise où elle s'était fait remarquer par sa façon de prendre la parole et les questions interminables qu'elle posait au professeur Kreeber, dont on racontait qu'il soupirait lorsqu'elle levait la main.

— Iris, déclara-t-elle. Tu es *la* personne que j'avais envie de voir. Elle tapota la chaise voisine de la sienne. Je m'assis. Ralph était là il y a quelques minutes, il me parlait de toi.

Je devais avoir l'air perdue.

— Tu sais, Iris, ce type avec une queue de cheval, un adepte de Derrida. Il se mettait derrière toi au cours sur les romantiques. Tu te souviens, un grand…

Je hochai la tête. Je me souvenais de Ralph.

— Il racontait qu'on voit un peu partout une formidable photo de toi, prise par un artiste de Manhattan. Une “étude érotique”, à ce qu'il disait.

J'avais le souffle coupé.

Betsy continuait.

— Il faut que je te demande, de féministe à féministe, tu comprends. Tu n'avais pas l'impression de te compromettre en posant nue ?

Je fixais les yeux de Betsy, agrandis par les verres épais de ses lunettes. La distorsion évoquait pour moi ces rêves dans lesquels un seul détail physique d'un personnage efface tous les autres. Ainsi je suis nue, maintenant, pensai-je. Je saisis ma tasse de thé des deux mains et contemplai le liquide brunâtre. Où que j'aille, cette chose idiote semblait être arrivée avant moi. Comme si je lui courais après. Betsy attendait une réponse dûment pesée. Je m'imaginai lui disant : J'étais tout habillée. Cette photo n'est pas ce que tu crois, c'est... Alors je compris que j'étais incapable de m'expliquer.

— Pas du tout, dis-je, et je me levai pour m'en aller.

Elle parut déçue.

Il faisait chaud là-dedans, trop chaud. Il faut que je sorte, pensai-je. Je marchai rapidement vers la porte et, en traversant le vestibule, passai près de deux jeunes gens qui bavardaient à voix feutrée, et l'idée s'imposa à moi qu'eux aussi colportaient la rumeur, qu'ils se donnaient des nouvelles de la photographie. Ils me lancèrent un coup d'œil. Je m'arrêtai sur les marches devant l'immeuble afin de rassembler mes esprits. La Butler Library se dressait au soleil, et je revis Stephen frôler Georges, la bouche contre l'oreille de son ami. C'était là que tout avait commencé, et à présent des inconnus en discutaient. Le cours de la rumeur est invisible. Une chose en devient une autre, c'est comme le temps. Jonathan Mann, Ian Whorf, le professeur Phibbs, Marge, Ralph, Betsy Wingate – ces noms tourbillonnaient en moi. La veille encore, je me serais mise en chasse, j'aurais essayé de retracer le chemin suivi par la photo et d'affronter ceux qui avaient fait courir ces bruits, mais je comprenais que cela m'était désormais impossible. Je n'avais pas l'énergie de me lancer dans une quête désespérée à travers les salles obscures de l'université de Columbia, d'écouter des variations sur le thème de mon exhibitionnisme. Je m'assis sur les marches, fermai les yeux et levai mon visage vers le soleil. La version de Betsy en valait bien une autre. Tout compte fait, la nudité faisait une métaphore très sage pour ce qui m'était arrivé. Je n'avais pas seulement été déshabillée. C'était un écorché.

Pendant deux jours, je me terrai dans mon appartement, où je travaillai à mon texte sur les désirs de Dorothea et la vacuité de Casaubon en m'interrompant régulièrement pour téléphoner à Georges, qui n'était jamais là. C'est alors que je commençai à soupçonner que Georges et Stephen étaient de mèche. Après tout, ils avaient quitté la ville en même temps. Peut-être n'y avait-il ni cousin ni mariage, peut-être Stephen avait-il menti pour se couvrir. Mais mes soupçons ne se limitaient pas à eux deux. Je commençais à me sentir embarrassée en public, à m'attendre à des regards ou à des questions, et quand je pénétrai à la bibliothèque après ma réclusion, je fis mine de ne voir personne. La matinée et une bonne partie de l'après-midi s'écoulèrent sans incident. Chaque heure qui passait me laissait plus détendue, et vers quatre heures, tout à fait heureuse, je parcourais mon exemplaire de *Middlemarch* quand un inconnu m'aborda.

Il surgit de derrière un chariot sur lequel s'empilaient des livres à replacer dans les rayons ; il était beau, et portait un pull rouge et des lunettes de soleil. Il se pencha par-dessus la table où je travaillais et me contempla avec un large sourire. Ses gestes avaient un côté propriétaire qui me déplut. Il paraissait trop âgé pour un étudiant, trop voyant pour un bibliothécaire. J'étais certaine qu'aucun bibliothécaire dans toute l'histoire du monde n'avait jamais porté de lunettes de soleil à l'intérieur.

— C'est vous, Iris, n'est-ce pas ?

Je regardai les disques sombres devant ses yeux.

— Non, fis-je, ce n'est pas moi.

Il eut l'air surpris.

— J'étais persuadé…

— Non, vous cherchez quelqu'un d'autre, affirmai-je. Ce n'est pas moi du tout. J'entendais mon ton convaincu.

Il inclina la tête de côté comme pour mieux me voir.

— J'aurais juré…

— Désolée, dis-je, et je baissai les yeux vers mon livre. Il resta un moment au-dessus de moi puis s'en alla. Quand je fus sûre qu'il était parti, je relevai la tête. Mon sentiment de triomphe fut de courte durée. Quelques minutes suffirent pour que ce déni m'apparût comme une étape de plus vers le pire. L'aisance avec laquelle j'avais esquivé mon identité m'inquiéta. J'avais déjà fait cela. Quelques mois plus tard, j'allais recommencer, mais ça c'est une autre histoire.

Je repris le chemin de chez moi, mon sac plein de livres sur l'épaule. Quand j'atteignis la 109e rue ouest, je la dépassai et continuai à marcher. J'avais trop de choses en tête pour ce petit appartement. Le vent venait du fleuve, et mes pieds allaient bon train, rythmant mes pensées tandis que je cheminais toujours plus loin. Je n'avais pas de destination, rien que la volonté d'avancer, et j'avançais vite, les bruits de la ville dans les oreilles, ses fumées dans le nez et la bouche. Mes livres étaient lourds et mon sac me mordait l'épaule. Je m'arrêtai dans une charcuterie de la 54e rue et m'offris un grand et coûteux sandwich avant de poursuivre mon chemin vers le centre. Le bleu du ciel s'assombrissait quand j'arrivai enfin à Washington Square. Je traversai la place dans l'obscurité, passai sous l'arche et remontai sur le trottoir. Je fis non de la tête quand un homme s'approcha de moi, les mains tendues, la voix mélodieuse. *Loose joints, loose joints*, psalmodiait-il, et j'imaginai des gens aux jointures désarticulées, telles des marionnettes, et pressai le pas.

Il disparut derrière un arbre. En arrivant à l'autre bout du parc, je savais que j'allais pousser jusqu'à West Broadway avec l'espoir de trouver Georges chez lui et, si nécessaire, m'asseoir sur une marche de l'escalier pour l'attendre toute la nuit.

Quand j'appuyai mon doigt sur la sonnette, je n'espérais pas de réponse ; il répondit pourtant et, une fois montée, je le trouvai seul dans son appartement jonché de vêtements et de papiers, une valise ouverte sur le plancher. Je pensais qu'il m'expliquerait ce chaos, mais il n'en fit rien. Il faut que je te parle, déclarai-je en me laissant tomber sur le canapé, et je parlai longtemps, sans interruption ; je racontai les curieux événements des derniers jours, m'interrogeai à haute voix sur les origines de la rumeur et, aussi raisonnablement que possible, sur la photo elle-même, sur la violence de ma réaction à cette photo et sur celle de Stephen. Tout au long de mon monologue, j'observai Georges, cherchant un signe sur son visage, mais bien qu'attentif, il ne manifestait aucune émotion. Je conclus enfin :

— Cette histoire déraille. Tu t'en rends compte, non ? Ça devient dément.

Georges soupira.

— Ça doit être Jon.

— Jonathan Mann ? demandai-je.

— C'est un marchand, Iris. Il va y avoir une exposition. Ça s'est passé très vite. Un de ses artistes est à l'hôpital, son œuvre n'est pas prête, alors il m'a demandé, à moi. J'ai les photos. Je souhaite montrer la tienne – entre autres.

— Quand est-ce arrivé ?

— Il y a une semaine.

— Tu aurais dû me le dire alors.

— J'étais parti.

Je regardai une chemise bleue chiffonnée sur le dessus de la valise.

— Avec Stephen ?

Il ne me répondit pas.

— Tu es parti avec Stephen ?

— Pendant quelques jours. Après je suis allé à Los Angeles.

— Il m'a menti, dis-je. A propos du mariage.
— Non, Iris. Il y avait un mariage.
— Je ne sais pas qui tu es, Georges. Je ne sais vraiment pas qui tu es.
— Vraiment pas ? Il avait l'air triste. Ses yeux sombres étaient veinés de rouge.
— Quand a lieu l'exposition ?
— Vendredi prochain.
— Déjà ? Je n'aurais pas cru que c'était possible.
— On dirait que oui.
— Je pourrais te demander d'enlever la photo, tu sais.
— Tu ferais ça ? Il me regarda droit dans les yeux.
J'interrogeai son visage, mais Georges paraissait seulement fatigué et très pâle. Il était avachi dans un fauteuil. Toute vie semblait avoir quitté son corps abandonné, immobile, tel un personnage de cire. Au moment même, je pris cette inertie pour de l'indifférence, et elle m'irrita.
— Peut-être, dis-je. Ecoute, Georges, j'ai l'impression de m'être fait posséder, berner. Je ne sais plus où j'en suis, et cette photo y est pour beaucoup. Je crois que tu savais qu'elle me ferait du mal, mais tu l'as tout de même…
Georges secoua la tête.
— Tu m'as volée.
Je ne savais pas ce que voulaient dire ces mots, mais ils me semblaient définir une vérité informe.
Il me regarda en face.
— Tu es venue ici. Je t'ai photographiée. Tu es venue parce que tu en avais envie.

Je cessai de respirer. Il avait raison. Je soufflai par le nez, attentive à la petite bouffée d'air qui me passa devant la bouche. Je respirai de nouveau.

— Expose-la, dis-je en me levant. Je fis glisser mon sac de livres sur mon épaule douloureuse. Mais je n'assisterai pas au vernissage. Je n'irai pas voir. Stephen n'a qu'à te soutenir le moral.

Georges me tendit les mains – son visage blanc paraissait étrangement tuméfié – mais j'ignorai son geste de réconciliation et passai la porte.

Je pris un taxi pour rentrer chez moi, et regardai mon argent défiler au compteur en pensant aux trente dollars que je devais à Stephen et ne possédais pas. Je baissai la vitre pour laisser l'air m'envelopper tandis que le chauffeur filait sur la 10e avenue, passant au vert un feu après l'autre. Je lisais les lettres au néon suspendues dans le noir au-dessus de la rue, dans le néant d'immeubles et de murs invisibles, enseignes vantant des lieux et des produits obscurs. Je savais que certains noms désignaient des choses qui n'existaient plus – sociétés défuntes, hôtels inoccupés. Cette idée me remplit de tristesse, et je pleurai sans bruit à l'arrière du taxi jusqu'à ce qu'il s'arrête à la 109e rue. Avant de glisser ma clef dans la serrure, je levai les yeux vers le ciel pour voir s'il y avait des étoiles. Il y en avait beaucoup cette nuit-là, et leur présence me parut aussi rassurante que les rêves du paradis que je faisais quand j'étais petite.

Le lendemain matin, je fus réveillée par la sonnette. C'était Stephen. J'enfilai mon peignoir et l'attendis avec la porte ouverte. Il arriva par l'escalier, impeccablement vêtu de blanc, les cheveux brillants dans le soleil qui pénétrait par la fenêtre du couloir. Il m'embrassa sur la joue, me prit la main et entra dans l'appartement. Il s'assit sur une caisse d'oranges qui servait de siège et posa ses coudes sur ses genoux.

— Georges m'a appelé hier soir, dit-il. Tu es allée le voir.

— Oui, fis-je.

Stephen inclina la tête. Son menton touchait le col de sa chemise amidonnée.

— Trop de secrets, Stephen, dis-je. Je ne peux pas vivre comme ça. Ça m'étouffe.

— Tout le monde a des secrets, Iris.

— Je sais, dis-je, mais il y en a qui font du mal et il y en a qu'on ne peut pas garder. Tôt ou tard, ils éclatent au grand jour. Je me tus un instant. Comme toi et Georges. Je me sens dupée. J'ai l'impression que vous avez ri de moi tout ce temps, tous les deux. Je veux te l'entendre dire, Stephen. Dis-le-moi maintenant. Vous êtes amants ?

Ses yeux verts fixaient une pile de livres que je devais rapporter à la bibliothèque. Puis il sourit et secoua la tête.

— Georges n'est l'amant de personne, en vérité. Tu le sais. C'est autre chose…

Je regardais son cou. Les deux premiers boutons de sa chemise étaient ouverts, et j'aurais voulu poser les doigts sur les petits os de sa poitrine, mais je retins mes mains et les croisai sur mes genoux.

— Il t'a photographié, tout de même, non ? demandai-je. C'est toi, c'est ton corps devant cette fenêtre, pas vrai ?

Il ne répondit pas. Il restait assis, la tête penchée, et je vis qu'il tremblait.

— Tu m'as menti pour ça, quand on aurait pu être francs. On aurait pu en parler. Je me sentais si moche en sortant de chez Georges, ce jour-là, si humiliée, si blessée, et tu n'as fait qu'empirer les choses. Je ne peux pas comprendre.

— Il n'y a aucune cruauté en toi, dit-il en me touchant du bout des doigts le visage puis les cheveux. Ses mains sentaient le savon parfumé.

— Là, tu te trompes, fis-je.

— Tu es une fille bien, insista-t-il. Moi, je ne suis qu'un truqueur.

— Ne dis pas ça.

Stephen sourit.

— C'est la vérité.

— C'est ce que tu éprouves en ce moment.

— C'est ce que j'éprouve toujours, dit-il.

— Tu as toujours l'impression d'être un truqueur ? Je ne te crois pas.

— Je me regarde vivre, Iris, comme un film, et cette image de moi compte plus que tout. Je ne veux pas la trahir. Est-ce que tu sais de quoi je parle ? Ce que je veux dire, c'est que je ne peux pas supporter l'ordinaire. Je ne veux pas devenir ennuyeux, m'abîmer comme les autres dans la platitude – leurs conversations cœur à cœur, leurs aveux mesquins, leurs rapports dus à l'habitude et non à la passion. Je vois ces gens-là tout autour de moi, et je les déteste, c'est pour ça que je dois rester divorcé de moi-même, pour éviter de sombrer dans une vie qui me donne la nausée. C'est une question d'apparences, mais on sous-estime les surfaces. Le vernis s'identifie à la chose. Je ne fais quasi plus de distinction entre le spectateur et le personnage du film.

Il m'inspirait de la pitié et ce sentiment m'était odieux. Il avait débité son explication sur un ton de dérision farouche qui me faisait mal.

— Je te comprends, Stephen ; pourtant, tu ne crois pas que, finalement, tout le monde est pareil quand il s'agit de l'essentiel ? Il y a sans doute des existences plus ternes que d'autres, mais on ne peut pas savoir comment vivent les gens à l'intérieur d'eux-mêmes, pas vrai ? Je veux dire qu'une vie pourrait sembler ennuyeuse vue de l'extérieur, et être tumultueuse au-dedans. La cruauté ne te paraît pas plus méprisable que la banalité ?

Stephen contempla ma fenêtre. Il se mordit la lèvre puis répondit lentement sans se retourner pour me regarder.

— Je ne parle pas de moralité, Iris. J'essaie d'être honnête envers toi. Je t'explique que parfois la cruauté me paraît plus vivifiante.

— Regarde-moi, Stephen, dis-je. Il tourna la tête. La pitié que j'avais ressentie m'avait transformée, et je lui souris. Je ne voudrais pas trop te décevoir, dis-je, mais tu n'es pas si méchant que ça. En fait, d'habitude, tu es gentil et plein d'élans généreux.

Il soupira. Je le trouvais si beau, si raffiné. Il a raison, pensai-je. Il n'y a pas la moindre trace de vulgarité en lui, même si, avec son enfance dans les faubourgs et ses parents sans instruction, il en a été entouré de toutes parts. Il s'est fait lui-même.

— Et la photo de moi ? demandai-je. Tu étais au courant de l'exposition de Georges le jour où tu m'as surprise chez toi, et pourtant tu ne m'as rien dit, et tu ne m'as pas raconté non plus que tu avais montré la photo partout à Columbia…

— Je ne l'ai montrée à personne.

— Quelqu'un l'a fait.

— Eh bien, ce n'était pas moi.

— Et l'exposition ?

— Ça ne regarde que Georges.

Je contemplai par la fenêtre le mur de briques. Son mortier s'émiettait.

— Nous ne nous remettrons jamais de ceci, n'est-ce pas ?

— Non, fit-il, jamais.

Mon peignoir s'était entrouvert, révélant mes jambes, et je fixai mes genoux.

— Tu ne reviendras plus, dis-je. J'avais l'impression que mes poumons se fermaient.

— Tu n'as pas besoin de prendre ça aussi au tragique, protesta-t-il. On se verra. On bavardera.

— Non, dis-je.

— Tu ne prendras même plus un café avec ton vieux copain ?

Je secouai la tête.

— Je regrette, dit-il.

Il ferma très doucement la porte derrière lui et ne revint jamais. Je l'ai revu, bien sûr, de temps à autre – à la bibliothèque, dans la rue – mais comme je me donnais beaucoup de mal pour l'éviter, nos rencontres furent rares. Stephen était sorti de ma vie, et pourtant j'allais me trimbaler avec son fantôme pendant des mois – une belle et exaspérante créature qui me dévorait vive.

Stephen me quitta un dimanche, et pendant la semaine suivante je restai collée chez moi. J'allais marcher dans Riverside Park et continuais à rédiger mon essai, qui était devenu beaucoup trop long. Quand je rencontrais dans la rue des gens que je connaissais, je les évitais en tournant le coin ou en m'engouffrant dans un magasin, mais cela n'arriva qu'une ou deux fois. Je me complaisais dans ma solitude forcée. Je laissais mon téléphone décroché. La photo, les commérages, l'exposition de Georges prenaient un caractère irréel, comme si rien de tout cela n'était jamais arrivé. La nuit, cela me revenait en rêves étranges et colorés dont je m'éveillais le souffle court, en sueur – et que j'oubliais en grande partie. Ma retraite était une sorte d'enterrement dont j'imaginais que me viendrait la guérison. Il paraissait impératif qu'on me voie le moins possible. Je me séquestrais à l'abri du regard d'autrui parce que j'avais commencé à ressentir ce regard presque comme une menace physique. J'avais la peau irritée, les os douloureux, et je soignais mon corps à l'aide de longs bains et de crèmes parfumées. Mon univers avait rétréci, devenait un cocon. Cet isolement représentait une ponctuation, une façon de m'annoncer un dénouement, et il n'allait pas sans plaisirs.

Le jeudi soir, j'étais au lit avec un cahier, en train d'esquisser les dernières pages de *Romans au cœur du roman*, quand le téléphone sonna. J'avais raccroché le combiné parce qu'il était près de minuit et que je ne m'attendais plus à aucun appel. C'était Georges. En entendant sa voix familière, je frissonnai, m'attendant je ne savais à quoi.

— Il y a des heures que j'essaie de te joindre. Je suis dans une cabine, dans ta rue. Il faut que je te parle. J'arrive.

— Non, s'il te plaît, dis-je, je n'ai pas envie de te voir. Je n'ai envie de voir personne.

— C'est important. Nous devons parler. Je serai là dans quelques minutes.

Avant que j'aie pu ajouter un mot, il avait raccroché.

Je me lavai la figure, me brossai les cheveux, et attendis. La sonnette retentit, et j'ouvris la porte à Georges. Lorsqu'il entra, il avait l'air égaré et m'annonça d'une voix forte :

— On l'a volée.

— De quoi parles-tu ? demandai-je avec calme, afin de donner à son ton l'air déplacé.

— La photo, dit-il. Elle a disparu.

— La photo de moi ? D'où a-t-elle disparu ?

— De l'exposition. On l'a accrochée hier, et maintenant elle n'y est plus.

— Tu plaisantes, dis-je.

— Ne te joue pas de moi, Iris. C'est toi qui l'as.

Je dévisageai Georges : échevelé, son beau veston tout chiffonné. J'étais bouche bée.

— Tu crois vraiment que je me suis introduite dans cette galerie pour voler la photo ? Je t'ai dit que tu pouvais la montrer, je le pensais. Tu me prends pour quoi, une folle ?

Il me sourit.

— Ou bien ça, ou bien une sacrée comédienne !

— Tu veux dire que tu n'es pas sûr ? Je croyais que tu me trouvais transparente, Georges.

Il prit une cigarette, l'alluma et me souffla la fumée près de la joue.

— D'accord, disons que tu ne l'as pas prise. Mais alors qui ?

— Je n'en ai pas la moindre idée. Je n'ai pas ta faculté de lire les pensées des gens.

Georges s'assit sur la caisse d'oranges. J'écartai ma chaise de la table et m'installai en face de lui. Il ne dit rien, mais continua à fumer en m'examinant.

Une vision naquit en moi : les photographies de Georges dans une vaste galerie blanche. Je me souvins de la fille sur l'affiche aperçue à travers la grille et de l'image de Stephen qui faisait la paire avec elle. Il devait y avoir deux images. Je compris soudain, ce fut comme une gifle.

— Tu exposes les séries, c'est ça ?

— Oui, répondit-il.

— Les paires ?

Il fit oui de la tête.

— Alors il y a une autre photo, dis-je, celle qui va avec la mienne. Je regardais Georges mais c'était elle que je revoyais. Elle se tordait sur le trottoir, les jambes et les bras parcourus de spasmes, le visage rouge et les yeux blancs, la bouche déformée, et je me détournai de lui. Je me rappelais la ville vue du toit, et les nuages qui avaient paru surgir de nulle part après que tout s'était apaisé. Stephen avait dit quelque chose à propos de son corps en morceaux, et Georges n'avait guère parlé, mais il avait pris des photos. J'avais entendu le déclic de l'appareil, je me souvenais de ce bruit. Alors je me mis à pleurer. Les larmes coulaient sur mes joues et je me cachai le visage entre les mains. Georges tendit la sienne et me toucha le genou, mais je le repoussai.

— Comment as-tu pu ? Je le regardai fixement en me frottant les joues avec la manche de mon chemisier. Comment est-elle, la photo de l'épileptique ? J'espère que la tache d'urine ressort bien. Ce serait dommage d'avoir loupé ça. Je parie que c'est ton chef-d'œuvre. Rien de tel qu'une bonne dose de souffrance humaine pour faire une photo super. Je sifflai ce dernier mot et vis la salive voler de ma bouche.

Georges ne bougeait pas.

— Cette photo aussi, on l'a prise ?

— Non.

— Oh, Georges. Ma voix sonnait comme un gémissement. Pourquoi tu ne m'as rien dit ?

Il se pencha en avant et éteignit sa cigarette dans une tasse, sur la table.

— J'avais l'intention de t'en parler, dit-il. J'allais t'en parler ce soir, mais tu ne m'as pas laissé une chance. Je voulais t'expliquer. Ces images, ces paires, ce sont des études en contrepoint. Elles ne sont pas censées représenter des équivalences. L'idée, c'est qu'elles se font valoir réciproquement. Je voulais en faire des explorations…

Je ne le laissai pas terminer.

— Foutaises, dis-je. Des explorations de quoi ? De ton voyeurisme brutal ?

Pendant un instant, Georges parut ébranlé, mais il se reprit rapidement.

— Ecoute, Iris. Tu es injuste. Tu penses vraiment que je ne devrais photographier que des enfants avec des chiots, ou des amoureux dans le parc ? Tu crois vraiment que la "souffrance humaine", comme tu dis, n'est pas du domaine de la photographie ?

— Non, dis-je. Je ne crois pas ça. Ce que je crois, c'est que tes motifs ne sont rien moins que nobles, que tu n'hésiterais pas à risquer une amitié pour une bonne prise, que tu es une espèce de metteur en scène. Tu aimes provoquer les gens, te jouer d'eux, prétendre que c'est toi qui les as créés. C'est ce que tu as fait avec moi l'après-midi où tu m'as photographiée. Je pense que tu avais déjà la photo de l'épileptique, et que tu attendais de moi quelque chose de parallèle, et que tu l'as obtenu. Je ne sous-estime pas ton talent. Je doute de ta morale.

— Très éloquent. Georges croisa les bras. Mais je crois me souvenir d'une jeune femme qui est tombée à mes pieds cet après-midi-là. Toi, Iris, toi qui t'es tant lamentée de l'infidélité de Stephen, tu étais prête à sauter le pas. Tu as l'intention de soutenir que tu n'es pas responsable de tes actes ?

— Non, répondis-je, et je me tus. Georges se tenait étonnamment immobile, mais je voyais bouger sa poitrine avec sa respiration. Je ne voudrais pas avoir l'air de me prendre pour une sainte, mais il y a tant de choses que vous ne m'avez pas dites, toi et Stephen.

Georges se frotta des doigts le côté du visage et dit :

— C'est peut-être Stephen qui l'a prise.

— Pourquoi Stephen l'aurait-il prise ? demandai-je.

— On s'est disputés. Il voulait que je l'enlève de l'exposition.

— A cause de moi ?

Georges se retourna vers la fenêtre.

— Peut-être, en partie, mais Stephen avait l'air un peu cinglé quand il était question de cette photo.

Il me disait tout le temps : Elle ne devrait pas être exposée de cette façon.

— A côté de l'autre photo ?

— Non, dans une galerie. Il semblait penser qu'elle était sacrée ou quelque chose comme ça, et qu'elle perdrait son pouvoir si je la montrais.

— C'est drôle, cette façon qu'il avait de dire *elle*. Je ne savais jamais de qui il parlait.

Georges me refit face, vivement, les yeux rétrécis, l'air rusé.

— Après tout, c'est peut-être toi qui l'as prise, dis-je.

Il ouvrit de grands yeux.

— Et pourquoi j'aurais fait ça ?

Je me penchai en avant, appuyai mes coudes sur mes genoux et me pris le menton dans les mains.

— Pour relancer les choses.

— Pour relancer quoi ? Il parlait d'un ton patient, comme un adulte tolérant les questions irrationnelles d'un petit enfant.

— Toute cette histoire, Georges, toute l'histoire de cette stupide photographie. Je t'en crois bien capable : provoquer une petite intrigue pour t'amuser.

— Je suis flatté, Iris, vraiment flatté, mais j'ai bien peur que tu ne te trompes.

— Tu crois ? dis-je. Tu as besoin de faire bouger les choses, non ? Tes photos témoignent de cette énergie, de ce besoin, mais la photographie est une intrusion d'un genre spécial. Je veux dire que tu es en même temps présent et absent. Derrière ton objectif, tu es un fantôme, Georges, un homme sans corps, un homme qui a des sujets mais pas d'amis. Je le regardai, et regrettai d'avoir dit cela. Il me parut vieux tout à coup, le visage hagard et le front plissé dans une expression douloureuse. Il n'avait que vingt-six ans.

— Tu m'as bien cerné, dit-il. Un bref paragraphe, ça devrait suffire pour régler son compte à Georges. Pas besoin d'y penser davantage. C'est facile pour toi, hein ? C'est facile de biffer le pauvre connard qui t'a aimée dès le premier instant.

Je ne respirais plus.

— N'aie pas l'air si choquée, Iris.

— Qu'est-ce que tu racontes ?

Georges boutonnait sa veste. Il se leva.

— Je dis qu'il y a bien des manières de vivre et bien des manières d'aimer. Je suppose que la mienne est plus tordue que la plupart. Il tendit un bras et m'effleura la joue très lentement du dos de la main. Au revoir, Iris.

Je l'accompagnai près de la porte. Il l'ouvrit, s'arrêta sur le seuil, puis se tourna complètement de façon à me faire face.

— J'ai le négatif, mais je ne l'imprimerai pas. Un mur blanc fera aussi bien l'affaire, après tout. Qu'est-ce que tu en penses ?

— Je pense que tu as sans doute raison, dis-je.

Georges passa à reculons dans le corridor. Il s'y attarda, hocha la tête d'un air absent. Puis il tendit les mains devant lui, les paumes vers le haut, et pendant une seconde je me demandai s'il voulait que je les prenne, mais il les laissa retomber et les enfonça dans les poches de son pantalon. Il pivota sur les talons et s'en fut dans le corridor, silhouette élégante avec sa veste noire et ses longs cheveux bouclés. Je fermai la porte, la verrouillai, et me remis au lit.

TROIS

Finalement, on m'avait mise à l'hôpital. C'était après l'échec de tous les autres traitements. L'indéral, le cafergot, le mellaril, l'élavil, le petit inhalateur blanc, et le fameux cocktail du docteur Fish. Chaque jour, je subissais des tests et avalais à intervalles réguliers d'énormes comprimés bleus de thorazine. C'est là que je rencontrai Mrs. O. Elle avait le lit numéro trois. Le mien était le numéro deux, et Mrs. M. avait le numéro quatre. Le numéro un était vide.

En tant que migraineuse, je n'étais guère considérée. Mon cas était reconnu comme sérieux : depuis sept mois, j'avais mal à la tête presque sans répit. Un mal parfois modéré, parfois brutal. J'avais les tripes délabrées. Je pissais trop. J'éprouvais une lassitude surnaturelle. Je voyais des trous noirs et de minuscules ronds de lumière ; j'avais des picotements dans les mâchoires, les mains et les pieds gelés, de constantes nausées. Mon corps était devenu le point de rencontre de symptômes ridicules, mais ce dont je souffrais, ce n'étaient jamais que des maux de tête, et les maux de tête ne pesaient pas lourd dans le service de neurologie. Le jour de mon arrivée, la grosse infirmière avait déclaré : Une patiente du docteur Fish, après quoi on ne s'était guère occupé de moi. On me changeait mon lit, on me remplissait ma carafe d'eau, mais on me parlait rarement. On me trouvait suspecte. Et je ne demandais pas plus d'attention, car je me sentais coupable. Il était clair à mes yeux que j'avais provoqué mes maux de tête, que j'avais moi-même créé le monstre, et le fait que je ne parvenais pas à m'en débarrasser n'empêchait pas que ce fût ma faute. D'ailleurs, je ne parlais qu'avec peine. Il me fallait traverser un cocon de thorazine. La distance entre le lieu d'origine des mots – quelque part, loin, derrière la douleur – et leur destination – la chambre – me semblait infranchissable. Au début, j'étais une malade modèle. Ce n'est que plus tard, après les incidents avec Mrs. O., qu'une des infirmières me traita d'emmerdeuse.

Chaque matin, le docteur Fish passait la tête dans la chambre et me faisait signe de la main, et je lui souriais en répondant à son signe. Mais je savais qu'il était écœuré. Le docteur Fish était un homme qui aimait les succès. Il les aimait tant qu'avant que j'eusse abouti dans cet hôpital, il me disait que j'allais mieux alors que ce n'était pas vrai, et à présent qu'il lui fallait bien reconnaître que je n'allais pas mieux, il m'évitait. Ma personne était devenue pour lui un signe d'échec, un corps récalcitrant, une mise en doute de ses prouesses médicales. Nos rapports avaient été faux depuis le départ. Je crois maintenant que cette malhonnêteté prenait ses racines dans la méthode qu'appliquait le docteur Fish pour interroger ses patients. Il utilisait un enregistreur. S'il avait effectivement enregistré ce que disaient ses interlocuteurs, cette façon de procéder aurait pu ne pas faire de mal, mais en réalité la seule voix sur ces bandes était celle du docteur Fish. Quand j'étais arrivée à mon premier rendez-vous, il m'avait saluée chaleureusement, m'avait invitée à m'asseoir dans un superbe fauteuil de cuir, demandé comment je me sentais et encouragée à décrire mes symptômes. Je lui avais expliqué que j'avais mal à la tête, comme d'habitude, et m'apprêtais à me lancer dans l'histoire de mes douleurs quand, saisissant un micro sur son bureau, il lui avait confié d'une voix forte : Iris Vegan. Dossier numéro 63912. Mardi 2 septembre 1980. Puis il avait hoché la tête en souriant, me faisant signe de continuer. J'avais préparé des fiches avec des notes sur mes migraines, et je les consultai afin de m'orienter.

— Ça remonte au mois d'août, commençai-je. Je marchais dans Broadway, en revenant de la bibliothèque, et je me souviens que la rue me faisait un effet particulier, je la trouvais très lumineuse, très belle, et je me sentais incroyablement heureuse. Je me suis même dit : Je n'ai jamais été aussi heureuse qu'en ce moment.

— Oui, dit-il en tripotant son crâne chauve.

Je voyais bien que le docteur Fish était impatient, et malgré mon désir d'expliquer que cette impression de plénitude, de perfection, était essentielle à l'histoire, j'abrégeai.

— Mais à peine rentrée chez moi, j'ai senti une secousse au bras gauche, comme si quelqu'un avait tiré dessus avec violence. J'ai perdu l'équilibre et je suis tombée. J'avais de tels vertiges et de telles nausées que je ne me suis pas relevée avant un bon moment. Pendant que j'étais assise par terre, j'ai vu des lumières, des centaines d'étincelles qui emplissaient à moitié la chambre, et lorsqu'elles ont disparu j'ai vu un grand trou déchiqueté dans le mur. Ce trou me faisait une peur bleue, et le plus étrange c'est que je ne le ressentais pas comme un problème de vision, je pensais vraiment qu'un morceau du mur manquait. Je ne sais pas combien de temps ça a duré, mais dès que j'ai cessé de voir le trou, la douleur est arrivée.

Le docteur Fish saisit son micro.

— La malade a souffert de phosphènes et d'un scotome négatif.

Cette interprétation radicale exerça sur moi un effet bizarre. Durant le reste de l'entrevue, je marmonnai, je toussai, j'oubliai mes mots et je perdis le fil de ce que je disais. Avant d'être envoyée chez le docteur Fish, qui était connu à New York comme le "tsar des maux de tête", j'avais tenté de raconter mon histoire à six médecins moins renommés, et chaque fois j'avais perdu ma langue. Il me semblait que si seulement je pouvais décrire mon mal sous tous ses aspects, j'arriverais sans doute à suggérer à une oreille experte l'indice qui permettrait de me guérir, mais je ne trouvais jamais les mots adéquats. Avec le docteur Fish aussi, la plus grande partie de ce que je racontais paraissait inutile. Il laissait courir mes descriptions comme autant de divagations, en m'interrompant çà et là pour récapituler brièvement : La malade signale que les vomissements ont parfois soulagé la douleur.

Chaque semaine, je me rendais chez le docteur Fish, et chaque semaine il me trouvait en meilleure forme, moins pâle, les traits moins tirés, l'air moins fatigué. Il m'interrompait plus souvent et résumait mes plaintes sous un jour de plus en plus optimiste. La vérité, c'est que je participais à la supercherie. Je préparais mes oraux, à ce moment-là, et j'avais désespérément envie que le traitement fasse de l'effet. S'il ne marchait pas, j'échouerais. Parmi les six cent quarante-sept ouvrages que comptait ma liste, deux cent trente-trois romans, pièces de théâtre, récits et poèmes n'étaient encore pour moi que des titres. Je devais les connaître pour le 15 mai. Chaque jour, assise dans la bibliothèque, je contemplais fixement une grande œuvre de la littérature sans parvenir à la lire. Ma tête faisait obstacle, au mieux comme un nuage obstiné à me brouiller la vue, au pis comme un concentré de souffrance intolérable. La mesure des degrés de ma douleur devenait une obsession. Quand elle s'allégeait, je jubilais. Les comprimés font de l'effet, me disais-je. Mais quand elle paraissait plus forte, je me désespérais. Des montagnes de livres s'empilaient sur ma table et, les jours passant, le seul fait de les voir me plongeait en pleine panique. Malgré tout, je prétendais que j'allais bien. C'était une question d'amour-propre. Devant le docteur Fish, je me montrais toujours joyeuse. Je plaisantais de mes nerfs. Je souriais même quand la migraine faisait rage et qu'il me fallait dissimuler le tremblement de mes mains en les serrant étroitement ensemble. Cacher sa maladie à un médecin est absurde, mais je ne pouvais supporter d'être reconnue pour ce que j'étais – quelqu'un qui s'en allait en morceaux.

Et puis, en janvier, mon état empira soudain. Je ne parvenais plus à me lever de mon lit. Je recrachais mes comprimés et me sentais épuisée de fatigue, mais dormir ne semblait qu'aggraver la douleur. Après une semaine de misère constante, je m'étais traînée jusqu'au bureau du docteur Fish pour mon rendez-vous et j'avais fondu en larmes, toute honte bue, dans son fauteuil de cuir. Il m'avait conseillé de me présenter le lendemain matin au Mount Olympus Hospital.

Je ne sortais guère de la chambre. Tous ses détails me devinrent familiers : les défauts et taches minuscules sur le mur blanc près de mon lit, l'entaille étroite et longue dans la surface en formica de ma table de nuit, le bord élimé de ma couverture bleue. Et je passais des heures à regarder le rideau du lit de Mrs. O. L'un de ses anneaux était cassé : cela rompait la symétrie dans les plis du tissu et, lorsqu'on tirait le rideau, il s'affaissait dans le coin supérieur droit. Je le vois encore parfaitement. Mes sens avaient une étrange acuité pendant cette période. Je ne me sentais pas toujours capable d'ouvrir les yeux à la lumière crue des tubes fluorescents, mais quand j'y arrivais, je discernais le contenu de la chambre avec une netteté remarquable. Chaque bruit dans la salle me transperçait de sa vibration ; mes nerfs résonnaient comme un diapason. L'odeur d'antiseptique, d'urine et de cuisine d'hôpital me paraissait souvent si agressive que je me cachais le nez dans mon oreiller. Cependant, mon corps pesait un poids impossible ; rien que pour soulever un bras, il me fallait un effort énorme. C'était une situation curieuse. Je me sentais comme une tortue centenaire : un corps tendre à l'intérieur d'une carapace de pierre. Je n'ai jamais pu savoir si ce que je voyais, entendais et sentais était déformé, ou si j'étais seulement hypersensible. En tout cas, rien ne semblait plus pareil. Je ne pourrais pas dire ce qu'il y avait là-dessous – les drogues, les maux de tête ou mon état d'esprit. L'ensemble, sans doute ; quoi qu'il en soit, pendant que je me trouvais là, couchée dans ce lit, le monde se transforma. Mrs. O. y fut pour beaucoup. Elle détenait le secret – la paralysie et la frénésie – mais je ne compris cela que tout à la fin.

Mrs. M. était une femme qui prenait les choses en main. Elle avait institué une hiérarchie dans la chambre en fonction de la maladie. A ses yeux, son mal la plaçait sur un plan plus élevé que moi ou que Mrs. O. Elle souffrait d'un dérèglement nerveux qui lui rendait la marche difficile, mais n'affectait pas son "esprit", et elle ne cessait de nous le répéter : Dieu merci, je n'ai pas perdu la boule. Ça, c'est le pire. Tant qu'on conserve sa jugeote, y a pas de honte. Je me situais, à bonne distance, au deuxième rang de l'échelle de Mrs. M. Elle n'avait pas tardé à juger que mon mal, à la différence du sien, était psychosomatique, ainsi qu'elle le déclara sans détour : Vous n'avez rien qui cloche, n'est-ce pas ? C'est tout dans la tête. Néanmoins, ma neurasthénie passait loin au-dessus de l'infirmité de la pauvre Mrs. O. Mrs. M. appelait tout simplement sa voisine de gauche "la timbrée". Mrs. M. était censée s'exercer à marcher, mais elle avait horreur de ça et ne le faisait que lorsque les infirmières insistaient, et alors elle injuriait ses membres désobéissants : Remuez-vous, sapristi ! Remuez-vous, imbéciles ! Elle préférait de beaucoup rester assise dans son lit et parler. Elle s'y donnait à fond, en un bavardage ininterrompu, et les boucles décolorées de sa permanente s'agitaient lorsqu'elle hochait la tête pour donner de l'emphase à ses propos. Sa préoccupation principale était l'argent. Bon Dieu, comment voulez-vous que j'obtienne le moindre service dans cet endroit s'il n'y a pas quelque chose pour graisser les rouages ? Du blé. Il me faut du blé. On ne négligeait pas Mrs. M. Je suis certaine qu'elle soudoyait les infirmières. Celles-ci faisaient beaucoup plus attention à elle qu'à Mrs. O. ou à moi et un jour, tôt le matin, je fus témoin d'une transaction. Mrs. M. plongea la main sous un coin de son matelas et glissa quelque chose dans la main de la grosse infirmière. Je la soupçonnais de les payer pour qu'elles ne l'obligent pas à marcher, car elle marcha très peu pendant mon séjour. Elle parlait. Elle parlait toute la journée – aux médecins, aux infirmières, à sa fille au téléphone, à personne, à n'importe qui, d'argent, de Mrs. O., et chaque parole qu'elle prononçait résonnait dans ma tête douloureuse. Regardez la timbrée, voulez-vous ? Elle mange comme un cochon. Hier à midi elle a mangé sa gelée avec les mains. Elle avait de la sauce dans le nez. Pourquoi m'a-t-on mise ici ? Des gens comme ça, on devrait les mettre à part, hors du chemin. Je ne peux plus supporter de voir ça. Ça me coûtera cher. Ça coûte toujours cher. Il faut que j'aille dans une autre chambre – une chambre privée, peut-être, avec des tentures, de vraies tentures, pas ces petits rideaux bon marché. Quand elle comptait son argent (ce qui se produisait au moins une fois par jour), Mrs. M. restait assise sur son lit mais tirait son drap par-dessus son corps entier afin de dissimuler l'opération, et je l'entendais se murmurer les chiffres – vingt, quarante, soixante, soixante-dix, soixante-quinze, soixante-quinze dollars et soixante-deux cents. Quand elle parlait à sa fille, elle disait toujours qu'elle n'avait "pas un rond", mais Mrs. M. semblait avoir des billets et des pièces cachés dans tous les coins – dans son lit, sur elle-même – et chaque fois qu'elle se déplaçait, on entendait des froissements et des cliquetis.

Mrs. M. voulait dominer, remplir la chambre de sa présence, mais en dépit de son bavardage incessant et de sa masse (c'était une personne bien en chair, avec des bajoues et une poitrine imposante), l'espace appartenait à la petite et silencieuse Mrs. O., une femme délicate, presque octogénaire, qui avait été victime de quelque catastrophe nerveuse – un événement ou une série d'événements dont elle était sortie incohérente. Il ne restait d'elle qu'un être fragmenté, une créature dispersée en mille morceaux, mais ces morceaux de Mrs. O. habitaient la pièce comme une foule d'invisibles démons.

La première fois que je l'avais vue, elle gisait immobile sur son lit, sa frêle silhouette évoquant un cadavre, mais comme je passais à côté d'elle elle s'était assise avec une énergie surprenante, un doigt pointé vers moi. J'avais regardé Mrs. O., son bras tendu, son visage en alerte comme si elle attendait de moi une réaction. Elle n'avait laissé retomber son bras qu'après que j'eus détourné la tête. Je ne sais pas du tout pourquoi elle avait fait cela. Ce n'était de sa part un geste caractéristique que dans la mesure où il semblait imprévisible. On ne savait jamais ce que Mrs. O. allait faire, et cette particularité rendait précaire la vie dans cette chambre.

Parce qu'elle représentait une énigme aux yeux de tous, Mrs. O. était l'objet de rumeurs, de bavardages et de spéculations. Comme beaucoup de gens reclus dans une institution, elle avait été dépouillée de son passé. Elle était née vieille dans une chemise d'hôpital. Je posai des questions à son sujet. J'aurais voulu savoir qui elle avait été, où elle avait vécu. Personne n'en avait la moindre idée. Pourtant le service bourdonnait du récit de ses méfaits. Le tout premier après-midi de mon séjour, j'entendis deux infirmières qui parlaient derrière la porte. J'en suis certaine, l'une racontait à l'autre que Mrs. O. avait mordu un docteur. Il était aussi question de malpropreté. Mrs. M. jurait que Mrs. O. était violente et, surtout, qu'elle combinait quelque chose. Elle nous réserve une surprise, méfiez-vous, ce ne sera pas joli. Plus tard, ce même jour, un aide soignant nommé Washington, l'une des rares personnes en dehors de Mrs. M. avec qui j'eusse de vraies conversations, raconta que lors de son arrivée, Mrs. O. avait passé une nuit désastreuse à errer dans les corridors. Il n'était pas de garde cette nuit-là, mais un de ses amis était tombé sur Mrs. O. à la maternité vers quatre heures du matin. Elle était plantée devant la pouponnière, le nez collé à la vitre. Elle regardait les bébés, "toute calme, toute pensive". Au cours de la journée suivante, on découvrit les traces de plusieurs actes de vandalisme : le contenu d'une poubelle répandu dans une cage d'escalier, des draps de lit et des serviettes arrachés aux étagères d'un placard et jetés à terre, un des chariots servant à distribuer les repas retrouvé au fond d'une cabine de douche. Tous furent attribués à Mrs. O. Mais comment aurait-elle pu se balader dans les couloirs sans être vue ? Washington ne le comprenait pas. Mrs. M. soutenait avec conviction que Mrs. O. était capable de se déguiser en revêtant l'uniforme d'un membre du personnel et de se faufiler partout sans attirer l'attention. La timbrée est maligne comme un singe, disait-elle. Mais Washington n'était pas d'accord. Comment cette petite vieille de rien du tout arriverait-elle à soulever une de ces énormes poubelles ?

Le lendemain matin, un neurologue vint rendre visite à Mrs. O. C'était un jeune médecin, vigoureux et beau. Je remarquai qu'il avait le visage et les bras bronzés. Il s'approcha d'elle, s'assit sur son lit et tira le rideau autour d'eux. Il lui adressa un salut amical, quelque chose du genre : Et comment allons-nous aujourd'hui ? Il n'y eut pas de réponse. J'entendis remuer entre les draps, quelques grognements étouffés, puis plus rien. Quelques secondes plus tard, le médecin repoussa le rideau et sortit précipitamment de la pièce. Il paraissait choqué. Quand je me penchai pour apercevoir Mrs. O., elle avait un large sourire, et c'est alors qu'elle me rappela quelqu'un que je connaissais ou que j'avais connu. Je m'efforçai de retrouver le visage et le nom oubliés, mais ils m'échappaient. Cette étrange impression de familiarité se dissipa très vite, en me laissant pourtant un résidu, un doute au fond de moi. D'où provenait cet instant de reconnaissance ? S'agissait-il vraiment de quelque chose dans son expression, ou de quelque chose en moi ? De toute façon, je me mis à observer Mrs. O. de plus près.

Les internes faisaient des rondes quotidiennes pour nous soumettre à un test. Ce rite me semblait inutile, mais je supposais qu'ils avaient besoin de s'exercer. Cela consistait en une série de questions suivies de légères piqûres d'aiguille. A vrai dire, nous aimions bien cela, Mrs. M. et moi. Le test ponctuait notre journée, et nous ne trouvions pas désagréable d'être interrogées par ces jeunes gens aux joues roses, en blouse blanche. Mrs. M. se faisait belle pour l'occasion. Elle se pinçait les joues et arrangeait ses boucles lorsqu'elle voyait un candidat probable passer la porte, et sa déception était manifeste si l'interne était une femme. Mrs. O., pour sa part, se montrait en général d'une humeur massacrante. Il arrivait qu'elle restât couchée dans son lit, passive, souriant faiblement et hochant la tête aux questions posées une par une, mais le plus souvent elle se révoltait et quand un interne s'approchait d'elle, elle agitait furieusement bras et jambes en poussant des cris perçants. Le plus affreux, c'était néanmoins les jours où Mrs. O. paraissait désireuse de subir le test. Celui-ci débutait toujours avec la question : Comment vous appelez-vous ? Le visage de Mrs. O. se convulsait alors en une expression d'ahurissement profond. Elle plissait les yeux et crispait les mâchoires tout en cherchant désespérément à extraire les mots justes de son cerveau réfractaire, et l'effort empourprait sa petite figure. On avait l'impression qu'elle pensait pouvoir expulser le nom si elle poussait assez fort. A chacune des questions suivantes, sa tension augmentait. Où vous trouvez-vous actuellement ? En quelle saison sommes-nous ? Quelle date sommes-nous aujourd'hui ? Quel est cet objet ? interrogeait le médecin en lui agitant un crayon sous le nez. Lorsqu'il en arrivait à lui piquer la cuisse avec une aiguille en demandant : Vous sentez ceci ? Mrs. O. semblait épuisée et malheureuse. Et en dépit du fait qu'elle ne pouvait répondre à aucune des questions préliminaires, elle sentait les piqûres d'aiguille. Un jour, elle leva la tête vers l'interne en demandant d'une voix lasse et plaintive : Mais pourquoi est-ce que vous me faites ça ?

En réalité, Mrs. O. n'était pas une seule personne, elle en était plusieurs, et nul ne savait laquelle allait se manifester d'un moment à l'autre. Cette pluralité entretenait dans la chambre une sorte d'incertitude, et je me surprenais à suivre les fluctuations de la folie de Mrs. O. comme si telle était ma vocation. Chaque matin, son mari arrivait pour sa visite quotidienne. Le climat de cette rencontre matinale constituait souvent une indication de ce que serait la personnalité de Mrs. O. au cours de la journée, et j'essayais toujours d'être éveillée pour l'occasion. Mr. O. était un homme grand, un peu voûté, avec des complets impeccables et bien repassés et de multiples cravates. Selon l'expression de Mrs. M., il était "bien mis". On devinait à le voir la femme que Mrs. O. avait un jour été, de même qu'aux cadeaux qu'il lui apportait : une robe de chambre en piqué bleu pâle, avec des rubans de soie au cou et à la taille, un petit sac de toilette immaculé, orné de fleurs roses, une pendulette de voyage en laiton brillant. Lorsqu'il arrivait, il marchait lentement vers son lit, déposait son offrande du jour sur l'appui de la fenêtre, s'asseyait à côté d'elle et prenait sa main dans les siennes. Il ne manquait jamais de faire cela, quel que fût l'accueil qu'elle lui réservait. Certains jours, c'était une pierre qu'il découvrait dans le lit, un corps si pâle et si rigide qu'il aurait pu être mort ; d'autres fois, une excitée qui se trémoussait, se contorsionnait et riait si fort qu'elle s'étouffait avec sa propre salive. Ou bien il la trouvait en train de ruminer, si concentrée que son vieux visage en devenait solennel. Lui prenait tout très bien, réagissait aux métamorphoses de sa femme avec une remarquable égalité d'humeur. Je ne le vis qu'une fois manifester son émotion. Cela se passa au début de mon séjour. Il lui avait pris la main, et je la vis se tourner vers lui. Elle avait le visage complètement transformé. La métamorphose paraissait indiscutable. Elle le reconnaissait. Il la saisit par les poignets et la dévisagea. Eleanor ! Eleanor ! répétait-il, mais elle était déjà retombée dans l'oubli. Il s'affaissa sur son siège, et je vis trembler son dos.

Quand le docteur Fish m'avait déclaré : Je vais vous faire entrer à l'hôpital, j'avais éprouvé un immense soulagement. On va s'occuper de moi, pensai-je. Je vais enfin guérir. Et une fois que je serai sortie, je lirai tout le temps. Mais, à l'hôpital, je ne me rétablissais pas. Malgré mes mouvements ralentis par les drogues, mon cerveau s'emballait, et je respirais mal, à petits coups crispés. Des passages des livres que j'étais censée connaître allaient et venaient dans ma malheureuse tête. J'avais appris par cœur la première scène du *Roi Lear* et m'efforçais de me la rappeler, mais elle avait disparu. Il n'y avait plus rien, rien de rien. Je m'inquiétais des livres que je n'avais pas lus et de l'argent que je ne possédais pas, l'argent dont j'aurais besoin pour payer ce que mon assurance universitaire ne couvrirait pas : vingt pour cent de la note. Mes maux de tête feraient de mes parents des débiteurs, et je n'y pouvais rien. J'étais immobilisée dans un lit d'hôpital ; impossible de savoir pour combien de temps. J'avais lu un jour qu'un aristocrate anglais du XVIIIe siècle avait été affligé de maux de tête durant plus de vingt ans. Je me mis à imaginer que je ne guérirais jamais, que je finirais en note de bas de page dans un traité de neurologie : On rapporte le cas d'une femme qui a souffert de migraines pendant cinquante-deux ans. Cf. Glower, *le Syndrome de la migraine vasculaire*, JAMA 1948, p. 43. Mes parents téléphonaient souvent. Je leur mentais, prétendais me sentir mieux. A mes amis, je disais de ne pas venir. Certains insistaient, et arrivaient avec des fleurs et des chocolats. Au cours de ces visites, ma douleur s'atténuait toujours, mais ensuite elle empirait. J'interprétais ces variations comme un signe de plus de ma névrose, et ça me déprimait. Stephen m'appela. Il y avait huit mois que nos chemins s'étaient séparés. Un ami commun lui avait raconté que j'étais à l'hôpital. Il déclara qu'il allait venir me voir, et je ne lui demandai pas de s'en abstenir. Mardi, dit-il. Je serai là mardi à deux heures.

Dans la journée, j'arrivais à contenir mon angoisse grandissante, mais la nuit je me retrouvais en pleine terreur. Ce sentiment était aggravé par le fait qu'on attachait Mrs. O. On faisait ça après nous avoir distribué nos médicaments et éteint la lumière du plafond. Trois personnes étaient nécessaires pour procéder à l'opération, deux pour maintenir la patiente et une pour fixer les attaches. Les infirmières appelaient ça "habiller la mariée". Une fois mises en place, ces entraves de toile ressemblaient à un sous-vêtement compliqué et tortueux, animé d'une vie propre, d'où surgissaient des appendices servant à mater la victime. Revêtir Mrs. O. de ce macabre équipement n'était pas une mince affaire. Elle hurlait, mordait, griffait, et parfois, tout en se débattant, elle répétait : Qu'est-ce que c'est ? Qu'est-ce que c'est que ce machin ? Après le départ des infirmières, elle se mettait à lutter pour se libérer. Elle secouait les barreaux de métal aux côtés de son lit. Elle les secouait sans relâche, en poussant des grognements rythmés. Elle semblait infatigable, une mécanique obstinée. Je ne sais pas pendant combien de temps elle persévérait, en tout cas cela me paraissait durer éternellement. C'était pour moi le bruit de la nuit, et je ne m'endormais jamais avant d'être certaine qu'elle avait renoncé. J'étais aux aguets, car dès les premiers jours, avant même qu'elle ne s'en fût prise à moi, je m'attendais à quelque chose.

Je ne me rappelle plus quel jour de la semaine cela se passa ; le matin du premier incident, Mrs. O., qui avait peut-être prononcé vingt mots depuis que je la connaissais, se mit à parler. C'était un monologue décousu, idiot même, mais qui provoquait la curiosité à la manière d'une histoire inachevée.

— Où est mon vieux Peter ? Je l'ai mis de côté et maintenant je ne le retrouve plus. Oh, les chansons que je connaissais, Lucy, toutes les paroles par cœur, chaque note claire comme le jour, et il me disait que je chantais comme un ange. L'affaire a été vite expédiée. Ils l'ont noyé, aussi sûr que s'ils lui avaient tenu la tête sous l'eau de leurs propres mains, et pas un d'entre eux n'a été en prison. La dernière méchanceté, je te dis. Il n'avait pas toute sa tête, et ils en ont profité. Je ne peux pas les oublier, ces deux-là. Ils avaient l'air pâle et raide, comme qui dirait, dans leurs beaux habits près de la tombe. Pauvres comme Job, mais on ne fait pas plus convenable. Et ce pauvre garçon, c'était tout ce qu'ils avaient. Mrs. O. fit claquer sa langue. Une bien triste histoire. Elle hocha la tête. Raconte-moi celle de la dame sur la montagne, Eddie. Tu sais, celle où elle lui pose une main froide sur la nuque trois nuits de suite.

Et puis je l'entendis chantonner pour elle-même, un air simple et mélodieux.

Une demi-heure plus tard, environ, Mrs. O. se tourna vers moi et cria :

— Ne restez pas couchée comme ça, idiote ! Faites quelque chose !

— C'est à moi que vous parlez ? demandai-je.

— Bien sûr c'est à vous que je parle. A qui voudriez-vous que ce soit ?

La lucidité de Mrs. O. me laissa sans voix. Je regardai son visage et y vis quelque chose de cruel, comme le sourire coupable d'un enfant qui en tourmente un autre.

Je ne lui répondis pas, et elle parut bientôt m'oublier. Elle triturait son drap entre ses mains et le mordillait distraitement. En quelques minutes, elle s'endormit, sur le dos, les paupières encore entrouvertes, et de mon lit j'apercevais le bleu délavé d'un iris. Je m'assoupis, moi aussi, mais fus réveillée par une douleur aiguë dans la nuque. Je me retournai et vis Mrs. O. debout près de moi. Elle se frottait le pouce et l'index l'un contre l'autre, tel un crabe en colère. Elle se pencha et me pinça la joue avec énergie. Je sursautai, j'aurais voulu la frapper, mais mon bras ne m'obéissait pas, il était trop lourd.

— Debout ! Debout, paresseuse ! répétait-elle d'une voix chantante, et elle sourit, exposant une rangée de petites dents décolorées. Elle se pencha de nouveau sur moi en agitant les doigts devant ma figure.

— Allez-vous-en ! Allez-vous-en ! J'entendis ma voix craquer, hystérique, et me protégeai le visage à deux mains.

Une infirmière apparut.

— Calmez-vous, me dit-elle, elle ne va pas vous tuer. Alors, Ellie, on recommence à faire des bêtises ? Allez, au lit !

Avec un sourire soumis, Mrs. O. prit la main de l'infirmière et se laissa ramener à son coin de la chambre.

Après cela, je n'osai plus m'endormir. Je me suis demandé depuis pourquoi ces pinçons m'avaient paru si terribles. L'outrage était mineur, après tout ; elle ne m'avait pas vraiment fait mal. Peut-être était-ce qu'elle était venue trop près de moi, que les frontières de mon lit avaient été violées, et qu'une fois transgressé ce seuil invisible, je ne me sentais plus en sécurité. Elle reviendrait, je le savais. Sa mélopée – debout, debout, paresseuse – résonnait dans ma tête comme une insupportable ritournelle. Pourquoi s'en prenait-elle à moi ? Elle ne s'occupait jamais de Mrs. M. Sa victime, c'était moi. Pourquoi ? Parce que je l'avais bel et bien connue quelque part et qu'elle, à sa façon confuse, se souvenait de moi ? Impossible. Je commençai à me demander avec angoisse si je n'étais pas seulement nerveuse mais folle, à un pas de l'asile. Mrs. M. ne parlait plus de réclamer une autre chambre : elle trouvait bien trop amusantes les attentions de Mrs. O. envers moi.

— Elle vous a dans son collimateur, ma jolie, me déclara-t-elle. Qui sait ce que cette petite futée va encore inventer ?

Deux jours plus tard, il y eut un autre incident. Cela se produisit de nouveau pendant mon sommeil. J'avais alors un besoin irrésistible de dormir et, en dépit de mes efforts, je ne parvenais pas à rester éveillée tout le jour. Cela commença comme un rêve qui se passait dans le lit où j'étais assoupie. Dans mon rêve, je m'éveillais et découvrais un corps allongé près du mien, un corps de femme, chaud et étrangement mouillé. Je soulevais son bras, mais il retombait inerte sur le drap. Cette personne est morte, me disais-je. Il faut que je m'en débarrasse. Alors je sentis des bras autour de ma gorge et quelque chose de lourd sur mon visage. Je manque d'air, pensai-je, et une sensation érotique me parcourut. J'ouvris les yeux. Mrs. O. se trouvait dans mon lit. Ses bras maigres m'entouraient en une étreinte suffocante. Elle m'embrassait. Je repoussai violemment sa tête.

La voix de Mrs. M. s'éleva derrière son rideau.

— Pour l'amour du ciel, qu'est-ce qui est arrivé, cette fois ?

— Elle est dans mon lit. Je me mordis la main pour contenir un sanglot.

Mrs. O. s'était ramassée au pied du lit. Sa chemise dénouée découvrait une épaule osseuse. Elle me regardait ; son petit visage ridé était inondé de larmes. Un médecin apparut à la porte.

— Qu'est-ce qui se passe ici ?

— Elle a grimpé sur mon lit pendant que je dormais. C'est insupportable, absolument insupportable. Je vous en supplie, installez-la ailleurs. Je ne peux pas rester ici avec elle.

Il m'examina en plissant les yeux, comme si je me trouvais à grande distance.

— Nous prenons des dispositions pour la déménager, mais nous avons trop de monde en ce moment. Dès qu'un lit sera libre, nous la sortirons d'ici. En réalité, elle est inoffensive, vous savez. Il sourit et passa la main sur son crâne chauve. Je vais m'assurer que quelqu'un la tienne à l'œil.

Je ne parlai à personne du baiser.

Après ce baiser, il n'arriva rien pendant trois jours. Peut-être parce que le personnel surveillait Mrs. O. de plus près et qu'elle le savait, mais je n'en suis pas sûre. Quoi qu'il en soit, elle se montrait moins active, plus sujette à des périodes d'immobilité et de vide. Le matin, lorsque son mari venait s'asseoir près d'elle, je me demandais ce qu'il penserait s'il savait que sa femme s'était glissée dans mon lit pour me molester. Le baiser, toujours mêlé au rêve, devenait un souvenir physique qui me traversait comme un frisson, sans préavis. Ce cadavre lourd et humide, cette vieille femme flétrie qui s'était serrée contre moi, sa langue dans ma bouche, laissaient des traces capricieuses contre lesquelles je me sentais sans défense. Ma souffrance enflait : elle m'emplissait la tête, qu'elle semblait dilater avec elle. Je n'étais plus qu'une tête, un Humpty Dumpty femelle aux quatre membres inutiles. Et je m'inquiétais. Je m'inquiétais tout le jour et presque toute la nuit. Je m'inquiétais à cause de ma tête, de mes examens, de Mrs. O., de la visite annoncée de Stephen, et je m'inquiétais de mes inquiétudes. L'angoisse alimentait ma douleur, mais je ne savais comment l'arrêter.

J'avais une mine affreuse, et si je parlais je m'essoufflais et balbutiais. Même le docteur Fish paraissait soucieux. Il commentait ma pâleur et s'étonnait manifestement de voir quelqu'un qu'il avait si radicalement drogué haleter comme une machine à vapeur. J'avais froid aussi, et ne parvenais pas à me réchauffer. Un après-midi, une infirmière m'apporta une paire de bas de contention. C'étaient de longs objets faits d'un tissu blanc rappelant celui des corsets. Ils ne me couvraient pas les orteils. Je n'ai jamais su la raison de cette curieuse omission, mais je les portai fidèlement tout au long de mon hospitalisation, et je les ai encore au fond d'un tiroir, en souvenir d'une époque où mon sang circulait trop lentement.

Je sombrai dans un monde de conscience liminale. Toujours à la lisière du sommeil, obligée de lutter pour rester éveillée. Le bavardage de Mrs. M. prenait une apparence lointaine, comme si elle me parlait d'une autre pièce. De temps à autre, je devinais un cliquetis de monnaie. Elle compte ses sous, me disais-je. Mais mes oreilles s'étaient mises à me jouer des tours, et il n'y avait peut-être rien. Deux fois, j'entendis ma mère m'appeler par mon nom. Ces hallucinations auditives sonnaient clair et fort. La voix de ma mère retentissait là, dans la chambre, et au moment où je l'entendais j'aurais voulu lui répondre, mais au lieu de cela je m'émerveillais de cette voix intérieure en me demandant si ce n'était pas un signe de plus de l'avancée de la folie. J'étais accablée aussi par la solitude, par une impression d'enfermement dans un corps abandonné à ses caprices. C'est moi qui ai fait cela, pensais-je. C'est moi qui ai créé cette énorme tête douloureuse, évoqué la voix de ma mère, rêvé de corps morts et, d'une façon générale, provoqué ma propre désintégration, mais comment pourrais-je revenir sur tout cela ? Je suis un fantôme. Une dame fantôme qui hante Mrs. O. – à moins qu'elle ne soit là pour moi, esprit revenu me dire quelque chose –, mon propre petit esprit à demi nu, en train de braire dans le désert.

La nuit avant la visite de Stephen, Mrs. O. s'échappa. Mes souvenirs de cet événement sont confus et je ne peux m'y fier. Je sais qu'on avait attaché Mrs. O. comme d'habitude, et qu'à peine l'avait-on laissée, elle s'était mise à se débattre et à se secouer ainsi qu'elle le faisait tous les soirs. Ma douleur avait atteint son zénith ; elle flamboyait sous la thorazine et j'avais perdu tout contrôle de ma respiration. Je m'étranglais, je sifflais. J'entendais Mrs. O. secouer ses barreaux derrière son rideau, et pourtant le bruit me semblait provenir de l'intérieur de ma tête. Elle grognait. Je gémis, mais j'aurais aimé hurler dans la nuit comme un chien blessé, me perdre dans une orgie de cris. Je me fis un bâillon de mon drap. Mrs. M. s'adressa à moi, mais je ne compris pas ce qu'elle disait – quelque chose à propos "du boucan". Je me pressai les doigts contre les tempes. Mes nerfs sont en éruption, pensai-je. Puis il y eut un bruit violent, un arrachement. Je me rappelle avoir déplacé mes doigts vers mes oreilles, comme si ce geste avait pu m'indiquer l'origine du bruit. De l'autre côté de la chambre, le rideau se souleva, et puis Mrs. O. se trouva sur le plancher, les bras écartés, la bouche béante. Cette bouche paraissait beaucoup plus grande qu'il n'est possible, un trou monstrueux ouvert au bas de son visage. En la regardant dans la pénombre de la chambre, avec sa chemise qui lui pendait des épaules telle une loque, je ressentis un choc brutal dans la poitrine, comme un coup de pied qui m'aurait coupé le souffle. J'essayai de crier, mais je n'avais qu'une voix minuscule, un couinement inaudible. J'entendis Mrs. M. clamer : Elle s'est détachée ! Elle s'est détachée ! Mrs. O. me tourna le dos et fila vers la porte. J'aperçus ses fesses plates et ridées quand elle sortit de la chambre en courant sur ses jambes raides.

Le lendemain matin, Mrs. M. la baptisa "Houdini". Ce nouveau nom témoignait de sa part d'un changement d'opinion au sujet de Mrs. O. Le mépris se teintait désormais de respect. Houdini a du cran ! me déclara-t-elle. Attachez-la, enchaînez-la, envoyez-la au fond de l'East River enfermée dans une malle, et elle trouvera le moyen de s'en sortir. Ma parole, elle a du cran ! "Cran" n'était pas le mot juste. Mrs. O. avait de la volonté, une volonté profonde, indicible. Je ne comprends pas ce que j'ai vu cette nuit-là ni pourquoi j'en ai eu le souffle coupé. Mais l'image de ce corps fluet dressé triomphant sur le plancher et de cette bouche, cette bouche terrible, est maintenant ancrée en moi et je ne peux m'en détourner. Elle me fait toujours peur, et pourtant je la trouve irrésistible. J'éprouve le besoin de l'évoquer sans cesse, de continuer à l'interroger.

Mais ce matin-là, le lendemain de cet incident, je tentai de l'oublier. C'était trop récent, et je me sentais nouée par la douleur. J'avais un peu moins mal à la tête, comme souvent quand il faisait jour, mais j'avais la peau du crâne si tendre que même la pression de l'oreiller me paraissait irritante ; mes bras et mes jambes vibraient d'une énergie particulière, comme s'ils étaient électrifiés. Ce n'est pas fini, pensai-je. Il va se passer encore quelque chose. On avait administré un sédatif à Mrs. O. et elle avait dormi pendant la visite de son mari et puis pendant plusieurs heures. Je l'apercevais par une fente du rideau – un corps tassé entre les draps. Mrs. M. aussi dormait. J'attendais Stephen. A une heure et demie, je m'assis très doucement dans mon lit, trouvai mon miroir dans un tiroir et tâchai d'arranger mon visage. Mes mains tremblaient. J'étais blanche, avec des poches noires sous les yeux. Me voilà devenue laide, en plus, pensai-je. Je réussis à me peigner les cheveux, à me mettre du rouge sur les joues et à enfiler un peignoir. Mrs. M., qui venait de se réveiller, me regarda et déclara : Ce doit être un homme. Stephen arriva avec quarante minutes de retard. Il était toujours en retard. Il apparut sur le seuil, élégant, son long manteau drapé sur un bras. Il m'offrit un petit sac de papier. J'y trouvai deux livres : une nouvelle traduction d'un choix de poèmes de Leopardi, et un recueil de poésie intitulé *Unearth*, par un poète américain dont je n'avais jamais entendu parler. Je le remerciai. Il se montrait volubile et distant. Il devait avoir été surpris de mon apparence, mais n'en dit rien. J'aurais préféré qu'il le dît. Je lui parlai sans m'étrangler et me sentis fière de ma maîtrise, mais j'étais si sensible à la lumière que je dus le regarder en clignant des yeux pendant toute notre conversation. L'impression que je produisais devait être pire que je ne pensais car, à un moment donné, il me dévisagea en disant : Comment est-ce arrivé ? Il y avait de l'incrédulité dans sa voix. Iris, il faut que tu te reprennes.

J'examinai son visage et son impeccable chemise blanche. C'est un étranger, constatai-je. Il n'a rien à faire avec moi. Peut-être l'avais-je aimé à cause de cela, de cette froideur étonnante qui le saisissait lorsqu'il discernait de la faiblesse chez autrui. Je le dégoûte, pensai-je. Pour la première fois sans doute depuis le début de mon séjour à l'hôpital, j'avais complètement oublié Mrs. O. ; pourtant, tandis que je contemplais Stephen, je la remarquai derrière lui, toujours dans son lit mais bien éveillée, dressée. Ses yeux bleus brillaient et elle se penchait vers moi. Je ne répondis pas à Stephen. Je regardais Mrs. O. Je la regardais dans les yeux, et elle me retournait mon regard. Elle me voyait. Stephen pivota sur sa chaise.

— Qui est-ce ? demanda-t-il.

— C'est Mrs. O., dis-je.

— Qu'est-ce qu'elle fait ?

— Je ne sais pas.

— Pourquoi la regardes-tu comme ça ?

— Tais-toi, dis-je. Elle va parler.

Il sourit alors. Je ne sais pas pourquoi il souriait, mais j'aperçus son expression du coin de l'œil et me souvins tout d'un coup de sa gentillesse. Pourtant, c'était Mrs. O. qui me captivait, pas Stephen.

Elle avait rampé jusqu'au bord de son lit et se tenait aux barreaux des deux mains.

— Qu'est-ce qu'elle a ? demanda-t-il.

— Tais-toi, fis-je.

Mrs. M. répondit :

— Elle n'a plus sa tête, mais elle a le béguin pour votre copine.

Stephen ne dit rien.

Mrs. O. ouvrit la bouche. D'abord en silence, et puis un bruit naquit au fond de sa gorge et elle se mit à appeler, les yeux fixés sur les miens. Eleanor ! prononça-t-elle. C'était un cri bref, impatient. Eleanor !

— Bon Dieu, elle s'est souvenue de son nom, s'exclama Mrs. M. Ça c'est le comble ! Faites venir les internes ! Qu'on la soumette au test ! La première question, s'il vous plaît !

— Arrêtez, ordonnai-je à Mrs. M. qui, à ma surprise, retint sa langue.

Mrs. O. m'appelait. Je le savais. A ce moment-là nous étions toutes les deux agenouillées, l'une en face de l'autre.

— Pourquoi m'appelez-vous ? demandai-je.

— Eleanor ! Eleanor ! répétait-elle. Son visage exprimait le désespoir.

Stephen avait posé la main sur mon épaule. Il me tirait en arrière.

— Iris, qu'est-ce que tu fais ?

Sa répugnance me parut palpable. Même s'il cultivait des idées qui englobaient le pervers et l'interdit, Stephen était un délicat, et ses aventures restaient strictement du domaine de la mode, du littéraire. Je vis son mouvement de recul. Il me lança un regard incrédule.

— Tu peux t'en aller si tu as envie, dis-je.

— Eleanor ! s'écria Mrs. O. C'était le ton exact que son mari avait eu en s'adressant à elle.

Stephen s'était levé. Il me toucha le bras.

— Tu veux que je m'en aille ? demanda-t-il. Je ne le regardai pas.

— Oui. Je prononçai ce mot très doucement.

La lumière me brûlait les yeux. Je voyais le petit visage tiré de Mrs. O. Elle m'appelle, pensai-je. Elle m'appelle. Je me penchai au bout de mon lit et lançai à mon tour : Je suis ici ! Je criais comme si elle avait été très loin, et quand le son de ma voix sortit de moi, ce fut comme si un souffle de vent avait traversé mon corps, dégageant mes poumons et ma gorge, et je criai de nouveau : Je suis ici !

Deux infirmières réagirent à cette agitation. J'entendis Stephen passer la porte en disant : Excusez-moi. Mrs. M. s'affairait à expliquer, mais je n'écoutais pas. La vérité, c'est que tout cela m'était indifférent. Cela m'était égal d'avoir provoqué une scène. L'échange m'absorbait totalement. Je criai encore, sans quitter Mrs. O. des yeux. Sa frêle carcasse tremblait et elle me fixait, elle aussi. Une infirmière la prit par le bras, mais elle réussit à se libérer. Elle écoutait. Je le voyais. Elle avait la tête inclinée d'un côté et le visage empreint d'une expression pensive. Ses cheveux blancs et fins se dressaient en touffes désordonnées. Elle serra ses bras autour d'elle en se balançant. Elle avait cessé d'appeler.

Une infirmière me saisit le coude.

— Vous la bouleversez complètement, me dit-elle.

Mrs. O. était calme, pourtant, très calme. Elle gisait sur le dos, les yeux ouverts mais immobiles, et pour la première fois ses traits passifs n'avaient plus rien de familier. Elle ne ressemble absolument à personne que je connaisse, me dis-je. Je me recouchai et fermai les yeux.

L'infirmière me gronda.

— Quand c'est pas une chose c'est l'autre avec vous deux. Je crois vraiment que vous la provoquez. Vous êtes une emmerdeuse, voilà ce que vous êtes. Fallait réfléchir avant de la rendre folle. A-t-on idée de s'amuser d'une simple d'esprit ? Vous dépassez les bornes !

Je l'entendis sortir de la pièce d'un pas furieux. Je n'ouvris pas les yeux. Je me mis à respirer lentement, très profondément, en comptant chaque respiration. Je comptai longtemps.

L'après-midi, le docteur Fish m'envoya un psychiatre. Celui-ci me parla gentiment, à voix basse ; il avait une barbe blanche que je trouvai rassurante. Il ne me parla de Mrs. O. que tout à la fin. Il s'enquit d'abord de mes études, de mes parents et de mes amis. Il voulut savoir quand mes maux de tête avaient commencé et quels étaient mes autres symptômes. Il effleura avec une grande délicatesse le sujet de ma vie amoureuse, et réagit par un demi-hochement de tête quand je répondis qu'elle était inexistante. Je m'efforçais de bien tourner mes phrases et d'articuler clairement. J'avais mal à la tête, mais je respirais beaucoup mieux, et je crois l'avoir convaincu que j'étais saine d'esprit. Lorsqu'il me demanda enfin pourquoi j'avais crié sur Mrs. O., je lui répondis honnêtement que je n'en savais rien, mais qu'au moment même il m'avait paru important de le faire, et que je n'avais pas crié sur elle, je l'appelais simplement. Il ne parut pas du tout choqué par cette réponse et, avant de partir, me caressa la main. Je crois que j'aurais trouvé très agréable de bavarder avec lui si je ne m'étais pas fait du souci à l'idée de ce que cette conversation allait me coûter. Il m'avait l'air cher, et je me demandais sans cesse si sa sympathie serait couverte par mon assurance.

Un grand calme envahit mon corps ce soir-là. La migraine restait bien installée dans mon crâne, mais j'avais moins de nausées et la vibration dans mes membres avait disparu. Je mangeai mon mauvais dîner jusqu'à la dernière miette et m'endormis très tôt. Il fallut me réveiller pour me donner mon comprimé, et je n'entendis rien quand on attacha Mrs. O. Je dormis comme on sombre dans le coma et revins à moi avec difficulté le lendemain matin. Je me souviens d'avoir dû me haler vers la conscience et que j'avais l'impression d'agiter les bras au fond de l'eau afin de me propulser à la surface. Je me sentais trop assoupie pour faire le point avec netteté, et je ne remarquai pas tout d'abord qu'elle avait disparu, mais quand je réussis enfin à me redresser, je vis que Mrs. O. ne se trouvait pas dans son lit. Le lit venait d'être rafraîchi, ses objets personnels avaient disparu et le rideau était tiré soigneusement d'un côté.

— Où est-elle ? demandai-je à Mrs. M.

— Pas la moindre idée, répondit-elle. Elle n'est plus là. C'est tout ce que je sais, et les infirmières ont la bouche cousue. M'ont ressorti la même phrase chaque fois que je les interrogeais – ça ne vous regarde pas. Mrs M. avait pris un ton nasillard, zélé. Et quand je pense à tout ce que j'ai fait pour ces vaches constipées et à ce que j'ai dû supporter. Sans vouloir vous offenser, entre vous et Houdini, quel cirque ! Je vais vous dire ce que je pense. La vieille les a bien eues. Elle leur a fait le coup de la disparition. Pfuit ! Mrs. M. fit claquer ses doigts. Elle s'est évaporée.

Je regardai le lit désert. Depuis lors, je me suis posé bien des questions sur la disparition de Mrs. O. Il est possible que Mrs. M. m'ait menti. Elle avait peut-être vu déménager la vieille dame pendant que je dormais. Mrs. O. pouvait avoir eu une attaque ou une crise au milieu de la nuit. Peut-être qu'elle était morte et qu'on l'avait emmenée à la morgue. Mais sur le moment, je n'envisageai pas ces possibilités. Je me sentais seulement ahurie de son absence. Si je n'avais pas été aussi sûre de la réalité de mes souvenirs, j'aurais pu penser que je l'avais inventée, tel un personnage auquel j'aurais insufflé la vie dans un dessein privé. Tandis que je réfléchissais, je sentis un léger spasme dans mon bras – signe avant-coureur d'une crise. Elle arriva vite : un orage nerveux bref mais violent, une secousse de tout mon être, si puissante qu'alors même qu'elle se produisait une partie de moi la considérait avec angoisse. Mon bras bougea de nouveau ; il sauta véritablement sur le drap. Je me sentis envahie de nausées et de vertiges. Je me tirai du lit et passai près de Mrs. M. en titubant vers la salle de bains. Je vomis. J'avais une crampe horrible aux intestins et l'impression de me vider de mes tripes. Le paroxysme parut envoyer dans le lavabo tous mes organes internes. Je me redressai en agrippant la cuvette et regardai dans le miroir mon visage hideux. Tu es un personnage ridicule, Iris, me déclarai-je, un personnage ridicule. Je vis ma tête remuer dans la glace. Elle me semblait plus petite, plus légère.

— Ça va, là-dedans ? (C'était Mrs. M.) Faut que j'appelle l'infirmière ?

— Non, dis-je. Ça va aller.

Je poussai de l'épaule la lourde porte de la salle de bains et retraversai la chambre à pas lents en serrant derrière moi les pans de ma chemise afin qu'ils ne s'écartent pas. Je m'assis sur le bord de mon lit et y demeurai assise longtemps. La lumière me paraissait anormalement faible, et je regardai par la fenêtre en direction du mur de pierres grises de l'immeuble voisin. Il faisait sombre au-dehors, et de gros flocons de neige tombaient avec régularité.

— Il neige, dis-je.

— Evidemment, répliqua Mrs. M. Ça fait des jours qu'il neige.

QUATRE

Tout commença par une poignée de main. J'avais attendu trois quarts d'heure pour le voir, ce jour-là, debout devant son bureau parmi une foule d'autres étudiants également désireux d'un entretien. Quand mon tour arriva enfin, je passai la porte et la refermai derrière moi. Professeur Rose, dis-je, je m'appelle Iris Vegan. Je lui tendis la main par-dessus la table. Il me regarda, et je ne lus rien sur son visage. Il aurait pu être de pierre. Puis il baissa les paupières. Il ne bougeait pas. Ses avant-bras étaient cachés sur ses genoux. Ma main demeura suspendue en l'air, et je remarquai que mes doigts tremblaient, mais je ne la retirai pas. Je ne la retirerai pas, pensai-je, elle peut rester là éternellement. Je le fixais, et il continuait à me dévisager. Cela dura peut-être une demi-minute. Alors le coin de sa bouche remua. Ce n'était pas un sourire, mais un petit frémissement nerveux. Il m'offrit une main molle. Je la serrai fermement et m'assis. Je ne me rappelle ni ce qu'il me demanda ni ce que je lui répondis, mais je revois ses cheveux gris et ses yeux verts, et dans ce premier souvenir il me paraît différent de l'image que je devais garder de lui par la suite. L'entretien se termina de façon abrupte. Merci, Miss Vegan, me dit-il. Je compte sur vous au cours, mardi prochain.

J'avais été admise à ce séminaire convoité : Hegel, Marx et le roman du XIXe siècle. Bien qu'il ne dût guère avoir plus de cinquante ans, Mr. Rose semblait posséder tous les tics d'une star académique vieillissante, manifestement atteint par cette affliction commune aux professeurs de son rang : le mépris envers les étudiants. En même temps, je trouvais difficile de le chasser de mes pensées, et je ne crois pas que c'était uniquement à cause des rumeurs concernant sa remarquable intelligence. Je conservais de cette rencontre une impression bizarrement sensuelle. Ce devait être sa voix. Son corps paraissait de bois, mais lorsqu'il parlait, le ton de sa voix avait une mobilité et une sensibilité extrêmes, et je l'entendais encore – trace sonore dans mon oreille.

Les douze étudiants que nous étions – huit hommes et quatre femmes – ne parlaient guère durant ces séminaires. Le professeur Rose n'interrompait son monologue que pour aboyer une question. Celle-ci était rarement ouverte. Il s'agissait en général de faits, dates et noms inclus, mais à l'occasion il exigeait une interprétation. Cela nous paraissait pis, car nous savions qu'il avait à l'esprit une réponse précise. Toutefois, notre appréhension nous rendait particulièrement rigoureux. Et le professeur Rose travaillait dur, s'appliquait à élucider les brumes de Hegel. Il en lisait des passages à haute voix puis les décortiquait, mot à mot, toujours en se référant au texte allemand, et sous la pression de son analyse naissaient des instants de clarté éblouissante. Nous lisions aussi des romans, et ces livres servaient d'échappatoire aux voies tortueuses de la philosophie. Un après-midi d'octobre, nous discutions des *Possédés*. Dehors, il pleuvait, et les fenêtres de Dodge Hall étaient obscurcies par une pluie si dense qu'elle paraissait tomber en nappes. Rose parlait des nihilistes russes, d'une voix enflée par l'emphase puis retombant presque à un soupir. Pendant quelques secondes, mes pensées s'égarèrent, je contemplai au loin, tout estompé, le feuillage rouge d'un arbre, puis j'examinai le visage d'un jeune homme à la peau abîmée qui laissait pousser sa barbe. Sans doute pour cacher ses boutons, supposai-je. J'entendis mon nom et fus arrachée à ma rêverie. La morsure, Miss Vegan, disait Rose. Je me tournai vers lui et regardai son visage. Sa bouche était encore en train d'articuler "la morsure de Stavroguine", et je remarquai ses dents tandis qu'il prononçait le nom du personnage. Oui, fis-je, en me redressant sur ma chaise et en essayant de me rappeler l'incident. Il mord Telyatnikov. Ma voix me parut toute petite. Nous savons cela, s'exclama-t-il. J'avais le visage brûlant. Qu'est-ce que cela signifie ? Rien, dis-je. Rose fit la grimace et tourna la tête, en quête d'une réponse plus satisfaisante, mais je poursuivis. Ça ne vient de nulle part, ça tombe du ciel, c'est pour ça que c'est si terrifiant. Ça personnifie le nihilisme aux yeux de Dostoïevski, parce que c'est aussi totalement dépourvu de fondement que de sens. J'avais parlé d'une voix perçante. Il se retourna vers moi, les yeux étrécis, le regard aigu. Les autres étudiants me regardaient aussi. Tout à coup, je fus prise d'un vertige et je m'agrippai à la table afin de me préparer à l'évanouissement que je sentais venir. Cela n'arrivait pas très souvent, mais de temps en temps je perdais conscience, comme ça, pour des raisons que je ne comprenais pas. Ce ne fut pas le cas cette fois et je me remis bientôt. Rose continuait à parler. Je prenais des notes et feignais d'être captivée par ses propos. A la fin du cours, pressée de partir, je fourrai mes livres et mes papiers dans mon sac. Alors je vis le professeur Rose debout à côté de moi.

— Vous n'êtes pas bien, Miss Vegan ? me demanda-t-il. Il posa la main droite sur la table.

— Si, si, répondis-je, je vais très bien, merci. Je le regardai. Il semblait vouloir dire quelque chose, mais il se mit à fixer la fenêtre.

J'enfilai mon imperméable. Le col était coincé, et puis je remarquai que mon sac plein de livres s'était pris dessous et formait une bosse à mon côté. Je tirai sur la manche, douloureusement consciente de ma maladresse.

Le professeur Rose me sourit.

— Dans ce cas, dit-il, je vous laisse à vos habillements.

Il prit son parapluie et sortit.

J'attendis pour en faire autant d'avoir entendu ses pas dans l'escalier. Il m'avait parlé avec gentillesse. J'en étais certaine, et dans un flot de bonheur, je compris qu'il m'aimait bien. Cette rencontre insignifiante eut sur moi un effet disproportionné. Je me vis en relief, séparée et distincte des autres étudiants, et même s'il ne devait plus me parler ainsi de longtemps, je commençai à considérer mon professeur comme un allié secret. Cette transformation s'opéra peu à peu, et je ne saurais dire si elle existait uniquement dans mon esprit, ni si le professeur Rose en était responsable. Ce que je sais, c'est que je me mis à me réjouir à l'idée de le voir le mardi, que son visage me plaisait, que l'humour sous-tendait sa sévérité, et que je lisais les livres imposés avec un zèle nouveau.

Ruth Slubovsky était assise en face de moi au séminaire. Elle avait un petit visage et de longs cheveux roux. Ruth adorait les romans, et bien qu'elle fût au courant des toutes dernières théories littéraires, elle manifestait pour le destin des personnages un intérêt de commère et se prenait volontiers pour une Emma Bovary contemporaine. Je n'ai jamais compris qu'on pût avoir envie de s'imaginer en Madame Bovary, et j'interrogeai Ruth à ce sujet dans les premiers temps de notre amitié. Pour toute réponse, elle sortit de son cahier la reproduction d'un tableau du XVIIIe siècle intitulé : *la Lectrice de romans*. On y voyait une femme bien en chair, nue, allongée sur un canapé, les yeux baissés et les jambes entrouvertes. Elle tenait dans la main droite un petit livre épais. Est-ce que ceci répond à ta question ? demanda-t-elle en riant. Je ris également, mais ainsi que je devais m'en apercevoir par la suite, la plaisanterie suggérait un aperçu non seulement des rêves de Ruth mais aussi des miens, et l'image de la lectrice onaniste, conçue sans aucun doute en guise d'avertissement, garde encore pour moi sa résonance. C'est Ruth, après tout, qui m'a présenté Paris, ce jeune homme étrange surgi dans ma vie puis disparu avec la soudaineté d'un génie, et elle est devenue l'improbable connexion entre ce qui représentera toujours à mes yeux les deux aspects d'une seule obscénité : l'image de cette femme nue avec son gros livre, et Paris penché sur moi, les yeux vigilants et la bouche peinte.

Le soir d'Halloween, Ruth m'emmena à une réception quelque part du côté de Canal Street. Il n'y avait que deux mois que j'habitais New York, et je ne m'y retrouvais pas. Manhattan me faisait l'effet d'un puzzle dont je n'avais pas encore assemblé les points de repère isolés, tandis que Ruth y était née et connaissait sa ville par cœur. Elle allait devant, je la suivais. Comme nous n'avions pas d'argent pour nous payer des costumes, elle avait emprunté des vêtements à son frère et nous nous étions déguisées en hommes. Le costume qu'elle avait apporté pour moi était juste à ma taille haute et mince, et en me tournant vers le long miroir dans mon appartement, j'avais été surprise par la transformation de mon apparence. Ce n'était pas tellement que j'eusse l'air d'un homme, mais plutôt que l'habit créait une image sexuelle ambiguë. Non maquillée et les cheveux dissimulés sous un feutre, je ressemblais soit à une femme masculine, soit à un homme efféminé, et en marchant dans les rues au côté de Ruth, j'allongeai le pas afin d'imiter la démarche d'un homme, les mains enfoncées dans les poches du pantalon. Notre trajet s'acheva devant un immeuble d'entrepôts. Ruth me fit monter cinq étages, franchir une porte ouverte et pénétrer dans une vaste pièce pleine de monde. Il y avait peu de lumière et la fumée estompait les traits des invités qui tournaient en rond en buvant du vin dans des gobelets de plastique. Dès l'abord, je fus frappée par le plaisir quasi fou qu'avaient pris ces gens à composer leurs costumes – horribles et ridicules à la fois. Jusqu'alors, j'avais toujours considéré Halloween comme une fête réservée aux enfants, mais en découvrant, stupéfaite, les monstres, les animaux, les travestis, les stars de cinéma et les myriades d'autres, je constatai que la nuit des Morts évoquait surtout un rêve enfiévré d'adulte : brillant, chaotique, libertin.

Au bout de quelques minutes à peine, Ruth aperçut Paris.

— Tu vois ce bout d'homme là-bas, en complet blanc ? me demanda-t-elle.

Je regardai dans la direction de son geste et vis un très petit homme d'âge indéfinissable en conversation avec une jolie jeune femme déguisée en Alice au pays des merveilles.

— C'est Paris, dit-elle.

— Qu'est-ce qu'il est censé représenter ?

— Personne. Il est toujours comme ça.

— Il est maquillé !

— A son habitude.

Je le contemplai fixement.

— C'est un critique d'art, poursuivit Ruth, connu pour la méchanceté de ses écrits. Il paraît qu'un peintre s'est suicidé après avoir lu dans *the Village Voice* un article de Paris sur son œuvre.

— Il devait être instable au départ, fis-je. Des tas de gens ont de mauvaises critiques.

— Je crois que c'était plus compliqué que ça. Tu vois, Paris le connaissait. Ils étaient amis, peut-être plus qu'amis, et Paris avait toujours vanté son talent. Il y avait une fille, aussi, je pense, qui avait des relations avec les deux. Mon frère prétend que Paris savait que ce type était à bout de nerfs. Il a avalé un tube de somnifères.

— Quelle horreur ! Ça m'a l'air d'un affreux bonhomme.

— En fait, dit Ruth, il a un certain charme, et on ne peut pas croire tout ce qu'on raconte. Il existe peut-être une autre version de l'histoire. En tout cas, Paris est l'hôte non invité de tout le monde, si tu vois ce que je veux dire. Il est partout. Quelqu'un m'a expliqué un jour qu'il embauche un double pour assister à des soirées à sa place, comme ça il peut se trouver à deux endroits en même temps. Regarde, il vient par ici, ajouta-t-elle en se penchant près de mon oreille.

L'objet de notre conversation se tenait devant moi. En le voyant, je me dis qu'il serait difficile de trouver un double pour un tel personnage. Il était trop petit et trop bizarre. J'examinai sa tête menue, ses oreilles saillantes et l'épi, au sommet de son front, qui dressait ses cheveux. Je remarquai alors que les cheveux avaient été fixés dans cette position à l'aide d'une crème capillaire ou d'un gel. Ils semblaient durs et luisants. Il me faisait penser à un elfe.

— Salut, Ruthie, dit-il, puis, se tournant vers moi en souriant : Je m'appelle Paris.

— Paris tout court ? demandai-je. Pas de nom de famille ?

— Non, rien, fit-il. Dans le temps il y avait autre chose, mais je l'ai banni.

— Tout simplement ?

Il fit un pas vers moi, leva le menton et baissa la voix.

— Suis allé au tribunal, ai obtenu du juge qu'il jette l'ancien et le remplace par le nouveau. Magie légale. Depuis, je suis Paris, Paris tout court.

— Quel était votre ancien nom ?

— Ça c'est un secret, dit-il en dévisageant Ruth un instant. Mon seul vrai secret. Je dis tout, sauf ça. Tout le monde a besoin d'un mystère, vous ne croyez pas ? Il me regarda, sourit et exécuta quelques pas de danse sur le plancher. Ruth et moi échangeâmes un coup d'œil.

Paris s'adressa à Ruth.

— Vous permettez que je vous la vole un petit moment ? Je vous la ramènerai, ou peut-être devrais-je dire je vous *le* ramènerai. Ne dissipons pas les illusions, hein ?

Sans attendre la réponse de Ruth, il passa son bras dans le mien et m'entraîna à travers la salle. Je fis un signe de la main à mon amie et considérai mon petit cavalier. Il paraissait assez inoffensif. Arrivés à l'autre bout de la pièce, nous nous arrêtâmes. Paris lâcha mon bras et dit :

— Parlez-moi de vous.

J'esquissai pour lui ma brève et terne histoire. J'étais la fille d'un professeur de linguistique et d'une mère norvégienne, née et élevée à Webster, une petite ville du Minnesota. Je venais d'arriver à New York afin de poursuivre mes études de littérature à l'université de Columbia.

Il secoua la tête.

— Ce n'est pas du tout ça que je voulais dire.

— Non ? fis-je, en lui souriant.

— Non. Je voulais que vous me racontiez sur vous des choses révélatrices : une manie, une préférence, une petite aventure passée. Ce genre de choses. C'est un hobby que j'ai. Je collectionne ce qu'on pourrait appeler les riens psychologiques. Contrairement à la majorité de cette plèbe, déclara-t-il en agitant un bras pour indiquer la foule des invités, qui n'aime qu'à parler de soi, je porte un intérêt authentique aux autres et à l'état de leurs âmes.

— Je vois, dis-je. Et vous croyez que les manies des gens révèlent leurs âmes ?

— Oui, affirma-t-il en se dressant de toute sa hauteur, guère plus d'un mètre cinquante. Par exemple, je suis asthmatique. Il inspira profondément, comme pour s'assurer qu'il allait tout à fait bien à cet instant. J'aime les romans policiers, n'importe lesquels, bons ou mauvais – aucune importance. Je vénère Giorgione, Pontormo, Egon Schiele et Duchamp. Et… Il leva un doigt en l'air et l'agita. J'ai un point sensible au creux du genou que j'oblige mes partenaires à caresser. Ça me rend fou.

— Voilà un aperçu de votre moi le plus intime, dis-je.

Paris sourit, puis, reprenant son sérieux :

— Vous me plaisez. A vous maintenant.

— D'accord. Voyons. A ma connaissance, je ne souffre d'aucune maladie chronique. Mes passions littéraires ont un vaste registre. J'aime Dickens et George Eliot, Henry James et Kafka. Et quant à mes préférences sexuelles, je n'ai pas l'habitude de les publier.

Paris sourit sans ouvrir la bouche. Il semblait très blanc, tout à coup, comme un mime.

— Je vois, dit-il. C'est intéressant, n'est-ce pas, ce qui est public ou privé ? Je veux dire : tout le monde peut connaître vos goûts en littérature, mais vos goûts en matière d'hommes sont un territoire secret.

— Ça me paraît logique.

— Mais toutes les attirances sont pareilles, insista-t-il. Elles proviennent d'un vide intérieur. De l'index, il se martelait la poitrine. Quelque chose manque et il faut le combler. Les livres, les tableaux, les gens, tout ça c'est la même...

— Il y a des tas de gens qui se passent de livres et de tableaux.

— Vrai, admit-il, mais ça n'affecte pas la proposition. Paris tourna la tête sur le côté et se mordilla les lèvres. Bien sûr, rien ne fait jamais l'affaire. Personne n'est vraiment satisfait longtemps.

Je souris.

— Non, sans doute.

Paris releva le menton et me fixa droit dans les yeux. Son regard direct, aussi ingénu que celui d'un petit garçon, éveilla ma sympathie.

— Ça vous plaît de vous habiller en homme ? me demanda-t-il.

Je contemplai mon costume.

— Mon déguisement, fis-je. Je reconnais que ce n'est pas grand-chose. Ruth et moi avons improvisé ça à la dernière minute.

— Ce n'était pas ça, ma question, dit-il, les yeux toujours dans les miens. Je vous ai demandé si vous aimez vous habiller en homme.

— Je crois que oui, répondis-je, hésitante.

Son expression ne changeait pas.

— Ça vous fait un petit quelque chose ?

— Eh bien, fis-je, pas très sûre de la raison pour laquelle je lui répondais, ces vêtements me donnent l'impression d'être différente – surtout dans la rue. Ça me faisait un certain effet, oui.

— Peut-être avez-vous l'impression d'être enfin chez vous.

— Je ne vois pas ce que vous voulez dire.

— Non ?

— Non.

J'avais crié trop fort. Paris sourit.

La conversation avait pris un tour nouveau. J'aurais voulu dissimuler ma confusion, mais je n'arrivais pas à contrôler mon visage. J'ai la conviction que mon inconfort était manifeste.

— Votre image se précise, dit-il. Je commence à vous distinguer. Je dois avoir touché un nerf. C'est de ça que je parlais il y a un moment – petits détails, menues révélations…

Il poursuivit son bavardage. Je ne l'écoutais pas vraiment, et puis il prononça d'une voix plus forte :

— Je crois que j'ai envie de voir vos cheveux. Pourquoi n'ôtez-vous pas votre chapeau ?

Je tournai la tête vers lui. J'avais cherché à apercevoir Ruth dans la foule, mais en vain. Mes joues me semblaient brûlantes.

— Quoi ?

— Ma requête n'est pas bien méchante. Otez votre chapeau.

Je ne répondis pas. Il y avait tant de monde entassé dans la pièce que nous étions entourés. Je me tenais épaule contre épaule avec une femme en perruque platinée – Marilyn Monroe, supposais-je – et de l'autre côté de moi se trouvait un grand type au masque d'ogre. Une cigarette fichée dans un fume-cigarette pointait de l'ouverture pratiquée pour la bouche. Derrière Paris, une femme portait une large crinoline. Il dut s'avancer, et son genou toucha ma jambe.

— Qu'est-ce qui ne va pas ? demanda-t-il. J'ai simplement envie de voir vos cheveux.

— Il fait chaud ici dedans, dis-je.

Paris se rapprocha de moi et posa la main sur mon bras. Je reculai d'un pas en bousculant quelqu'un. Attention ! fit une femme. Je marmonnai excusez-moi et sentis que Paris resserrait un peu son étreinte. Il est trop près, pensai-je, et j'inspirai bruyamment. Je regardai son visage et puis ses doigts autour de ma manche.

— Vous avez l'air irritée, dit-il. Pourquoi ? Il avait les yeux d'un bleu clair.

— Je ne comprends pas ce que vous voulez.

Paris se tenait à quelques centimètres.

— Iris, dit-il. Quel est le problème ? J'ai seulement demandé à voir vos cheveux. Si vous ne voulez pas me les montrer, c'est bon. Il lâcha mon bras.

Je saisis le chapeau et l'enlevai. Mes cheveux, en sueur et mêlés après leur emprisonnement, me tombèrent sur les épaules et le dos. Evitant son regard, je me détournai de Paris et avalai un grand coup. Ce geste déclencha une mystérieuse émotion, et je sentis trembler mes lèvres. Il faut que je sorte d'ici, lui dis-je. Pivotant sur moi-même, j'entrepris de me frayer un chemin à travers la foule.

— Vous avez de très beaux cheveux, Iris, me cria-t-il. Où allez-vous ?

— Je ne peux pas rester, dis-je, à moi-même plus qu'à lui.

Je franchis la porte et, une fois dans la cage d'escalier, je m'appuyai contre le mur, mon chapeau toujours à la main. Qu'est-ce qui ne va pas avec moi ? me demandai-je. J'ai été idiote. Pourquoi l'ai-je laissé m'embêter ? Et qu'est-ce qui m'a fait ôter mon chapeau ?

J'aurais dû retourner là-haut, prévenir Ruth que je partais, mais je ne le fis pas. Je descendis l'escalier et m'en fus au long de la rue déserte, les bras serrés autour de moi dans l'air froid de la nuit. Le costume était trop léger. Je regardai autour de moi et aperçus une entrée de métro à deux rues de distance. Je m'y dirigeai d'un pas rapide. Au bout de quelques secondes, je me rendis compte qu'il y avait quelqu'un derrière moi, et je marchai plus vite. Qui que ce fût, il soutenait l'allure. Je sentis ma gorge se serrer. Néanmoins, je continuai à marcher. L'entrée ne se trouvait qu'à quelques mètres. J'entendais respirer. Un homme, pensai-je. Je me mis à courir en me servant de mon corps entier pour me propulser en avant, et soudain l'écart se creusa entre nous. J'empoignai la balustrade de l'escalier souterrain, et avant de m'y lancer je tournai la tête un instant et vis quelqu'un disparaître derrière le coin. Il était petit et vêtu d'un long manteau noir, sous lequel je devinai du blanc. Paris, me dis-je. Et pourtant je n'étais pas sûre. Il faisait sombre, et l'homme avait disparu avant que j'aie pu bien le voir.

Au cours des mois suivants, cette rencontre d'Halloween avec Paris prit le caractère d'une apparition. Les images que je conservais de cette nuit formaient un fouillis criard que je ne parvenais pas à trier. Je chassai toute l'affaire de mes pensées. Le costume se trouvait encore dans mon placard, le chapeau posé sur une étagère au-dessus de lui. Ruth, qui avait dit qu'elle le rendrait à son frère, ne se pressait pas, affirmait que ça n'avait rien d'urgent. Il a plein de choses à se mettre, disait-elle, ne t'en fais pas. Une fois de temps en temps, envahie d'un désir soudain de le porter, je palpais du bout des doigts le tissu du costume, mais il n'était pas à moi et je le laissais en place.

J'avais autre chose en tête, avant tout mes séminaires avec le professeur Rose, qui étaient devenus le point culminant de ma semaine. Saisie d'une inexplicable fringale de connaissance, je lisais nuit et jour, apprenais par cœur des passages significatifs, méditais sur la critique et l'histoire. Je me bourrais la tête d'une telle quantité d'informations que lorsque je fermais les yeux le soir, je voyais devant moi une page imprimée, tandis que des mots isolés et des bribes de mes lectures tournoyaient dans mon cerveau. Parfois, juste avant de sombrer dans le sommeil, j'entendais de petites voix me parler en phrases sibyllines ou en exclamations monosyllabiques. En dépit de mes efforts, je n'avais rien d'une étudiante modèle : au cours, j'étais sujette à des débordements passionnés et à des digressions incontrôlées dans des sujets apparentés. Je m'exerçais chez moi à articuler avec calme, m'entraînais à baisser le ton de ma voix afin qu'elle exprime l'autorité et le sang-froid, mais dans le feu de l'action j'oubliais toujours. Ma voix chevrotait, mon cœur battait, mes mains tremblaient. J'étais sérieuse, certes. Ce qui me manquait, c'était de la méthode et le tempérament d'une érudite. Au début de décembre, je lus au groupe mon essai sur *l'Education sentimentale*, de Flaubert, et je me sentis si émue par mes propres paroles que pendant le dernier paragraphe j'avais les larmes aux yeux. Pourtant, Rose et les autres étudiants se montrèrent gentils. Personne ne rit. Mon professeur me contempla de sa place au bout de la table et déclara d'une voix forte : Un peu dispersé, peut-être, Miss Vegan, mais du beau travail. Puis il retourna à ses notes. Mon bonheur était grand, et quand le professeur Rose m'arrêta après le cours pour me proposer de l'assister dans ses recherches au semestre suivant, une confusion exubérante m'envahit. Ce serait merveilleux, balbutiai-je en me croisant les mains sous le menton. Puis, embarrassée, je les laissai retomber.

Il sourit. Je vis se creuser les rides autour de ses yeux.

— Je suis un bourreau de travail, déclara-t-il. Je mène la vie dure à mes assistants. Vous allez peut-être le regretter.

— Oh non, dis-je. Jamais.

Je commençai à travailler pour lui en janvier, et au début nos rencontres n'eurent rien d'extraordinaire. Il me donnait des articles allemands à lire et à résumer – des essais abscons et ampoulés rédigés dans une langue qui me déconcertait. Chaque jeudi, il me donnait une liasse de feuilles polycopiées et mon cœur sombrait. Je rentrais alors chez moi pour découvrir ces phrases incompréhensibles – une proposition après l'autre dans un vocabulaire dense, peu familier, avec les verbes relégués tout au bout – et entreprendre leur fastidieuse dissection. Le sens surgissait par à-coups. Soudain, je découvrais les significations, j'identifiais les glissements logiques, et à la fin j'éprouvais de la fierté à transformer ces longs textes verbeux en une seule page de mots lucides. Dans l'ensemble, ces articles me laissaient froide, néanmoins, et il m'arrivait de ne pas résister à la tentation de commenter entre parenthèses, de désigner les défauts de l'argumentation, les actes de foi sans fondement, ou le manque d'intérêt général. Mon arrogance amusait le professeur Rose, qui me dit un jour : Je crois que vous pouvez vous dispenser de la lecture critique, Miss Vegan. Je suis capable de tirer mes propres conclusions. Néanmoins, c'était dit avec gentillesse, et j'en conclus qu'il ne m'en voulait pas vraiment.

En février, notre travail commença pour de bon. Le bref roman allemand que nous traduisions ensemble devint le véhicule d'une distorsion de nos relations. Sans lui, je suis persuadée que rien ne serait arrivé. Nous serions restés tels que nous étions, professeur et étudiante, enfermés dans l'étiquette de nos deux rôles. Notre traduction modifia tout cela, en estompant les limites des conventions et en réduisant nos inhibitions au silence. Il fallut longtemps pour que ses effets se manifestent pleinement, mais je pense qu'ils furent profonds. Je ne prétends pas rejeter sur une œuvre de fiction la responsabilité de mes actes. Ce serait pousser les choses un peu loin. Je dis que ce récit représentait une porte vers un ailleurs, et qu'à la fin nous avons choisi d'ouvrir cette porte et d'en franchir le seuil.

Un jeudi matin, en entrant à l'heure dite dans le bureau du professeur Rose, je le découvris assis près de la fenêtre, le regard perdu au-dehors. Il ne se retourna pas pour m'accueillir avant plusieurs secondes. Il parut s'adresser à la fenêtre.

— Connaissez-vous le nom de Johann Krüger, Miss Vegan ?

— Non, répondis-je, je ne connais pas.

Il pivota sur sa chaise.

— Eh bien, dit-il, vous n'êtes pas la seule. On l'a oublié.

— Qui est-ce ? demandai-je.

— Un écrivain allemand. Il a publié un recueil de nouvelles et un bref roman. C'est ce récit qui m'intéresse – *Der Brutale Junge*, écrit en 1936, mais publié après sa mort seulement.

Il me lança un coup d'œil.

— Oui ? fis-je.

— Il est mort dans un camp.

— Il était juif ?

— Non, homosexuel.

Je fixai le vide au-delà du professeur Rose et de la fenêtre, le temps de laisser ses mots retomber, d'essayer de trouver une place ne fût-ce que pour cette mort unique parmi des millions. Je gardais le silence.

Rose se pencha en avant dans son fauteuil.

— Il avait trente-deux ans quand il est mort.

Je le regardai. Il avança la main vers la mienne. Puis il la retira, serra le poing et l'abattit en douceur sur une pile de papiers.

— En tout cas, dit-il, nous allons traduire ce récit. Vous commencerez seule, et puis nous reverrons ça ensemble.

Il me tendit un petit volume vert relié. J'effleurai du bout des doigts les lettres imprimées au dos. J'avais envie de m'attarder, de poursuivre la conversation, mais il me désigna la porte de la tête, et je la passai en hâte, sans dire au revoir. En sortant de l'immeuble, je remarquai qu'il s'était mis à neiger.

Je lus le livre au lit, ce soir-là. Il était rédigé dans un allemand simple et clair qui rendait mon dictionnaire presque superflu. Illuminée par ma lampe de chevet, la neige continuait de tomber devant ma fenêtre. Klaus était un enfant sage, ainsi commençait le récit. Il avait dix ans, travaillait bien à l'école et se montrait obéissant, gentil et loyal. Au moment même, je ne m'interrogeai pas sur les significations. L'histoire n'existait qu'en elle-même : un objet distinct que je lisais sans ennui.

Le père de Klaus est un chirurgien accompli, malgré le handicap que lui impose un pied bot. Sa mère, écrit le narrateur, est jolie et sotte, et ne vit que pour son fils. Lorsqu'elle parle de lui à ses amies, elle dit toujours : Klaus est un gentil garçon, il n'y a pas une once de mal en lui. Pauvre Klaus, pensai-je, le mal ne peut manquer de survenir. Et c'est le cas. L'enfant commence à se sentir troublé par des fantasmes cruels qui lui apparaissent sans avertissement dans la tête. Les descriptions de ces rêveries sadiques sont traitées avec un soin immense, cataloguées l'une après l'autre en détail. Apercevant dans la rue une vieille impotente, il est saisi d'une envie débordante de lui faire un croc-en-jambe. Alors qu'il inspecte la boîte à couture de sa mère, l'idée lui vient de percer les yeux de son chien avec une aiguille. Il aime son chien et ne peut imaginer d'où surgit cette lubie. Il invente d'astucieuses façons de tourmenter son meilleur ami, Dieter, telles que de lui arracher un par un ses cheveux blonds, de lui déboîter la rotule à force de la secouer ou de le pendre la tête en bas au lustre de sa chambre. Ses fantasmes deviennent une préoccupation, un plaisir personnel, un univers dans lequel les objets quotidiens servent d'instruments de torture : barres à rideaux, oreillers, vases, couverts. Les délices qu'il retire de telles imaginations sont ensuite supplantées par de terribles remords, et il s'efforce de s'en défendre.

Il prie, récite les tables de multiplication ou des poèmes appris par cœur pour l'école, mais rien de tout cela n'est efficace. Klaus commence à avoir peur de lui-même, surtout le soir quand l'obscurité est venue. Dans son lit, il se couche sur ses mains, de crainte qu'elles n'agissent sans son autorisation. Après plusieurs nuits de la sorte, son agitation l'emporte sur sa volonté, et l'enfant se met à rôder. Au début, il reste dans la maison dont, quand tout le monde dort, il parcourt les chambres et les corridors en touchant aux objets interdits : les pipes de son père, les figurines de porcelaine de sa mère. Ces violations sont méticuleuses. Il laisse ses doigts caresser toutes les parties d'un objet avant de le remettre en place. Mais la jouissance que lui procurent ces premiers méfaits s'atténue et, enhardi, il recherche de nouveaux plaisirs. Klaus commet alors des actes bénins de sabotage domestique. Avec une paire de ciseaux, il découpe dans son drap un trou presque invisible. Il cache plusieurs cuillers. Il abîme certains de ses jouets et dissimule dans son placard les soldats décapités, le train hors d'usage et le bateau à voiles endommagé. Et puis, une nuit, l'enfant sort de la maison et, une fois dans la ville, que Krüger désigne par la lettre S., il s'enivre de liberté. Il suffit à son bonheur de se promener où il ne devrait pas se promener et de voir ce qu'il ne devrait pas voir, de découvrir des rues inconnues et de regarder par les fenêtres de boutiques fermées et de bars éclairés. La nuit lui apparaît comme un chaos de visions, d'odeurs et de sons, et le gamin se transforme en voyeur minuscule des secrets de la cité, témoin caché des bagarres de rue et des propositions des prostituées. Vêtu d'un pyjama blanc, sautant d'une cachette à l'autre, il s'aventure de plus en plus loin de son quartier. Epuisé par ces équipées nocturnes, il dort à l'école et ne réussit plus à se concentrer sur ses études, mais on ne s'aperçoit de rien. Au cours d'une de ses escapades, il tombe sur un chat, un chat de gouttière crotté et éclopé, couché près d'un tas d'ordures dans une impasse au coin de laquelle se trouve un bar bruyant. Klaus se penche afin de se rendre compte. Tendant la main vers le chat, il essaie de le caresser, mais l'animal apeuré le griffe, et l'enfant est saisi d'une envie soudaine de le tuer. D'une voix douce, il murmure : Je vais te faire mal, et puis il le frappe. La bête hurle, mais sa patte estropiée l'empêche de s'échapper et Klaus l'attrape et tente de l'étrangler. Le chat lutte pour sa vie, blessant Klaus aux mains et au visage. L'enfant croit entendre les os se briser et se met à gémir, lui aussi. Une jeune femme qui a emmené son amant dans la ruelle pour l'embrasser aperçoit Klaus accroupi au-dessus de l'animal et court vers lui en criant : Qu'est-ce que tu fais ? Petite brute ! Arrête, tout de suite ! Son compagnon empoigne Klaus par ses vêtements et le sépare de sa victime, et la femme s'agenouille près du chat et le prend dans ses bras. La pauvre bestiole vit encore, chuchote-t-elle, et quand l'homme tourne la tête pour regarder, Klaus s'arrache de ses mains et s'enfuit.

Avant d'arriver chez lui, il est surpris par une averse qui le transperce jusqu'aux os. Sans réveiller sa famille, il monte dans sa chambre, cache le pyjama mouillé sous son lit et s'endort. Le lendemain matin, la fièvre le dévore. La femme de chambre découvre les vêtements mouillés et les montre à la mère de l'enfant, qui reste interdite, mais à ce moment Klaus délire et on appelle un médecin. Dans un rêve issu de la fièvre, il voit son corps se consumer à partir des pieds. Ses jambes tombent en cendres, laissant sur le drap deux grandes taches noires. Il entreprend de se confesser. Ma bouche, pense-t-il, il faut que je dise ça avant que ma bouche ne brûle. La mère, qui est assise à côté du lit, voit son fils se dresser d'un coup et se mettre à parler. Il raconte tout, le réel et l'imaginaire mêlés : Dieter pendu au lustre, le trou dans le drap, les yeux percés du chien, les cuillers cachées, le chat. Sa mère n'en comprend pas un mot. Elle contemple le visage lacéré de son fils et s'efforce de le persuader de s'allonger, mais il la repousse. Elle lui essuie le front avec un linge frais en murmurant des mots rassurants. L'enfant ne cesse de regarder la porte. Il entend son père monter l'escalier en traînant le pied. Le bruit lui bat dans les oreilles, mais le père ne se montre pas. Klaus est brûlant, et il hurle sans répit les mots *petite brute* jusqu'à ce que le médecin arrive et lui donne un calmant. Il s'endort, et lorsqu'il se réveille il a la gorge irritée mais la fièvre est tombée. Je suis vivant ? demande-t-il à sa mère. Elle l'assure que oui, et il se rendort aussitôt. Klaus se rétablit et découvre qu'il est libéré de ses pensées mauvaises et n'a plus envie de rôder dans la ville. Sa guérison paraît totale. Mais dans la dernière scène du récit, Klaus est assis au salon, un dimanche, avec son père, sa mère, et plusieurs parents âgés. Il a subi les rigueurs d'un col amidonné et d'un long service religieux. Il observe son grand-oncle Frédéric, un petit homme tout ridé à la poitrine creuse, aux bras et aux jambes pareils à des bâtons. Le vieillard s'endort avec la bouche ouverte, et Klaus se met à rêvasser. Il grimpe sur les genoux de son oncle et souffle de l'air dans cette bouche béante jusqu'à ce que l'octogénaire, gonflé comme un ballon, s'envole au-dessus des têtes de l'assistance, énorme et impondérable. Puis il éclate. Os, peau, dents, doigts, orteils et jus de chique tombent en pluie sur la compagnie. Klaus sourit et dirige son attention sur la grosse tante Lotte dont il examine avec intérêt les chevilles potelées. L'histoire se termine avec Klaus qui se murmure tout bas : Une fois deux, deux, deux fois deux, quatre, trois fois deux, six…

Je refermai le livre d'un coup et regardai par la fenêtre. Il ne neigeait plus. Quel curieux petit ouvrage, pensai-je, mince et étrange, mais qui vaut d'être traduit, une comédie sinistre, en vérité. Je commençai le lendemain matin, en cherchant les mots anglais correspondant à l'allemand, et l'effort transforma l'histoire pour moi. Lorsque je transcrivais les fantasmes de Klaus, j'éprouvais un sentiment troublant d'intimité. Des souvenirs ténus et vagues affleuraient puis disparaissaient. Je me trouvais à la bibliothèque municipale de Webster, debout à côté d'une autre petite fille, que je ne connaissais pas. Il faisait chaud. Elle avait la figure rouge. Ce devait être l'été. J'avais envie de la secouer. C'était tout. Je ne me rappelais rien de plus, mais la vision me paraissait assez suggestive et provoquait en moi une vague détresse. A mesure que mon texte progressait, le texte allemand disparaissait et je revendiquais le nouveau récit. Il est à moi, me disais-je, je l'ai réinventé. J'en suis l'auteur. Je me battais donc avec les phrases, en les polissant jusqu'à ce qu'elles me paraissent parfaites, et je me souviens qu'une fois, m'étant interrompue dans ma traduction pour aller au petit coin, je m'aperçus au passage dans le miroir et en restai stupéfaite. J'avais un sourire d'idiote. Grand Dieu, pensai-je, tu ne te ressembles même plus !

Quand je revis le professeur Rose, j'avais fait vingt des quatre-vingt-quinze pages. En lui soumettant mon travail, je m'efforçai de cacher mon impatience. Il prit le manuscrit et se mit à lire. J'étudiais avec soin son expression, y cherchant les signes d'approbation que j'espérais, mais son visage demeurait impassible. Il tourna la page. La pièce était surchauffée et j'ôtai mon chandail. Il tourna une autre page. Les coins de sa bouche s'abaissèrent. Il déteste, pensai-je. Le professeur portait un pantalon de velours à côtes usé aux genoux.

Je fixai ces genoux, les mâchoires crispées. Finalement, il releva les yeux vers moi.

— Vous avez pris des libertés, dit-il.

— Ah oui ? Ma déception devait être apparente.

— C'est bien, reprit-il aussitôt, vraiment très bien, mais c'est modifié.

— Modifié ? fis-je. Où ?

Rose me lança un coup d'œil aigu, comme s'il ne me croyait pas.

— Le ton, expliqua-t-il, vous n'avez pas trouvé le ton.

— Le ton ! C'est ce dont j'ai pris le plus grand soin. Je pêchai dans mon sac le petit volume vert, l'ouvris au début d'*Une petite brute* et en parcourus le premier paragraphe. Je relevai la tête vers lui. Il souriait.

— Avez-vous aimé ce récit, Miss Vegan ?

— Je crois, dis-je. Je ne suis pas sûre qu'*aimé* est le mot qui convient. J'ai ri en le lisant, mais en même temps je l'ai trouvé un peu pervers.

Il hocha la tête sans rien ajouter. Il avait les yeux brillants, l'air entendu. Tel un homme avec un secret.

— Franchement, poursuivis-je, sur la défensive, je ne sais pas si c'est bon ou mauvais, si c'est un simple exercice de sadisme sublimé ou si c'est plus que ça. Quant au ton, je crois que je l'ai.

— Vous aimez bien Klaus ? me demanda-t-il en se penchant en avant par-dessus son bureau.

Cette deuxième question directe me prit au dépourvu. Il maintenait les yeux fixés sur les miens, et la franchise de son regard me surprit. Mon estomac se serra. Je croisai les jambes. Il avait une expression indéfinie, presque de suffisance, et malgré ma gêne je le regardai, attirée par ce qu'il semblait savoir et ne pas vouloir dire. Je baissai les yeux.

— Pourquoi me demandez-vous ça ? marmonnai-je. Que voulez-vous dire ?

— Exactement ce que j'ai dit. Vous l'aimez bien ?

— Il y a un rapport ?

— Avec quoi ?

— Avec la traduction. Que je l'aime ou non. Quelle différence ?

— Ça peut faire une énorme différence, ne croyez-vous pas ? Dans le ton de la narration, que je viens d'évoquer, dans la façon dont nous recréons finalement l'histoire en anglais.

— Eh bien, dis-je, je ne sais pas si je l'aime bien, professeur Rose. Je ne sais vraiment pas. Je crachai ces mots.

Le professeur éleva les sourcils.

— Bon, bon, dit-il en souriant de ma véhémence. Nous avons le temps. Nous découvrirons ça peu à peu, nous nous y appliquerons. Continuez, nous en reparlerons la semaine prochaine.

— Et le ton ? demandai-je.

Il agita une main en l'air.

— Oh, vous le trouverez, fit-il, et là-dessus je me sentis congédiée.

Cette conversation, au cours de laquelle très peu de choses avaient été dites, engendra d'innombrables dialogues que j'inventais lorsque je me retrouvais couchée dans mon lit. Je discutais avec Rose, je m'expliquais. Il se trompait à propos du ton. Je savais, moi. Je comprenais Klaus. J'étais complètement entrée dans l'histoire. Les mots nouveaux que je choisissais ne devaient rien au hasard. Etait-il sourd à la musique du langage que je donnais au petit garçon ? Je voyais les yeux verts de mon professeur. Qu'est-ce que vous connaissez ? demandais-je. Qu'est-ce que vous voyez ? Les vieux s'imaginent que la vérité leur appartient. Ainsi luttais-je contre lui quand il n'était pas là. Seule, je m'exprimais avec une véhémence et une clarté dont je me sentais incapable en face de lui. En sa présence, je me contractais, et en même temps, bien que cela m'irritât, la perspective de me sentir ainsi rapetissée m'attirait et j'attendais avec impatience de me retrouver assise près de lui dans son bureau. Dans ma solitude, ces élans contradictoires menaient un véritable tapage. Je ballottais de l'un à l'autre, rebelle une seconde, soumise la suivante, croisé se réduisant en bouillie. Cela m'épuisait. Si j'avais su combien de temps cette guerre allait durer, j'aurais sans doute négocié une trêve, mais l'avenir était une énigme.

La version anglaise progressait. Je travaillai dur toute la semaine. J'avais atteint le moment où Klaus erre dans la maison en touchant des objets, explorant de ses doigts furtifs des anatomies interdites, et les mots que je trouvais pour lui m'excitaient. Chaque pièce où il pénètre devient le site d'une connaissance secrète, chaque objet un trésor parce qu'il l'a manipulé. Je voyais aussi la maison, dans tous ses détails, bien que Krüger laisse beaucoup de choses non dites. L'image de cette maison avait été volée quelque part, mais où ? Klaus saisit une figurine – une petite fille avec une oie. Elle me paraissait familière. L'enfant caresse sa robe de porcelaine, ses souliers. Il la tourne la tête en bas. En écrivant cette scène, je me sentis hors d'haleine, agitée, il me fallut m'arrêter. Pendant le reste de la semaine, je ne traduisis rien de plus, mais j'avais déjà fait quinze nouvelles pages. Le matin de mon rendez-vous avec le professeur Rose, je changeai plusieurs fois de vêtements et finis par choisir une jupe et un petit chandail. Je vais le provoquer, pensai-je. Bien fait pour lui.

Il me lança un coup d'œil rapide et sec lorsque j'entrai dans la pièce, me fit signe de m'asseoir et me remit une version corrigée de mes premières pages. Le manuscrit était couvert de ratures et de notes dans les marges. Je sentis mon visage rougir de détresse. Sans le regarder, je lui tendis mon nouveau travail.

— Pouvez-vous revoir ces pages pour la semaine prochaine ? demanda-t-il.

Je ne répondis pas.

— Ne vous en faites pas, Miss Vegan, dit-il sur un ton d'un formalisme guindé. Ce n'est pas aussi terrible que ça en a l'air.

Le son de sa voix me blessa, me frappa comme une trahison de plus, et je baissai les yeux vers le plancher, bien décidée à dissimuler le chagrin qui envahissait mes traits.

Il lisait, sa tête grise inclinée sur les feuillets dactylographiés, la bouche crispée. Va te faire foutre, pensais-je, monsieur Je-sais-tout ! J'entendais crisser son stylo. Il toussa. Puis, tout à coup, il poussa une espèce de grognement. Je relevai la tête. Il regardait fixement mes pieds.

— Bonté divine, jeune fille ! leur cria-t-il. Il fait froid dehors ! Vous ne vous gelez pas dans ces chaussures ridicules ? Où sont vos galoches ?

Je ne savais que répondre. S'il s'était agi de quelqu'un d'autre, j'aurais éclaté de rire, mais il paraissait en colère. Je lui lançai un regard furibond.

L'éclat était déjà passé. Il se remit à sa lecture comme s'il n'avait pas dit un mot. Je l'observais. Je croisai les bras. Je me sentis envahie par une violente envie de monter sur son bureau et de me mettre à chanter. Je ne sais pas chanter, mais là n'était pas la question. Je m'imaginai beuglant une chanson, perchée sur son bureau, et commençant un strip-tease. Je me vis retirer mon chandail et le lui jeter à la tête. Je souris.

Il releva les yeux de la page.

— Ça m'a l'air mieux, dit-il. Je crois que vous êtes en train de le trouver.

— Quoi ? fis-je. C'était une réponse brève et grossière.

Il me dévisagea en appuyant son index dans le creux de sa joue, sous la pommette. Puis il hocha la tête. C'est ce hochement de tête qui me dénoua, avec sa suggestion de pénétration, presque de télépathie. Je lui rendis son regard et sentis ma mâchoire se détendre, mes lèvres s'entrouvrir. Qui êtes-vous ? pensai-je. Il parcourut tout mon visage avec une tranquillité qui m'ahurit. Nous nous fixâmes trop longtemps et cette inconvenance me fit frémir. Ma question était oubliée. Il cligna des yeux, inspira et reprit possession de lui-même. Son regard aigu s'embruma et son expression changea. Je faillis parler alors, mais je ne sentis que des sons dans ma gorge, pas de mots.

— C'est peut-être une erreur, dit-il. Cette histoire, vous savez. Il semblait s'adresser à un tiers dans la pièce. C'est une boîte de Pandore, en un sens, n'est-ce pas ? Il parlait d'une voix douce. Il ne veut pas qu'on nous entende, pensai-je. Puis il ajouta, plus fort : Quel âge avez-vous, Miss Vegan ?

— Vingt-deux ans.

Il hocha la tête, se passa une main dans les cheveux.

— Je vois, fit-il. Cette information paraissait l'attrister.

— Professeur Rose ? Je ne savais pas ce que j'allais dire, mais j'aurais parlé s'il ne m'avait ignorée.

— Je crois que ça suffit pour aujourd'hui, déclara-t-il. Il me lança un regard perplexe.

Je ramassai mes livres et m'en fus en fermant la porte derrière moi. Du couloir, je l'entendis marmonner pour lui-même. Les mots étaient indistincts mais le débit rapide, aisé, comme s'il les connaissait par cœur. C'est une citation, pensai-je. J'aurais voulu me trouver seule dans le couloir afin de pouvoir coller mon oreille au trou de la serrure et l'écouter.

Le soir, je me remis au travail sur le récit. Le garçon sort de chez lui. Je trouvais ce passage troublant. Je le récrivis à plusieurs reprises. Il tire la lourde porte, inquiet à l'idée de faire du bruit, sent l'air nocturne et se glisse dans la rue. Je changeais les verbes, les adjectifs. Chaque fois que je recommençais, je voyais Klaus se faufiler par la porte dans la rue. Je relevai les yeux du livre et mon esprit vagabonda. Je me rappelai une chemise de nuit blanche que ma mère m'avait donnée quand j'avais sept ans. Je l'avais oubliée. Puis je m'imaginai poussant la porte de la maison de mes parents et sortant. Je sentais mes pieds nus sur l'herbe mouillée. J'apercevais les lumières de Webster à un mile de là. Wee Willie Winkie court dans la ville, pensais-je. Dans ma chimère, je regardais par une fenêtre puis me reprenais. Ne regarde pas. Rentre à la maison. Je me souvins du son de la voix du professeur Rose à travers la porte. Je me penchai pour entendre les paroles, mais elles me parurent monstrueuses et j'interrompis ma rêverie. Alors je m'admonestai avec sévérité. Garde tes distances, me dis-je, ton sens de l'ironie. Tu perds les pédales, tu confonds tout. Réagis. Ce petit discours représentait une tentative de me sauver de ce qui, en réalité, m'était déjà arrivé.

Au cours de notre rencontre suivante, Rose me regarda à peine. Le récit constituait le lieu exclusif de notre communication. Le petit Klaus nous servait d'intermédiaire. Quand nous étions assis l'un à côté de l'autre, le jeudi, et que j'observais sa plume en train de courir sur mes pages en écoutant ses commentaires, une excitation et une angoisse sans nom s'emparaient chaque fois de moi. Sous la violence de ses critiques, je me sentais meurtrie mais pas malheureuse. Je voyais bien qu'il avait généralement raison, et mon admiration me rendait humble. Il me semblait évident que le professeur adorait cette histoire, et quand il parlait de Klaus sa voix se brisait souvent de tendresse. Il parlait un allemand parfait, aussi beau et aussi nuancé que son anglais, et je me demandais parfois pourquoi il m'avait laissée toucher à ce récit. Il se montrait aussi très possessif quant au texte et revendiquait une connaissance des intentions de l'auteur qui me confondait. Pendant un seul et bref instant, je le soupçonnai même de l'avoir écrit. Mais j'avais le petit volume sous les yeux, avec sa page de copyright, et j'eus honte de ce doute. Il n'empêche que sa relation à l'œuvre paraissait étrangement personnelle, et ses opinions la concernant absolues. Un jour, au cours d'une séance, il se mit à me crier dessus à cause d'un paragraphe que j'avais mal traduit. Il s'agit d'un passage d'une grande tension sexuelle, Miss Vegan. Un grand pouvoir érotique – latent, bien sûr, mais présent ! Vous n'avez pas rendu ça, vous l'avez édulcoré. Bon Dieu, jeune fille, faites attention. C'est reins, ici, pas membres. Où avez-vous été chercher membres ? *Lende !* Il y a une différence énorme, ne croyez-vous pas, entre regarder les reins et regarder les membres ? Vous voulez dénaturer l'œuvre entière ? Je fixai la page en murmurant des excuses. Puis je me tournai vers lui. Il avait les yeux vifs. Il ne souriait pas, mais je crus deviner un léger humour dans son regard. Tâchez de réviser votre anatomie, la prochaine fois, me dit-il. Oui, monsieur, répondis-je, et nous retournâmes à la page. Il me serait impossible d'expliquer pourquoi cette réprimande me donna l'impression d'être aimée, mais il en fut ainsi. Le cœur est insondable.

L'hiver fut bref et le printemps long, cette année-là. Mon existence restait ponctuée par mes jeudis avec le professeur Rose, pendant lesquels se passait tout et rien. Et je progressais lentement vers la dernière rêverie vindicative de Klaus. Il y avait d'autres personnes aussi dans ma vie, et je voyais beaucoup Ruth. Je ne lui parlais pas du professeur, mais à part cela nous discutions de tout, c'est-à-dire, essentiellement, des livres et des hommes. Ruth appelait volontiers les garçons qui nous tournaient autour des *prétendants*. C'était un beau mot, qui évoquait à la fois Homère et Jane Austen, et son usage prêtait une sorte de noblesse artificielle au désordre de nos rendez-vous. Il y avait de tout, parmi ces jeunes gens, ils étaient nombreux – un peu plus pour moi que pour Ruth – et en vérité je ne me souviens pas de chacun d'eux. Le temps chaud donnait de l'impatience aux garçons. Ils étaient, les uns et les autres, à la recherche d'un objet, et certains croyaient le trouver en moi. Leurs styles variaient, avec le plus souvent une hésitation ou un piétinement devant ma porte. Les plus audacieux s'en prenaient à moi physiquement, m'empoignaient dans le couloir menant chez moi et me plantaient sur les lèvres de gros baisers mouillés. Un étudiant qui m'avait tenu pendant tout un dîner de sobres discours sur Kierkegaard alla jusqu'à me soulever du sol lorsqu'il passa à l'attaque sur le trottoir de mon immeuble. Son geste me surprit à tel point que je dus étouffer un rire. D'autres se montraient timides, poussaient des ah ! et des heu ! en fin de soirée et me regardaient d'un air plein d'espoir en attendant une invitation à monter. Stanley faisait partie des timides ; c'était un juif orthodoxe qui vivait avec ses parents à Riverdale et étudiait la littérature de la Renaissance. De longs bavardages sur les marches ensoleillées de la Low Library avaient précédé notre unique dîner ensemble. Je suppose que Stanley était tombé amoureux de moi pendant ces échanges sur la vie et les livres, mais il aimait sans doute quelqu'un d'autre, quelqu'un qui n'était pas moi. Ses petits maniérismes et sa conversation prudente me donnaient l'impression d'être grande, hardie, presque grossière quand je me trouvais avec lui. En sa présence, je débordais de plaisanteries irrévérencieuses, de sous-entendus sexuels, et d'une complaisance générale pour les interdits. Je ne pouvais pas m'en empêcher. Stanley paraissait s'amuser de mon bagou et, à vrai dire, il me plaisait. Nous fîmes un repas chinois et, pendant que nous mangions, je remarquai qu'il tremblait, mais à force de parler, de boire de la bière et de rire, ses mains s'apaisèrent. Après m'avoir accompagnée jusque chez moi, il m'embrassa devant la porte. Il avait le visage en feu et, de si près, ses traits me parurent délicats et beaux. Je lui proposai d'entrer, mais à la dernière minute il s'enfuit, puis ne me fit plus jamais signe. Ça valait sans doute mieux. Mon attirance pour Stanley fut éphémère. Je pense que j'avais envie de lui parce qu'il ne me bousculait jamais. C'était ça le problème avec la plupart des garçons. L'intensité de leurs désirs me rendait claustrophobe. Ils étaient tout le temps à me souffler dessus, à me tirailler, à implorer quelque don mystérieux qu'ils me croyaient capable de leur offrir. Mais je ne possédais pas vraiment cette chose qu'ils voulaient. Je sais qu'ils espéraient des triomphes sexuels, un cataclysme érotique qui comblerait leurs appétits, je sais aussi qu'en me refusant à eux je devenais de plus en plus une créature de leurs rêves, un être vaporeux aux cheveux blonds et aux yeux bleus. Ce n'était pas leur faute. La distorsion fait partie du désir. Nous transformons toujours ce que nous convoitons.

A la fin du printemps, mon existence se modifia sur trois plans importants. Je me trouvai à court d'argent, Ruth tomba amoureuse, et Paris réapparut. Le mois de mai fut superbe – des semaines lumineuses et tièdes qui m'emplissaient d'une impatience douloureuse – et j'aurais aimé sortir tous les soirs, mais ma bourse s'épuisait rapidement. Je n'avais pas payé le loyer de mai et je vivais dans la crainte d'une visite de Mr. Then, mon propriétaire, qui habitait dans le New Jersey. Il s'appelait réellement ainsi : Mr. Louis Then*. Je ne l'avais jamais vu, mais son nom me paraissait affreusement approprié à ma pénible situation, ce nom spectral qui évoquait le déjà enfui, les échéances dépassées. Je commençai à refuser les repas au restaurant quand je savais que je devrais payer, et me contentai pour ma subsistance d'un régime de nouilles et d'œufs. Je perdis du poids. J'avais besoin de chaussures neuves et ne pouvais me les offrir. Aujourd'hui je trouve incompréhensible le fait de ne pas avoir eu recours à mes parents. Ils n'étaient pas riches, c'est vrai, mais ils m'auraient volontiers donné de quoi m'acheter des souliers. Je ne pouvais me résoudre à le leur demander. C'eût été reconnaître ma détresse non seulement vis-à-vis d'eux mais surtout de moi-même, et je m'obstinais. Pourtant, s'il y avait des trous dans les semelles de mes chaussures, je ne négligeais jamais le reste de ma personne. En fait, j'avais remarqué que des étudiants beaucoup plus fortunés que moi

* *Then* signifie alors. *(N.d.T.)*

affectaient souvent la pauvreté en portant des jeans déchirés et des chemises en loques. Au contraire, je me voulais toujours nette et bien repassée et prenais grand soin de mes vêtements. Je dissimulais même à Ruth la vérité sur ma gêne ; elle l'avait devinée cependant, payait plus que sa part de nos repas et m'apportait des cadeaux en prétendant qu'il ne s'agissait pas de charité. Les parents de Ruth lui envoyaient de l'argent chaque mois et elle partageait avec moi. Malgré le regret de me sentir endettée, mon affection pour elle n'en était que plus grande. C'était avant sa rencontre avec Robert Cohen et sa disparition dans un nuage d'amour. Il travaillait dans la publicité, eh oui, mais, disait Ruth – un rien sur la défensive, me semblait-il – il adorait Wittgenstein. Mon amie se trouvait rarement chez elle, et quand je réussissais à l'atteindre, elle n'en avait que pour l'extraordinaire Mr. Cohen. J'étais jalouse, je suppose, et plutôt que d'affronter Ruth je me renfermai. Elle me manquait terriblement, cependant, et je compris en son absence à quel point son existence avait coloré la mienne. Ruth était l'héroïne de sa propre chronique, et elle faisait de moi l'héroïne de ma vie. Elle donnait aux difficultés quotidiennes des dimensions romanesques et dramatiques. Un jour qu'un ami commun s'informait de mon appartement et que je décrivais celui-ci comme petit et sombre, Ruth rit et s'écria : David, c'est un taudis infesté de rats, un galetas d'étudiant, affreux mais merveilleux. Elle le pensait.

Vers la moitié du même mois, je m'aperçus un soir, en rentrant chez moi, qu'une souris s'était attaquée à un paquet de macaronis, parsemant mon dîner de ses crottes minuscules, et tandis que je rinçais les pâtes sous le robinet, je fondis en larmes. Je pleurai du début à la fin de mon repas et ne m'arrêtai qu'après avoir lavé et rangé toute la vaisselle.

A peu près à cette époque, je me retrouvai à un dîner où Paris était l'un des convives. J'y avais été invitée par Tim, un beau garçon flegmatique rencontré au cours de linguistique et de philosophie. J'avais accepté, tentée surtout par la perspective d'un repas copieux. Je me souviens que ce dîner avait lieu dans un grand atelier délabré de White Street, qu'il était organisé par un peintre nommé Sam dont toutes les toiles avaient été tournées face aux murs pour l'occasion, que la petite amie de ce peintre était belle et silencieuse, et que deux autres invités, Jonathan et Rita, me furent présentés comme "une paire d'artistes". Ils travaillent avec des objets, m'expliqua Sam, mais je ne découvris jamais ce que cela voulait dire et tout au long de la soirée je fus visitée par des visions du couple en jongleurs. Paris arriva le dernier, vêtu d'un complet vieux rose, et quand je le vis passer la porte une bouffée de gêne me traversa, tel un spasme. Il me salua en vieil ami.

— Iris, Iris, Iris, comment ça va ? Il me dévisagea de plus près. Vous avez mauvaise mine. C'est la ville qui ne vous réussit pas ?

— Je vais très bien, répliquai-je. Voici Tim.

Je pris mon ami par le bras. Je crois que je ne l'avais encore jamais touché. Tim sourit.

A table, Paris s'installa juste en face de moi. On servit des pâtes, une déception. La conversation allait et venait. J'en ai oublié la plus grande partie. Il était question d'artistes que je ne connaissais pas, de galeries et de leurs politiques. Je me servis trois fois de nouilles, en observant un convive après l'autre. La belle amie de Sam mangeait vite et fumait. Tim se révélait bien informé, mais il prononçait tous ses commentaires d'un ton uniformément blasé. Jonathan et Rita, eux, se montraient pleins de vivacité et riaient du même rire. Je me demandai si des années d'intimité peuvent créer une unité de ton jusque dans une manifestation aussi primaire que le rire. J'essayais de ne pas regarder Paris, ce qui était difficile. Il sollicitait mon attention même quand il ne s'adressait pas à moi, allant jusqu'à se pencher de côté afin de se maintenir dans mon champ de vision. Personne à part moi ne paraissait le remarquer, et je feignis l'indifférence. Alors Paris se mit à parler du tableau. J'avais perdu le fil de la conversation, mais le titre éveilla mon attention. *La Tempête*, disait Paris, de Giorgione. Ça dépasse tout.

Je le regardai en face.

— Vous avez raison. Je n'ai jamais été à Venise, mais je le connais grâce à des reproductions. Il doit y avoir trois ans que je ne l'ai plus vu, mais il m'avait fait très forte impression. Je m'en souviens bien.

Rita demanda :

— C'est celui où il y a une femme et un orage ?

Paris fit oui de la tête sans se tourner vers elle. Il me fixait.

— Vous avez une bonne mémoire des tableaux ?

— En effet, surtout de celui-là.

— Pourriez-vous le décrire maintenant ?

— C'est un test ?

Autour de la table, tout le monde se taisait.

— Non, je suis réellement curieux, ça m'intéresse…

— Vas-y, Iris, dit Tim. Si je l'ai vu, je ne m'en souviens pas.

— Eh bien, commençai-je, consciente qu'ils m'écoutaient tous les six. Je ne regardais personne, me concentrais sur le dos d'une des toiles de Sam. Au premier plan, sur la droite, il y a une femme, assise sur la berge d'une rivière. Elle allaite un bébé – pas un tout petit nourrisson, un enfant qui est, lui aussi, assis par terre. L'un de ses bras repose sur l'épaule de l'enfant, je crois, et l'autre est sur ses genoux. Elle est nue, à part une étoffe drapée sur ses épaules. Je fermai les yeux pour mieux la voir, pour m'en souvenir avec exactitude. Elle a le sein droit découvert, celui que le bébé tète. Le corps tourné de côté, les yeux levés, elle regarde en l'air, hors du tableau, et son visage, son expression… Je secouai la tête. Elle paraît calme, distante, mais vous sentez qu'elle a levé les yeux un instant et qu'elle vous a vus, et que cet instant unique est éternel. Je trébuchai sur ces derniers mots, embarrassée par l'émotion que j'éprouvais. Personne ne dit rien. Je repris. Devant elle croissent des feuillages très délicats, qui se dessinent sur la peau claire de sa jambe sans en dissimuler la forme. Il y a un grand arbre derrière elle, luxuriant mais effilé, et d'autres arbres sur la gauche, également jeunes et minces. A l'arrière-plan se trouvent un pont et les bâtiments d'une ville qui pour une raison ou une autre ont l'air morts et inhabités. Et puis, au-dessus, il y a l'orage avec ses nuages noirs et un merveilleux éclair qui illumine le tableau de cette façon étrange : ce n'est pas une lumière réelle mais une sorte de lumière intérieure, celle de souvenirs intenses. Je ne peux pas l'expliquer, mais quand on regarde ce tableau, on a l'impression que c'est déjà du passé, qu'on l'a déjà vu. Peut-être est-ce pour cela que l'effet qu'il produit est si durable. Je veux dire qu'en lui-même il représente une mémoire, un au-delà, et on se souvient donc d'une mémoire... Je toussai, mis ma main devant ma bouche et baissai les yeux. Je suis sûre d'avoir rougi.

Tim fut le premier à parler.

— C'est étonnant !

— Vous avez fini ? demanda Paris.

Je fis oui de la tête.

— Vous n'avez rien oublié ?

— Oublié ?

— Quoi ? fit Jonathan. Elle a été si précise.

— Oui, très précise, n'est-ce pas ? dit Paris. Il donna trois coups sur son assiette avec sa fourchette.

Je me tournai vers Sam.

— Vous connaissez ce tableau, n'est-ce pas ? Qu'est-ce que j'ai oublié ?

— Il y a un homme dans ce tableau, répondit Paris à la place de Sam.

Sam confirma d'un geste.

— Ça me paraît incroyable, fis-je. Où est-il ? Tout au fond, quelque part ?

Sam me regarda.

— Non, il est au premier plan, à l'extrême gauche, tourné vers la femme. Ce qui est curieux, c'est que vous vous êtes rappelé des détails qui m'étaient totalement sortis de l'esprit – la position dans laquelle elle est assise, l'étoffe, les arbres…

— Je croyais m'en souvenir exactement, dis-je.

— C'est le cas, dit Paris.

— J'ai perdu de vue tout un personnage.

— Parce que vous étiez si bien entrée dans le tableau.

— Que voulez-vous dire, Paris ? Rita tendait le cou pour l'observer.

Je remarquai que Laura avait les coudes sur la table, le menton appuyé sur les mains. Elle me fixait.

— Vous êtes devenue cet homme, expliqua Paris. Vous vous êtes glissée dans sa peau et l'avez aussitôt effacé du paysage. Lui aussi est un spectateur, presque un double de la personne qui regarde le tableau. Pour vous, il était superflu. Vous l'aviez vu, mais sans le voir.

Je tâchai d'évoquer l'image du disparu.

— Ça ne me paraît pas évident, Paris, fit Jonathan. On oublie toutes sortes de choses.

Je ne le revoyais absolument pas.

— Pas quelqu'un qui arrive à se souvenir d'une œuvre d'art aussi bien que ça. Paris sourit.

— Vous voulez dire qu'il est normal qu'on oublie cet homme ? lui demanda Rita.

— Dans ce cas-ci, c'était normal, normal pour Iris.

Ce commentaire provoqua une légère contraction dans ma poitrine. Elle passa. J'observais Paris. Il frappait de nouveau son assiette avec sa fourchette.

— Il s'agit de critique d'art ou de psychanalyse ? demanda Tim.

— Un peu des deux. Paris décocha un large sourire à la cantonade.

— Vous êtes très amis, Iris et vous ? Laura posa cette question d'une voix tendue.

Pivotant brusquement à gauche, Paris la dévisagea pendant quelques secondes.

— Bon Dieu, s'exclama-t-il, elle parle aussi !

Déconcertée, Laura baissa les yeux vers son assiette. Je vis son œil droit, sa joue et sa lèvre supérieure se contracter en un tic. Puis une deuxième fois. Rita, qui était assise à côté de Laura, se tourna vers elle. Personne ne parlait. Sam adressa à Paris un regard de reproche, et je sentis la colère me raidir les épaules et la nuque.

— Nous nous connaissons à peine, affirmai-je bien haut, en regardant Laura en face. Mais Paris, ça ne le gêne pas. Un coup d'œil lui suffit. Il vous expliquera tout sur vous après deux minutes de conversation, et je doute qu'il lui vienne jamais à l'esprit qu'il se trompe terriblement.

Je croyais que j'allais en dire plus, mais je me tus. Paris se frappa d'un poignard imaginaire.

— Laura, dit Sam en posant une main sur son bras. Puis il baissa la voix.

Paris se pencha au-dessus de la table et me sourit.

— Vous claquez comme un pistolet, déclara-t-il. Ça me plaît. Et d'ailleurs je le méritais.

Je lui répondis par une grimace. Mais ses paroles avaient fait vaciller ma conviction. Il se dérobe toujours, pensai-je, il se met hors d'atteinte.

La soirée s'acheva peu de temps après, et je continuai de reconstruire le tableau dans ma tête en m'efforçant d'y replacer le personnage manquant, mais sans succès. Je remerciai Sam et dis au revoir aux autres invités. Je fis signe de la main à Paris, qui parlait avec Laura, et il se précipita vers moi.

— Je vous enverrai une reproduction demain, me dit-il.

— Je peux en trouver une, Paris.

— Pas la peine. Je vous la ferai porter. Mais il faut que vous me donniez votre adresse.

Je sentais Tim à côté de moi, la manche de sa veste contre la mienne.

— Vraiment, vous n'avez pas besoin de vous donner tout ce mal.

Il me murmura à l'oreille :

— Vous devriez le voir, vous savez, le voir, lui. Il prononça *lui* avec emphase, et je m'écartai.

J'écrivis mon adresse sur un petit bout de papier ainsi que mon numéro de téléphone, et le lui tendis. Un geste sans désinvolture. En griffonnant les lettres et les chiffres, j'étais consciente d'agir de façon délibérée. Paris me prit le papier des mains et le serra avec soin dans son portefeuille.

Tim nous paya un taxi pour l'Upper West Side.

— Ce Paris, dit-il, quel curieux petit bonhomme ! Ce costume !

— Peut-être, dis-je, mais il n'est pas idiot. J'avais parlé sèchement, et mon ton me surprit. Je défendais Paris.

Je radoucis ma voix.

— Tu as raison, bien sûr. Il ne ressemble à personne.

Le porteur était sourd. Il dut sentir les vibrations de l'ouvre-porte, car il monta sans problème. Je signai le papier qu'il me présentait et le remerciai d'un geste, tout en retirant un livre de l'enveloppe matelassée : *la Peinture en Italie, 1500-1600*. Paris avait marqué la page d'un billet. “Le voilà. Désolé pour le noir et blanc – j'ai fait de mon mieux. La vraie question demeure : qui est ce type ?” L'homme se tenait debout dans le coin gauche du tableau, un bâton à la main. Je le regardai longuement. Il ne me paraissait pas familier. J'avais l'impression de le voir pour la première fois, et pourtant tout le reste était exactement conforme à mon souvenir. Mais où avait-il disparu ? Et combien d'autres avec lui ? Je méditai. Des gens, des objets, aperçus puis oubliés, ne laissant rien derrière eux, pas même la notion de leur absence. Je contemplai le tableau et le doux regard de la femme, et puis sa jambe relevée et les feuilles qui semblaient lui marquer la peau de leurs silhouettes.

Pendant les deux dernières semaines de cours, je réussis à vivre de presque rien. Il restait dans mon portefeuille un billet de vingt dollars. Je m'étais promis de ne pas l'entamer avant d'avoir trouvé du travail. Une boîte de riz, six œufs et deux paquets de spaghettis feraient mes repas. Je parcourais Upper Broadway d'un restaurant à l'autre en quête d'un emploi de serveuse. Il n'y en avait nulle part. Pleine de ténacité, je répétais la même question de la même voix morne, m'entendais refuser et retournais dans la rue. Il est une sorte de désespoir dont les gens ne se doutent ni ne se soucient. Je me trouvais dans cette situation. J'ai pitié aujourd'hui de cette jeune fille en train de battre le pavé, mais au moment même j'éprouvais autant d'émotions qu'une pierre. La pauvreté me rendait stupide. Je passais un temps considérable à rêver à de beaux souliers, à choisir dans une vitrine ceux que je désirais puis à changer d'avis. Ce jeu m'occupait, et au début j'y jouais sans arrière-pensée et sans envie à l'égard des femmes qui entraient pour de bon dans les boutiques, mais chaque jour mon désir grandissait.

Des souliers, il n'en était pas question. Je commençai à ressentir une envie démesurée de ces babioles inutiles que proposaient les vendeurs de rue, et la veille du jour où je devais aller chez le professeur Rose pour la dernière fois ce printemps-là, je succombai et j'achetai pour mes cheveux un peigne que je payai à l'aide du billet de vingt dollars – un peigne en fausse écaille avec un décor doré. Il coûtait trois dollars. Cet achat était une folie, et je me le reprochai. Ce n'était pas le peigne dont j'avais eu envie, c'était l'échange, le fait de me séparer d'un peu d'argent. Pendant quelques minutes, j'y trouvai une impression de liberté.

Je terminai *Une petite brute* ce soir-là. Tel un ballon, le pauvre oncle Frédéric flotte près du lustre puis éclate. Cette fois, le dénouement m'attrista, mais cette sensation me plut. Demain, décidai-je, je parlerai au professeur Rose. Je me préparai un petit discours. Celui que je finis par concocter était si tiède et si voilé que seul un extralucide aurait pu y deviner de la passion. Pourtant, chaque fois que j'en répétais les paroles, je perdais le souffle et m'étouffais. Au matin, je n'étais plus qu'une ruine tremblante d'impatience, voletant dans mon appartement comme un oiseau blessé. Je mis le peigne dans mes cheveux. L'espoir me rendait pathétique, mais je me consolais à l'idée que j'en étais le seul témoin.

Devant la porte du bureau de Rose, j'inspirai profondément avant de frapper, et quand j'entendis sa voix j'entrai. Il ne releva pas la tête. Il était à sa table de travail, penché sur des papiers. J'hésitai puis me lançai.

— Professeur, il y a longtemps que je voudrais vous dire combien cela a compté pour moi de travailler avec vous…

Il me regarda, bienveillant.

— Excusez-moi, Miss Vegan, fit-il. Que disiez-vous ? J'étais plongé dans ce mémoire, ça n'a ni queue ni tête. Pur charabia, à mon avis…

J'oubliai mon texte.

— Que disiez-vous, Miss Vegan ?

— Je vous en prie, appelez-moi Iris, balbutiai-je. J'aimerais que vous m'appeliez Iris.

Tout allait de travers.

— D'accord, Iris, répondit-il en me considérant d'un air vaguement amusé.

— J'ai apporté le manuscrit complet, dis-je. J'ai tout retapé.

Il y avait dans ma voix une note hystérique qui m'inquiéta. Qu'étais-je en train de faire ? Mon estomac gronda. Je m'étais passée de dîner la veille et de petit déjeuner le matin en pénitence pour le peigne. Le bruit revint, un long borborygme.

Rose haussa les sourcils et un coin de sa bouche remua.

Je reniflai. J'allais pleurer. Non, me dis-je, non.

— Iris, fit mon professeur. Regardez-moi. Ça ne va pas ?

Je jetai un coup d'œil à son visage plein de sympathie et fondis en larmes pour de bon.

Il agita les mains en l'air, répétant un geste qui évoquait un applaudissement interrompu.

— Bonté divine, s'exclama-t-il. Qu'est-ce qui vous arrive ?

— Je ne sais pas, sanglotai-je en soufflant bruyamment dans le mouchoir en papier qu'il m'avait donné.

— Avez-vous déjeuné ce matin ?

Je secouai la tête.

— Allons vous chercher quelque chose à manger, alors. Il se leva et saisit sa veste qui pendait au dossier d'une chaise.

Le professeur Rose m'offrit des œufs au lard au *Tom's Restaurant*, à l'angle de Broadway et de la 113e rue. Il me regarda discrètement engloutir mon repas. Je mangeai tout, en raclant avec mon pain grillé les dernières traces d'œuf.

— Vous aviez faim, commenta-t-il.

— J'ai beaucoup d'appétit le matin, répondis-je en évitant son regard.

Il ne répliqua pas, et il y eut un silence. Puis il dit :

— L'université accorde des prêts d'urgence. Le saviez-vous ?

Mon visage prit feu. Je contemplai une femme, en face de nous, qui parlait à voix très basse à un grand sac en papier posé à côté d'elle sur la banquette. Elle n'avait commandé que du café. Tout en parlant au sac, elle fourrait dans ses poches de petits paquets de sucre. Je baissai les yeux vers la surface en formica de la table. Rose glissa la main dans sa veste et en ressortit un portefeuille.

— Non, lui dis-je. S'il vous plaît. Je levai les mains comme pour me protéger d'un coup.

— Iris, dit-il. Je suis votre ami.

— S'il vous plaît, vous ne comprenez pas. Je ne pourrais pas vous rembourser. Je n'ai même pas encore de travail.

— Ce n'est pas un prêt. Il avait la voix douce.

— Je ne peux pas, répétai-je en secouant la tête énergiquement.

Il poussa quatre billets de vingt dollars à travers la table. Je dévorais l'argent des yeux. Avec cela, je pourrais écarter Mr. Then. C'était écœurant d'en avoir une telle envie. Non, dis-je. Une douleur aiguë à l'estomac m'obligea à me déplacer sur ma banquette.

— Prenez-le, insista-t-il.

Je ne touchai pas à l'argent. Je le regardai en face.

— Vous allez me manquer, lui dis-je, cet été. Il n'y aura plus personne pour me crier dessus. Je viendrai vous rendre visite à l'automne.

— Je ne serai plus ici à l'automne. Je pars en Caroline du Nord. Je pensais que vous le saviez.

Je ne savais rien.

— Merci beaucoup pour le déjeuner, dis-je. C'est le meilleur que j'aie mangé depuis longtemps. Je me mis debout. J'avais mal à l'estomac.

Il reprit l'argent, mais près de la porte, au moment de sortir, il glissa les billets dans ma poche. Il fit cela avec une dextérité de voleur, et j'admirai son habileté. Elle révélait un aspect de son caractère que je ne connaissais pas et n'aurais pu prévoir. Je gardai les quatre-vingts dollars. Ils me sauveraient.

Debout devant *Tom's*, je le regardai, son visage et ses cheveux, ses épaules sous la veste mince, et je refoulai l'envie de le toucher, de me laisser aller contre lui et d'enfouir mon visage dans son cou. Il me regardait aussi et hocha la tête en souriant.

— A quoi pensez-vous ? lui demandai-je. Je me sentais mieux à l'air libre. Il y avait du vent qui me soufflait au visage, chassant mes cheveux en arrière.

Il ne répondit pas.

— Ecoutez, dit-il. Allez à la Low Library et faites-vous accorder un prêt d'urgence. Vous devriez pouvoir obtenir trois cents dollars. Allez-y tout de suite.

Je fis oui de la tête.

— Au revoir. Je vous verrai à mon retour. Il se détourna rapidement, sans me donner la main, et s'en alla. Je le regardai s'éloigner puis partis dans la direction opposée. J'arrivai à mi-distance du carrefour suivant avant de me souvenir de la traduction. Je courus après lui en criant : Arrêtez ! Arrêtez ! Il ne m'entendait pas. Je le rattrapai et tendis la main vers son bras. Il pivota sur lui-même et je découvris un visage farouche, marqué et déformé par l'émotion. Son expression me stupéfia, et je crois m'être écartée d'un pas en m'excusant sans savoir pourquoi.

— Je vous demande pardon, vous avez oublié ça. Je ne saurais pas où vous l'envoyer. Je lui tendis le manuscrit.

Il le saisit de la main gauche, et de sa main libre il prit la mienne. Ce n'était pas une poignée de main.

Il me serrait les doigts à me faire mal aux os, en me dévisageant, la bouche crispée, les yeux fixes. Puis il me lâcha.

J'ouvris la bouche pour parler, mais il secoua la tête et posa un doigt sur mes lèvres. Pour la seconde fois, il se détourna et s'éloigna, mais cette fois-ci je remarquai dans son pas une nécessité qui ne s'y trouvait pas auparavant.

Je ne devais revoir le professeur Rose qu'un an et demi plus tard. Je conservai précieusement le souvenir de notre séparation, ce témoignage de sentiments non exprimés. Tout au long de l'été, je parlai à son fantôme, disant à l'ombre ce que j'aurais voulu dire à l'homme. Pendant trois mois, je gagnai ma vie grâce à trois emplois à temps partiel : monitrice de natation à l'YMCA, mannequin d'étage chez Bloomingdale et serveuse dans un bar de Soho. J'aimais bien les nageurs, et je considérais les heures passées avec eux dans la chambre d'écho de l'antique piscine, au centre de la ville, comme un répit que m'accordait la vie. L'un après l'autre, ils battaient des bras, s'essoufflaient et se démenaient tandis que je les soutenais et les guidais dans l'eau peu profonde. Deux fois par semaine, je parcourais les rayons de Bloomingdale dans un accoutrement ridicule en soie de parachute : une combinaison d'un rouge criard, collante et étouffante, avec six fermetures éclair. Ce produit des fantasmes d'un individu n'était pas conçu pour donner de la dignité à qui le portait, mais je le subissais moyennant vingt dollars l'heure et, chaque fois que j'en avais l'occasion, je disparaissais chez les dames pour lire des romans dans les cabinets. Mais la majeure partie de mes ressources provenait du *Rudy's*, un petit bar à vin prétentieux de West Broadway qui servait à une clientèle cossue des salades fatiguées et des fromages mous, et où les serveuses uniformément jolies discutaient cocaïne, amphétamines et autres stupéfiants en débattant de leurs avantages respectifs avec l'énergie de jeunes philosophes. Mes collègues interprétaient mon silence sur la question comme une condamnation morale, alors qu'en vérité, j'ai toujours eu peur des drogues. Les secousses et les picotements que procurent ces substances ne me tentent pas. Ce qui m'intéresse depuis toujours, c'est de maintenir mon équilibre, pas de le compromettre. J'ai, de nature, un tempérament difficile, sujet au vertige, prêt à basculer. Il n'a besoin d'aucune ingérence. J'enviais néanmoins à ces filles leur gaieté, leur ressort. Elles travaillaient dur et traitaient par l'indifférence la grossièreté des clients – leur impatience, leur impolitesse, leurs plaisanteries sexuelles de mauvais goût. Elles avaient le don de légèreté. Quant à moi, je serrais les dents, pétrifiée par chaque remarque, chaque sarcasme, luttant contre l'envie de répliquer n'importe quoi ou de vider un verre de chardonnay sur une tête bien coiffée, et à la fin de la nuit je me sentais rompue, meurtrie. Pourtant, pas une fois je n'envisageai de renoncer. J'avais besoin de cet emploi pour payer mon loyer et j'appréciais ma chance de l'avoir trouvé.

Un soir, en relevant la tête, j'aperçus Paris assis seul à une table près de la fenêtre. Il était tard. A sa vue, je sursautai. Mes réactions envers lui, pensai-je, relèvent de la superstition. Il faut que je me domine. Il ne m'a jamais rien fait. En réalité, je le trouve plutôt plaisant. Je me dirigeai vers sa table et Paris me sourit ; il semblait moins jovial que d'habitude, et je me rendis compte que je le préférais ainsi.

— Avez-vous reçu le livre ? me demanda-t-il en un chuchotement sonore.

— Oui, chuchotai-je à mon tour. Mais je n'avais ni votre adresse ni votre numéro de téléphone, et je n'ai pas pu vous remercier. Merci.

Il me fit signe d'approcher.

— Et *lui*, vous l'avez vu, cette fois ?

— Oui, répondis-je à haute voix.

Comme si notre conversation devait demeurer secrète, Paris roula des yeux avec un effroi exagéré.

— Chut ! fit-il. Il ne faut pas qu'ils sachent.

Je souris et hochai la tête.

— C'est si sérieux que ça ?

— Absolument.

Paris resta là jusqu'à la fin de mon travail, et nous allâmes un peu plus loin dans la rue, à *la Gamelle*, partager une bouteille de vin. Il ne me raconta pas vraiment sa vie, ce soir-là. En le quittant, je n'en savais guère plus sur lui que lorsque nous nous étions assis, mais il évoqua sa mère, une sœur, et une ville dans le New Jersey où il avait passé son enfance. C'était sans doute délibéré de sa part ; de tels détails l'ancraient dans la réalité, diminuaient mon impression qu'il avait jailli du néant, adulte et vêtu d'un complet de couleur vive. Durant notre conversation, Paris se penchait sans cesse par-dessus la table, avec des gesticulations expressives, quittant rarement mes yeux du regard.

— Vous n'êtes pas comme les autres, déclara-t-il après un silence.

— Moi je pense que je suis comme les autres en presque tout.

— Non, dit-il. Vous pouvez voler.

Je le regardai, bouche bée.

— Je n'ai qu'à battre des ailes, c'est ça ?

Paris hocha lentement la tête.

— C'est ça. Il ne souriait pas et son visage n'exprimait aucune ironie.

— Je ne sais pas du tout ce que vous voulez dire.

— Les mots ont souvent besoin de pénétrer, vous savez, de s'enfoncer dans les profondeurs pendant quelque temps.

Il y avait du monde au comptoir, et j'entendis une femme qui expliquait : Je n'en pouvais plus. Il était devenu cinglé, il tournait en rond dans la cuisine en parlant tout seul comme si je n'étais pas là. Ça ne me semble pas bien grave, me dis-je. Paris ne parla plus de voler. Nous continuâmes à bavarder, et au moment où j'allais lui dire au revoir, il me proposa de partir avec lui passer un mois à Los Angeles. Il avait les moyens de m'emmener, disait-il, et aucune attache. Mes obligations à New York lui paraissaient négligeables. Trois boulots "minables" qu'il serait facile d'abandonner. Je crus d'abord qu'il plaisantait, mais il était sérieux. Je déclinai son offre, et il parut accepter ce refus avec bonne humeur. Comme nous nous séparions, il m'embrassa rapidement, à l'européenne, en m'effleurant à peine. Une fois dans mon lit, je pensai à lui, à son hôtel que j'imaginais quelque part à Beverly Hills, et dans mon esprit défilaient de luxueux clichés : murs bleu pâle, tentures épaisses, salle de bains équipée de bronze étincelant. Je dormis profondément toute la nuit, mais au matin, juste avant d'ouvrir les yeux, je fis un rêve minuscule, à moins que ce ne fût une vision mi-éveillée. Un petit moineau brun volait droit vers mon visage.

A la mi-juin, je fus cambriolée. Un cambriolage fantôme, bien sûr, je ne possédais rien : ni télévision, ni stéréo, ni argent caché sous le matelas. Je n'avais même plus de machine à écrire à cette époque. En rentrant chez moi, je découvris la porte ouverte, la fenêtre ouverte, et un désordre complet. C'était tout. Je ramassai mes vêtements et mes livres et consacrai à l'achat d'une serrure de sécurité l'argent que j'avais économisé pour une robe. Une semaine plus tard, une étudiante en architecture nommée Louise Hartwig fut violée dans l'ascenseur par un homme coiffé d'un passe-montagne, un jour où il faisait plus de trente degrés. La police interrogea tous les occupants de l'immeuble mais, pour autant que je sache, on ne retrouva jamais l'agresseur. La jeune fille quitta la ville. Son père vint récupérer ses affaires. Je le vis descendre des caisses de livres dans un break garé devant la porte. Ce devait être son père. Elle lui ressemblait. Je me souviens d'avoir brièvement examiné son visage en le croisant dans le vestibule, m'attendant à y voir des signes de souffrance, mais il avait seulement l'air fatigué.

Peu de temps après ce viol, je commençai à porter le costume. Ruth ne l'avait jamais réclamé. Fait d'un de ces tissus convenant en toute saison, un lainage très léger, il était un peu chaud mais supportable. Mon travail terminé, j'endossais ce déguisement avant de prendre le métro pour rentrer chez moi. Je portais aussi le chapeau, sous lequel je cachais mes cheveux. Mes collègues du *Rudy's* me taquinaient à propos de cette nouvelle habitude, mais je leur en donnais une explication raisonnable. Personne ne m'ennuie, disais-je. Dans le noir, les gens me prennent pour un homme. Je me souviens qu'en sortant un soir des toilettes vêtue du costume, je rencontrai Izzy, une des serveuses. Elle mit les mains aux hanches et me dévisagea de haut en bas. T'es dingue, Iris ! s'exclama-t-elle. Vraiment cinglée ! Je passai près d'elle. Alors elle me lança : Tordue, cette nana ! Je tournai la tête. Isabelle, lui dis-je, tu me fais chier.

Cette réplique, en soi dénuée de tout intérêt, me fit un effet extraordinaire. De ma vie je n'avais prononcé de telles paroles. L'expression obscène m'était venue d'elle-même, naturellement et, debout devant le *Rudy's*, je pensai : c'est le costume. L'habit n'était pas qu'une armure. Il me transformait. Quelqu'un d'autre avait surgi, avait parlé. Je m'enfonçai le feutre sur les yeux, enfouis mes mains dans mes poches, et me mis à marcher dans la rue en sifflotant. Je ne savais pas siffloter. Je suis un homme nouveau, pensai-je, et je ris à haute voix. C'est cette nuit-là que commencèrent mes errances, et elles se prolongèrent l'été entier. Inlassablement, je déambulais d'un quartier à l'autre en observant tout et tout le monde, en me permettant de longues contemplations. La ville de New York ne se tait jamais. Il y a des coins de silence, des rues vides pendant une minute, et puis la paix se déchire. Des gens bavardent, chantent, crient. Un rat court vers sa cachette. Une fois, je vis un homme arrêter sa voiture dans un grand crissement et pousser une femme par la portière. Hystérique, la voix rauque à force de hurler, elle tambourina sur la vitre. Il repartit et, en le voyant s'éloigner, elle se tint le ventre comme quelqu'un qui a reçu un coup de poing puis s'en alla, instable sur ses hauts talons. Au cours de mes promenades, je fus témoin de nombreuses scènes d'amour, de haine ou d'indifférence. Je n'avais d'autre intention que d'observer, en gardant mes distances, mais ce n'était pas toujours possible. Un jeudi soir, très tard, une jeune femme m'aborda. Il y avait foule dans Bleecker Street, et elle vint à moi. Je supposai qu'elle voulait demander son chemin, mais elle me prit la main en disant : Vous savez ce qu'elle a fait ? Non, dis-je. Elle était petite et portait de grosses lunettes. Je remarquai sur sa nuque une ombre grise de crasse. Les chevaux, grommela-t-elle. Cette putain a volé les chevaux. J'eus un geste de recul, mais elle me saisit l'avant-bras et gronda, en m'enfonçant ses ongles dans la peau : Dans la grange, carrément ! Je lui arrachai mon bras d'une secousse et m'éloignai rapidement dans la rue, soulagée parce qu'elle ne me poursuivait pas. Je compris alors que des confrontations seraient inévitables. Ce risque accompagnait chacun de mes pas et, bien que ne souhaitant nullement rechercher les ennuis, je devins peu à peu plus audacieuse : je m'arrêtais dans des bars où je ne serais jamais entrée seule auparavant ou me lançais dans des conversations avec des inconnus que j'aurais évités. Les gens se montraient en général amicaux et disposés à bavarder. Ils me racontaient leurs vies – de longues histoires décousues d'accidents et de divorces, de maladie, de mort, de fortune faite et perdue. Mais ils ne m'interrogeaient pas sur moi, et je ne désirais pas les renseigner. J'étais Iris, l'écoute vagabonde. Jusqu'à cette nuit où je répondis à une simple question.

En bas de Canal Street, j'avais découvert un bar sympathique, le *Magoo's*. Je pris l'habitude de m'y arrêter aussitôt après le travail pour boire un brandy tout en tendant l'oreille. J'y étais allée tous les soirs pendant une semaine quand le barman se pencha vers moi en me demandant : C'est pas tout ça, mais comment on vous appelle ?

Je l'aimais bien. Il m'avait toujours laissée en paix, m'avait toujours témoigné du respect. J'avais toutes les raisons de lui dire la vérité. Je mentis.

— Klaus, dis-je. Je m'appelle Klaus.

— Quel drôle de nom pour une fille, commenta-t-il. Allemand, non ?

— Oui, fis-je. C'est le diminutif de Klausina.

Il me regarda d'un air intrigué.

— Et vous ? demandai-je.

— Mort.

— Un beau nom, dis-je. J'aime bien Mort.

Klaus naquit dans un bar, mon Klaus en tout cas. L'enfant brutal trouva en moi sa seconde incarnation et, sitôt que j'eus pris son nom, je sus que les nuits appartenaient désormais à Klaus. En vérité, il y avait un moment qu'il rôdait autour de moi. Mon mensonge correspondait à une espèce de vérité, un faire-part de naissance en quelque sorte. Ma réponse à Mort avait catapulté dans l'univers l'homoncule endormi, et il s'était réveillé homme. Ça n'aurait jamais pu arriver à Webster. Ma ville est trop petite. Les gens bavardent. Mais à New York il était facile de changer de nom, de devenir quelqu'un d'autre. Je n'étais qu'un personnage de plus, même pas extravagant. Personne ne contestait ni mon nom, ni mon apparence. Il m'arriva néanmoins de l'échapper belle. Un jour, je faillis rencontrer de plein fouet dans Broome Street un groupe d'étudiants de Columbia ; une autre fois, je m'enfuis du *Magoo's* car j'avais vu entrer un de mes voisins de la 109e rue. J'étais devenue une habituée du *Magoo's*, m'étais fait des amis de Mort, du Gros Eddie, qui était maigre comme un clou, d'Elise, la serveuse, et de Dolly, une femme débraillée aux longs cheveux gris qui ne buvait que de la vodka. C'était Dolly que j'aimais le mieux. Elle m'assenait moult claques dans le dos en disant : Tu es une gosse compliquée, Klaus, mais tu me plais. J'avais confié à ces gens, par petits bouts, une histoire fictive de ma vie, et l'idée d'être découverte m'était intolérable. Quand j'aperçus le visage de Frank sur le seuil, je sautai de mon tabouret, inventai une excuse, enfonçai mon chapeau de manière à dissimuler mon visage et sortis en me faufilant entre mon voisin et la porte.

Début août, je me coupai les cheveux. Un coiffeur me fit ça pour cinq dollars, et quand je sortis de chez lui, il ne me restait plus sur tout le crâne qu'une toison de deux ou trois centimètres. Pendant toute l'opération, le coiffeur exprima sa consternation par des claquements de langue, mais je n'eus pas de repentir. Ma nouvelle tête ronde me procurait une sorte d'implacable satisfaction. Je n'étais pas belle, mais peu importait. Ce jour-là, je rentrai très tard chez moi. Après mon travail, je m'étais arrêtée au *Magoo's* puis dans une boîte à strip-tease qui s'appelait le *Babydoll Lounge*, où j'allais souvent bavarder avec une des filles. Ramona suivait des cours dans une école de commerce pendant la journée et se dénudait le soir. Entre deux tours, elle venait s'asseoir au bar avec moi, vêtue d'une petite robe bleue, ses grosses lunettes sur le nez. Elle m'avait raconté qu'elle rêvait d'ouvrir un magasin de jouets, et nous passions le temps à lui chercher un nom. *Le Chien pourpre* me plaisait bien, mais pas à Ramona. En tout cas, après lui avoir dit au revoir, je flânai quelque temps encore et il devait être trois heures quand j'arrivai à mon appartement. Le téléphone sonna. Je me dis mon père est mort. Je décrochai, pensant entendre la voix de ma mère. C'était Paris.

— Vous m'avez fait peur, dis-je. Il est si tard.

— J'avais l'intuition que vous ne dormiez pas.

— Vous aviez raison. Comment était Los Angeles ? Vous êtes revenu, n'est-ce pas ?

— Oui. Il se tut un instant. Ça vous aurait plu.

— C'est très possible.

— Comment va la vie ?

Une contraction involontaire me serra la gorge.

— Elle va.

— Pas mieux que ça ?

— Pas mieux.

— Vous n'êtes pas très bavarde, ce soir ?

— Je suis fatiguée.

— Je vous appelle parce que j'ai quelque chose à vous dire. Je suis sorti avec des amis, hier soir, et quelqu'un m'a parlé de vous.

— Ah ?

— Il m'a juré qu'il vous avait vue dans un bar, un bouge pour être exact. Lui et ses amis étaient en train de "s'encanailler", comme on dit. Je lui ai répondu que ça me paraissait peu probable, mais alors il a précisé que vous portiez un complet et un chapeau. Ça m'a rappelé Halloween…

Je gardai le silence.

— Vous êtes toujours là, Iris ?

— Oui.

— Vous ne voulez pas m'en parler ?

— Non.

Ma voix était étale.

Paris reprit, plus doucement.

— D'accord, rien ne vous y oblige. J'ai une idée. Vous savez, quand vous avez refusé de venir en voyage avec moi, ça m'a déçu, pas tellement pour moi, mais parce que je pensais que je m'étais peut-être trompé sur votre compte ; et puis pendant que Tony vous décrivait, hier soir, tout ça m'est revenu.

— Je ne connais pas de Tony.

Je pressais l'écouteur contre mon oreille.

— Il vous a rencontrée ou vue une fois. Ça a suffi.

Je ne répondis pas.

— Vous êtes là, Klaus ?

J'arrêtai de respirer.

— Ne vous inquiétez pas, disait-il. Votre secret ne risque rien avec moi. Je ne le trahirai pas. Vous y voilà, maintenant, vous décollez…

Très lentement, très soigneusement, je reposai le combiné, après quoi je débranchai la ligne. En me déshabillant, je me dis : C'est fini. Il faut que ça cesse. Cette décision me soulagea un peu. Au moment de partir travailler, le lendemain, je restai plantée devant mon placard, en contemplation devant le costume que j'avais résolu de ne plus jamais porter. Alors je le décrochai de son cintre et le fourrai dans mon sac, ainsi que je l'avais fait chaque après-midi depuis des semaines. Je n'étais pas prête. Au diable, Paris !

Ce mois d'août fut le plus long de l'année. La chaleur rendait la ville nauséabonde, et la puanteur des ordures me poursuivait jusque chez moi. Mon emploi chez Bloomingdale, c'était fini, ainsi que mon travail pour l'YMCA. Il ne me restait que *Rudy's*. La pauvreté dont je m'étais accommodée tout l'été menaçait de me déborder. Je pensais sans cesse à l'argent et retournais mon appartement à la recherche de pièces de monnaie égarées. Je me souviens d'avoir déniché trois dollars et cinquante-huit cents. Au *Rudy's*, nous avions droit à un repas gratuit. Je me bourrais pour qu'il me dure. Pendant mes randonnées nocturnes, je pris l'habitude de boire du Coca au lieu d'alcool, et je sautais les tourniquets du métro afin d'économiser le prix du billet. Je me mis à rentrer de plus en plus tard, à reculer le moment de retrouver mes pénates étouffants. Quand j'étais chez moi, je débranchais le téléphone, craignant un appel de Paris, ou de n'importe qui, d'ailleurs. Il m'arriva plusieurs fois de regagner à pied la 109e rue, marchant vers le nord aux petites heures de la nuit en laissant vagabonder mes pensées. C'est au cours de ces promenades que je remplis les blancs dans la vie de Klaus Krüger (je lui avais donné le patronyme de son auteur) ; j'en combinais le récit avec le plus grand soin et m'efforçais d'en faire correspondre les dates avec une quelconque réalité historique. Pour moi, Klaus demeurait un jeune homme, en dépit du fait que les gens qui me connaissaient sous ce nom ne me prenaient jamais pour un garçon. Le fossé entre ce que j'étais bien obligée d'admettre devant les autres – à savoir : que j'étais une femme – et mes rêves intérieurs ne me dérangeait pas. En devenant Klaus la nuit, j'avais effectivement brouillé mon genre. Le costume, mon crâne tondu et mon visage nu modifiaient la perception que les gens avaient de moi, et à travers leurs yeux je changeais de personnalité. Jusqu'à ma façon de parler changeait quand j'étais Klaus : moins hésitante, plus argotique, avec une préférence pour les verbes hauts en couleur. L'accent du Midwest dont je m'étais débarrassée à grand-peine réapparaissait pendant mes balades nocturnes, un phénomène dont je m'étonne encore. Cette voix me venait, simplement. Je ne faisais aucun effort, et pour cette raison ma diction ne me semblait relever ni du théâtre ni de l'illusion, pas plus en tout cas que n'importe quelle autre. J'étais ce garçon. D'où il sortait, je n'en savais rien. Klaus avait été élaboré longtemps auparavant dans un lieu souterrain où je n'avais pas accès.

Alors je commençai à ressentir ce qu'on pourrait décrire comme des élans pervers, des envies brèves mais violentes d'accomplir des gestes irrationnels. Ils ne se produisaient que la nuit, et seulement quand j'étais Klaus. Au début je ne m'en inquiétai pas. J'ai toujours été sujette à des fantasmes effrayants. Devant un escalier très raide, par exemple, d'immédiates visions de chutes. Sur un toit ou un balcon, la tentation de me jeter par-dessus bord. Mais une distance énorme sépare le désir et l'acte. Chez Klaus, cette distance diminuait, et lorsque je marchais la nuit dans les rues, je me sentais de plus en plus dangereusement près d'agir sur une impulsion folle. Un jour, à un homme qui me demandait l'heure dans la 6e avenue, je répondis par du charabia, à la manière des enfants qui font semblant de parler chinois. C'était absurde, et je le regrettai aussitôt. Je lus sur son visage de la surprise, puis un instant de peur, et il s'éloigna précipitamment. J'y vis un avertissement, et me promis de me surveiller. Mais à peine quelques nuits plus tard, je passai à côté d'un clochard qui dormait près d'un perron dans West End Avenue et, sans raison, je revins sur mes pas pour l'examiner. Il avait le visage et les bras couverts de plaies, ses cheveux s'étalaient en mèches épaisses et emmêlées sur le torchon dégoûtant qui lui servait d'oreiller, et il empestait. Il exhalait une odeur écœurante, affreusement douceâtre, putride. Pendant une seconde de panique, je crus qu'il était mort, mais en y regardant de plus près je vis que son thorax bougeait d'un mouvement régulier. Je me penchai sur lui en retenant ma respiration pour me protéger de la puanteur. En me redressant, je la sentis – l'envie de lui donner un coup de pied. Elle me submergea. Mon corps se raidit, j'avais des picotements dans le pied. Je me souviens d'avoir fermé les yeux. Je me balançais à partir de la taille. Je me forçai à le regarder de nouveau. Il me parut abject, horrible. Garde tes distances, me dis-je. Tu vas lui faire mal. Et alors je remarquai sa main. Il était pelotonné en position fœtale, avec une main sur le sexe. Ce geste protecteur me fit tressaillir. Je couvris de mes doigts ma bouche ouverte. Puis je pris un des dollars que j'avais reçus en pourboire et le glissai dans la poche de sa chemise. Il ne broncha pas. Le pauvre diable aurait dormi pendant son propre assassinat.

Les nuits me déprimaient. Le sommeil occupait mes journées, je ne me réveillais que lorsqu'il était temps de partir au travail. Je m'acquittais de mon service en transe, dans l'attente de onze heures, le moment où tout recommençait. La joie que j'avais éprouvée au début avait disparu. Les bars, les rues n'étaient plus qu'une nécessité, un rite qu'il fallait accomplir. Ma vie avait rétréci, et quand je pensais à des événements passés, quand je parlais à mes parents au téléphone ou rencontrais dans la rue quelqu'un que je connaissais ou un camarade d'université, tout cela me paraissait appartenir à une autre existence. Et je ne me sentais pas bien. A plusieurs reprises, je souffris de vertiges, et l'effort de ne pas perdre conscience me faisait tomber à genoux. Leur fréquence m'inquiétait, et je me demandais si je n'avais pas attrapé une maladie rare du cerveau ou un cancer invisible. Parfois, j'imaginais que de grosses bosses me poussaient sur le corps. Et puis, un soir, au travail, je m'évanouis et envoyai mon plateau s'écraser sur le sol avec deux salades de poulet au curry et un verre de bordeaux. Quand je revins à moi, j'étais congédiée. Bob, le gérant, se tenait devant de moi, son long visage plein de sollicitude. Il était désolé, disait-il, mais manifestement je n'allais pas bien, et il craignait que ceci ne fût la goutte d'eau… Je m'étonnai : La goutte d'eau ? Il avança les lèvres au point que celle du dessus lui touchait le nez. Je ne savais comment interpréter cette grimace. Posant alors la main sur mon épaule, il me dit d'une voix basse, comme en s'excusant : Il y a eu des plaintes. C'était le 21 août 1979. Je disposais de vingt-sept dollars et des poussières pour tenir jusqu'à la réouverture de Columbia, le 4 septembre.

Mes journées perdirent toute forme. L'ordre s'était écroulé avec l'emploi, et une heure devint une durée impossible, une éternité à subir. Je dormais beaucoup et lisais par bribes, et l'obscurité venue je reprenais mes déambulations, à la recherche des endroits que j'avais fréquentés lorsque je travaillais. Mais désormais, il n'y avait plus d'argent.

Les barmans me donnaient de l'eau à boire par gentillesse, ou m'offraient un verre sur le compte de la maison. Mon estomac me faisait des ennuis, cependant, et rien ne pouvait l'apaiser. Marcher me fatiguait à l'excès et je ne tenais plus sur mes pieds. Encore un petit peu, me disais-je. Tiens le coup jusqu'à ce que tu reçoives le chèque de ta bourse. Alors tout s'arrangera. Mais l'université, distante de quelques rues seulement, était devenue une abstraction et je n'y croyais plus. Je pensai au bâtiment de philosophie, à mes conversations avec le professeur Rose, dont je revoyais le bureau comme un décor décrit en détail dans un roman : je pouvais me le représenter à la perfection mais jamais y entrer réellement. Tu ne peux plus y retourner, me dis-je. Laisse tomber.

La veille du jour où tout cela devait m'exploser à la figure, le téléphone sonna. Le bruit me stupéfia, car j'étais sûre de l'avoir débranché. Je dois avoir oublié de le déconnecter quand j'ai appelé mes parents, pensai-je. Je décrochai mais n'entendis rien. Puis une respiration. Paris, dis-je, c'est vous ? Vous m'entendez ? Pas de réponse. Je me mis à hurler dans l'appareil. Fichez-moi la paix ! C'est pas le moment de faire des blagues, qui que vous soyez ! Vous ne comprenez pas ? Je ne suis qu'à peine vivante, vous m'entendez ? Je ne suis qu'à peine vivante, alors allez-vous-en ! Il y eut un déclic. Je restai longtemps assise par terre, tremblante, écoutant avec ahurissement l'écho de mes paroles. Pensais-je vraiment ce que j'avais dit ?

J'avais peut-être crié comme une folle sur un inconnu qui s'était trompé de numéro. Je débranchai le fil. Quand le soir tomba, j'enfilai le pantalon du costume et un T-shirt. Je pris le veston sur mon bras. Il faisait trop chaud pour le porter dehors, mais dans les bars climatisés c'était une nécessité. Je partis pour le *Babydoll Lounge*, où j'espérais trouver Ramona. A mon arrivée, elle était là, en train de s'effeuiller sur la petite estrade en face des stalles. Elle me parut adorable avec sa queue de cheval et ses grosses lunettes ; elle enlevait ses vêtements avec une aisance et une générosité que j'admirais. Elle souriait, saluait de la main les spectateurs et semblait s'amuser, à la différence de l'autre strip-teaseuse, une certaine Billie, qui se mouvait dans une transe d'absorption narcissique et exposait son corps dur et athlétique sans jamais un regard pour nous. Ramona m'adressa un signe de tête quand j'entrai, et ce geste me fit un plaisir extraordinaire. La musique était un peu vieille et rauque, mais il y avait de la mélodie et mon moral remonta. Je m'assis et commandai un brandy, claquant deux dollars grâce auxquels j'aurais pu manger, mais je lançai sur le comptoir sans même les regarder les deux billets plus un pourboire. Je me sentais désinvolte, à l'aise, enchantée de moi-même. Rita, une habituée alcoolique qui pleurait dans sa gnôle, m'effleura en passant et je lui rendis son sourire ; j'étais vraiment contente de la voir. Le brandy me monta à la tête presque immédiatement, et je contemplai les bouteilles derrière le bar et leurs reflets dans le miroir. Comme elles sont belles ! pensai-je. Le monde est plus beau que tu ne t'en souvenais, et il fait frais ici. Que l'air est bon ! me dis-je, et j'endossai mon veston. Un agent de police entra et s'assit à côté de moi. Je ne l'avais encore jamais vu, mais Ed, le barman, semblait le connaître et les deux hommes se lancèrent aussitôt dans une discussion sur les *New York Mets*. Le policier était jeune et bien en chair. Au-dessus de son pantalon, l'enflure de sa taille rebondie tendait le tissu bleu de sa chemise juste à côté de son revolver. Je ne pouvais détacher les yeux de l'arme qui saillait sur le rouleau de graisse. Je me demandai si elle était lourde. Elle était si proche de moi. A quelques centimètres de ma jambe. J'aurais pu la toucher. Alors je laissai mon genou la frôler. L'homme ne réagit pas. La conversation l'absorbait. J'avalai une gorgée de brandy puis repris ma contemplation du revolver. Bien calé dans son étui, appendice inanimé, si étrange que j'avais envie d'en rire, il me fascinait aussi. Quel effet cela ferait-il de le tenir ? Je lançai un coup d'œil rapide autour de moi. Personne ne me regardait. Une envie irrésistible. Pivotant sur mon tabouret, je laissai pendre une main près du revolver, mes doigts caressant la crosse. Le policier ne bronchait toujours pas. Fallait-il saisir son arme en douceur, ou la lui arracher d'un geste rapide ? Je n'avais aucun plan, aucun désir de tirer, aucune idée de ce que je ferais du revolver une fois que je le tiendrais. Je brûlais simplement de le prendre.

Alors, lentement, je l'entourai de mes doigts et commençai à l'extraire de son étui. Le policier plongea en arrière, sa main m'emprisonna le poignet et il se tourna d'un coup pour me faire face. Espèce de cinglée ! Qu'est-ce tu crois que tu fous ? Il tira brutalement ma main vers le haut ; il serrait fort, ça me faisait mal. Le bar était silencieux, seule la musique continuait, assourdissante. Tout le monde me regardait. Je vis Ramona, immobile, elle ne souriait plus. Elle bougea les lèvres sans bruit. Je crois qu'elle articulait *Klaus*. Ed gesticulait. Qu'est-ce qui s'est passé ? Elle piquait mon flingue, nom de Dieu ! Je ne dis rien. Le policier se pencha sur le comptoir, maintenant toujours mon poignet à distance, mais en relâchant son étreinte. Je me libérai d'une traction brusque et courus vers la porte. Quelqu'un m'attrapa la manche au passage, mais je m'arrachai et franchis le seuil, sentis l'air chaud me tomber dessus comme une masse. Il y avait des voix derrière moi. J'entendis claquer la porte, puis on me cria de m'arrêter. Je crus entendre Ramona qui me demandait de revenir. Je dévalai West Broadway, White Street, puis Church Street jusqu'à Canal Street, que je traversai au milieu des voitures, et atteignis en courant le coin de Grand Street, à la recherche d'un endroit où me cacher. Dans Wooster Street, je me jetai sous un porche. Tout était tranquille. Personne ne s'était donné la peine de me suivre aussi loin, mais je ne bougeai pas. Assise sur le seuil, je surveillai la rue déserte. Rien ne remuait. Minutes mortes. Et puis, comme par magie, un souffle de brise s'éleva de l'immobilité, dispersant quelques journaux qui voletèrent sur le trottoir. J'enlevai ma veste, en observant les gestes des doigts que je posais sur mon bras. Cette main ne peut pas être la mienne, pensai-je, mais les longs os étroits n'étaient que trop reconnaissables. Leur familiarité m'apparut dans une secousse, et puis quelqu'un appela : Iris ! Je scrutai la rue. On aurait dit ma mère. Mais elle n'est pas à New York, me rappelai-je. Tu entends des voix. J'avais les jambes raides, un pied douloureux. J'ôtai ma chaussure et me découvris une entaille juste sous la cheville droite ; je ne me souvenais pas de m'être blessée. Je restai assise là un moment avant de me rechausser et de m'en aller prendre le métro. Je payai mon trajet avec les cinquante cents que je cachais toujours dans ma chaussette, descendis à la 110e rue et rentrai chez moi en boitant.

Une fois dans mon appartement, je me dirigeai tout droit vers le grand miroir de ma chambre. Il y avait des semaines que je ne m'étais plus regardée, que j'évitais de me voir, à vrai dire, mais je dévisageai un bon coup ce personnage sale et squelettique au crâne tondu et au pantalon déformé, resserré à la taille par un lambeau de ceinture, un personnage quasi dépourvu de seins. Ils avaient disparu avec les kilos ; cependant, cet aspect émacié n'était pas ce qui m'effrayait le plus. Je lisais sur mon visage une transformation morbide. Mes yeux avaient changé. Ils semblaient s'être tus. Je me rappelle que j'aurais aimé pleurer mais ne le pouvais pas. Alors j'ôtai le pantalon et le pliai très soigneusement, ce qui n'avait pas de sens puisqu'il était dégoûtant, de même que le veston que je défroissai, lui aussi, et rangeai avec le pantalon dans un sac en plastique tout au fond de mon placard. Je passai au moins une heure dans la baignoire, à me récurer. Je m'y appliquai avec énergie et méticulosité. Ensuite, assise nue sur une chaise, je téléphonai à mes parents et leur expliquai, d'une voix étonnamment calme, que j'avais besoin d'argent pour la semaine. J'avais perdu mon emploi et je ne m'en sortais plus. Pas beaucoup, dis-je, juste un rien. Mon père m'en envoya plus que je n'en avais demandé, deux cent cinquante dollars. Une manne tombée du ciel. Grâce à cela, je mangeai, un petit peu plus chaque jour, de manière à ne pas bousculer mon organisme. J'achetais de beaux légumes et de la viande chère et me préparais trois repas par jour, que je mâchais morceau par morceau, avec méthode, en surveillant les réactions de mon estomac. Il réagit bien. La nourriture fut mon salut, et j'imaginai que je grossissais, que mon corps retrouvait ses courbes à une allure impossible. Avec chaque bouchée, j'enfouissais Klaus, j'entassais sur lui de plus en plus de terre afin de l'empêcher de se relever. Déterminée à revenir à moi, je travaillais à ma guérison comme un robot programmé pour la survie. Je caressais l'idée de me présenter aux inscriptions, le 4, ronde et épanouie. Le jour venu, je m'y rendis dans une robe neuve (trente-neuf dollars et quatre-vingt-dix-neuf cents en solde), me croyant bien retapée, jolie même, mais mes vieilles connaissances m'accueillirent avec des airs choqués et des exclamations sur mon poids et mes cheveux. Oui, oui, dis-je, j'ai été malade, je vais beaucoup mieux maintenant, une longue grippe, assez mauvaise. Mes cheveux tombaient par paquets, c'est pour ça que je les ai coupés. Ils repoussent, pourtant. J'étais grotesque, j'en suis sûre, un vrai cadavre endimanché, rendue à moitié folle par l'espoir d'une seconde chance. C'est alors que, du coin de l'œil, je l'aperçus : un beau garçon élancé à l'air sérieux. Il tenait à la main un exemplaire du *Nietzsche de poche*.

Ce garçon, c'était Stephen. Il ne m'adressa pas la parole, ce jour-là, mais un mois plus tard nous devenions amants, si on peut dire. Huit mois durant, je lui courus après, et pendant tout ce temps il se montra brûlant et glacé, jamais certain de me vouloir ni du contraire. Je ne lui racontai pas Klaus. Plusieurs fois, l'envie d'avouer toute l'histoire me monta à la gorge, à la bouche, mais sans jamais se muer en mots. Ruth me faisait signe de temps à autre, et nous dînions parfois ensemble. Je fis nettoyer le costume mais ne le rendis pas. Il resta suspendu dans mon placard sous sa housse transparente. Paris téléphona le 4 septembre, dès que j'eus rebranché l'appareil. Bon Dieu, s'exclama-t-il. Il y a des semaines que je vous appelle. Vous aviez disparu, diablesse. Je pensais que peut-être vous étiez morte, abandonnée quelque part sur un trottoir sans papiers d'identité, déjà enterrée dans le Champ du Potier. Je suis même venu à votre saleté d'immeuble pour sonner chez vous. Personne. Il n'y avait personne. Je suis désolée, répondis-je. J'ai eu une mauvaise passe. Je ne peux pas en parler. Et on n'en parla pas. Je m'émerveille aujourd'hui de notre silence, mais au moment même il m'eût été impossible d'évoquer tout cela, et le fait que Paris sût et, pourtant, ne posât aucune question me paraissait témoigner de sa loyauté. Il avait néanmoins de l'existence de Klaus une connaissance absolue quoique muette, paradoxale en ce qu'elle engendrait à la fois une intimité anormale et de la suspicion. Il me faisait signe. Nous déjeunions ensemble. Paris s'absentait souvent de la ville, cependant. Il avait bien des chats à fouetter, et je ne le voyais pas souvent. A cette époque, je ne m'éloignais guère de l'université, où je me sentais plus en sécurité que dans la jungle du centre de la ville. En mai, Stephen sortit de ma vie, et je me retrouvai face à un deuxième été solitaire dans la cité. Jurant de ne plus jamais travailler comme serveuse, je pris des emplois divers dans le domaine académique. Je fis de la recherche pour un historien de la médecine, un vieillard qui me regardait avec un mélange de mépris et de concupiscence. J'avais récupéré mes dix kilos perdus, et mes cheveux repoussés me venaient au menton. Dans la rue, les hommes se tordaient le cou pour me suivre du regard, et à l'épicerie, aux arrêts d'autobus, en tous les lieux où je ne bougeais pas, ils m'abordaient avec l'espoir aux yeux. Pendant quelque temps, je me mis à fumer, des Marlboro dans leur boîte rouge. Il me semblait que les cigarettes me donnaient de l'assurance, pourtant je dus y renoncer quand je tombai malade. En juillet, il y eut Mr. Morning, pour qui je rédigeai des rapports, c'est une tout autre histoire, mais quand je le quittai, je me retrouvai désespérément à court d'argent et mes migraines commencèrent, de mauvaises migraines qui frappaient comme l'éclair et me laissaient misérable et déprimée.

En août, on me confia un cours de perfectionnement en anglais destiné aux petits employés d'une société d'assurances. Mes sept élèves faisaient preuve d'une grande soif d'apprendre, et un jeune homme du nom de Jefferson possédait la mémoire la plus vive que j'aie jamais rencontrée. Il n'oubliait jamais un mot de ce que j'avais dit. Nous nous retrouvâmes tous les jours pendant quatre semaines, et un des derniers jours, tandis que je regardais Jefferson et qu'il me regardait, la moitié de son visage disparut. Ce n'est que bien plus tard que je devais comprendre que j'avais souffert d'une aura migraineuse. Les mois suivants furent une période où le quotidien devenait précaire. A n'importe quel instant, un objet quelconque, table ou chaise, visage ou main, pouvait disparaître, et avec le sentiment de devenir aveugle venait celui de n'être plus entière. Je m'étais rétablie, et voilà que mon corps m'abandonnait. Je savais que cette saleté allait craquer.

En automne, j'étudiai assidûment en vue de mes examens oraux du printemps. Je lisais les pièces de théâtre, les poèmes, les romans et les essais figurant sur une liste d'une longueur fantastique, et puis je les oubliais. Mon cerveau ressemblait à une passoire. Les mots semblaient entourés de gaze, chaque lettre plus voilée que sa voisine. Tantôt faibles, tantôt violents, mes maux de tête me quittaient rarement. A Noël, je rentrai à la maison, à Webster, et je me sentis bien pendant quinze jours, mais en janvier je finis par m'effondrer. A ce moment-là, j'avais consulté sans succès plusieurs neurologues. C'est le docteur Fish qui me fit entrer à l'hôpital. Il me prescrivait de gigantesques comprimés de thorazine, une drogue qui me rendait inerte au point de ne pouvoir remuer un orteil. Mes pensées, par contre, tournoyaient comme des folles entre clairvoyance et illusions, et je ne les reconnaissais pas les unes des autres. Après dix jours, je décidai de sortir de là. Bravant la contrariété du docteur Fish, que j'avais à peine vu, je tirai du lit ma frêle carcasse, m'habillai, et m'en fus d'un pas mal assuré au bureau dressé dans le hall de l'hôpital. Je sors, déclarai-je à la femme qui s'y trouvait. Lorsque je lui eus donné mon nom, elle me présenta une facture s'élevant à deux mille trente-huit dollars et quarante-six cents en me priant de la régler avant de partir. Mon université avait couvert quatre-vingts pour cent des frais. Cette somme représentait le solde. Je regardai fixement ses yeux bruns, examinai ses cheveux défrisés, lissés avec soin derrière les oreilles. Mon mal de tête me donnait l'impression qu'une grande distance nous séparait, mais en même temps elle me semblait paradoxalement grande, comme un personnage sur un écran de cinéma. Elle me parlait, m'expliquait la procédure hospitalière, me disait ce qui devait être fait. Je tenais la facture à la main et en étudiais les chiffres. Stupidement, je me mis à réfléchir aux quarante-six cents. Ça, je peux payer, pensai-je. Oui, ça, je peux le payer sans difficulté. J'avais la monnaie dans ma poche. Vous ne vous sentez pas bien ? me demanda la femme. Je la regardai. Elle était belle. Elle avait la peau presque noire. Je la dévisageai, puis baissai les yeux vers la facture. Je suis malade, lui dis-je enfin, me confiant à elle avec simplicité. Elle me contempla d'un air perplexe puis, d'un geste, fit signe à quelqu'un, un homme, d'approcher du comptoir. Parle-lui, dit-elle. Elle n'a pas l'air de comprendre, pour la facture. L'homme était grand et blanc, avec des taches roses sur les joues et le front. Je l'entendis m'exposer dans un bourdonnement ce qu'on attendait de moi, mais plutôt que de croiser son regard, je ramenai le papier tout près de ma figure et en relus les chiffres. Ma petite dame, disait-il. Je ne vais pas bien, pensai-je, je suis malade comme un chien. Pour l'argent…, disait-il. S'il vous faut un délai… Avec des gestes lents et réfléchis, je pliai la facture en un carré minuscule, mis le papier dans ma bouche et l'avalai. En traversant le hall, j'entendis leurs voix élever des protestations, et lorsque je posai la main sur la porte, l'homme dit : Laisse-la aller. On lui enverra ça par la poste. Elle est fêlée, manifestement.

Je rentrai chez moi en passant par le parc enneigé. A peine à l'appartement, je me mis au lit. Juste avant de m'endormir, une pensée me traversa : Il est revenu, mais ça n'a pas d'importance. Plus rien n'a d'importance. Je dormis pendant deux jours, rappelée à moi de temps à autre par la douleur et puis replongeant dans l'inconscience. Quand je me réveillai enfin, il faisait nuit, et la migraine me semblait plus légère, moins sévère. L'idée de me sentir mieux me remplit d'une formidable excitation. Assise tremblante au bord du lit, je m'aperçus dans le miroir. Tu as perdu du poids, de nouveau, pensai-je. Il faut manger. Mais je n'avais pas faim. J'allai au placard, déballai le costume et l'enfilai. Ce n'est pas grave, me disais-je. Il n'y a rien d'autre à faire, maintenant. Tu ne peux pas continuer comme ça. C'est Klaus qui a mangé la facture, après tout, et même si c'était idiot, ça peut se défendre. Je sortis de l'immeuble, mais cette fois je me dirigeai vers le nord, vers Harlem, et quand j'en franchis le seuil à la 125e rue, je sus que tout recommençait.

Parce que je n'étais tenue d'assister à aucun cours, seulement de préparer des examens, j'avais toute liberté de me cacher. Je débranchai à nouveau mon téléphone, dont je ne me servais que pour appeler mes parents une fois tous les quinze jours. La vérité, c'est que je n'avais pas envie qu'on me voie malade. Mes migraines allaient mieux, mais je souffrais encore de méchantes crises de nausées et de vomissements, de problèmes intestinaux et de périodes d'hébétude due à l'épuisement. Aucun médecin ne pouvait m'aider. Il me fallait me guérir moi-même, et je découvris que si je chantonnais dans mon lit, en la répétant sans me lasser, la petite incantation : *faut pas s'en faire*, j'arrivais à réduire considérablement la douleur. Je chantonnais beaucoup, en ce temps-là. Quand je regardais la liste des livres que j'étais censée connaître et sentais la panique me prendre à l'estomac, je chantonnais. Chaque fois que l'hôpital envoyait sa facture, je chantonnais. Après une aura, je chantonnais. Avant de manger, je chantonnais, afin de garder mon repas. Et Klaus ? J'avais besoin de Klaus, et malgré ma conscience de la rechute dont elles témoignaient, les randonnées nocturnes me faisaient du bien, me dégageaient la tête. Je hantais l'Upper West Side, arborant le costume sous le manteau d'hiver que j'avais acheté d'occasion chez un revendeur – un pardessus d'homme. Et je m'étais fait couper les cheveux si court que lorsque je me touchais la nuque, cela grattait. Evitant les établissements fréquentés par les étudiants, je m'en tenais aux bars des quartiers louches. De nouveau, j'y trouvai des gens qui ne se frappaient pas de mes excentricités. Ces nuits étaient dangereuses. Je m'aventurais où je n'aurais pas dû m'aventurer seule, mais je jouissais de ma témérité. Je chantais à tue-tête dans l'obscurité, sifflais au passage d'inconnus et, un jour, sur un mur, j'écrivis *faut pas s'en faire* en lettres démesurées à l'aide d'une bombe de peinture que j'avais achetée exprès. Après de tels écarts de conduite, je me sentais à la fois vivifiée et coupable. Chaque nuit, je me promettais que ça ne se reproduirait plus. Et puis, dans l'un de mes derniers repaires, un endroit appelé le *Stars*, je tombai sur le professeur Rose.

Le barman du *Stars* était un obèse connu sous le nom de Toots. C'était un gros bonhomme toujours en sueur qui se faisait ou prétendait se faire du souci pour moi. Il avait déjà eu droit au chapelet de mensonges concernant Klaus ou Klausina et l'avait écouté avec sympathie. Cependant, je n'étais pas certaine qu'il croyait ces histoires. Il m'adressait de fréquents clins d'œil, et il avait une expression très intelligente.

— Klaus, me dit-il un soir. Il est temps que tu changes de vêtements. Tu es une jolie fille, tu sais, et ce costume informe a l'air idiot. Idiot, petite. Tu m'entends ? Je ne veux pas me mêler de tes affaires, remarque. C'est pas mon genre de me mêler des affaires des gens. Ça ne me regarde pas, mais je trouve ça dommage, et qui plus est, je sais que t'es pas une gouine. Y a pas une gouine au monde aussi mignonne que toi.

— Merci, Toots, fis-je. Je suppose que dans ton esprit il s'agit d'un compliment. Je baissai le nez vers mon brandy.

— Et il faut me mettre un peu de viande sur cette carcasse, la rembourrer. Je te jure, un bon coup de vent et tu t'envoles !

— Oui, Toots, fis-je, et je lui souris.

— Je te commande un hamburger à la cuisine, déclara-t-il. Offert par la maison.

— Ça va comme ça, protestai-je, ce n'est pas la peine.

Feignant la surdité, Toots disparut dans la cuisine. Les clients n'étaient pas nombreux dans le bar. Il était tard. Une migraine s'était déclarée, mais elle restait légère. Je me rendis compte que j'avais envie de ce hamburger et m'en réjouis. Toots revint en se dandinant, avec une assiette ; il s'affaira, disposa serviette et couverts. Mange, ma jolie, dit-il, et je sentis une main sur mon épaule. C'était le professeur Rose. Il me dévisageait.

— Iris ? demanda-t-il. C'est vous ?

— Oui, chuchotai-je.

Toots se penchait sur son comptoir

— Tout va bien, Klaus ?

Rose lui lança un coup d'œil acéré.

— Oui, dis-je.

— Venez avec moi, fit mon professeur et, prenant mon hamburger d'une main et mon coude de l'autre, il me guida vers une table et me força doucement à m'asseoir sur la banquette. Il s'installa en face de moi et croisa les bras. Son visage n'avait pas changé et je fus émue de le retrouver si familier. Je fixai le mur, consciente de son regard sur moi. Quand je ramenai les yeux vers lui, il avait une expression ironique, l'ébauche prudente d'un sourire aux lèvres.

— Que faites-vous ici ? Qu'est-ce qui vous est arrivé ?

Je rougis.

— J'ai été malade, dis-je. Je sais que j'ai une mine épouvantable.

Il s'appuya à son dossier en hochant la tête.

— Je pourrais vous poser la même question, ajoutai-je. Un professeur éminent tel que vous. Que faites-vous ici ? Cet endroit est un bouge, au cas où vous ne l'auriez pas remarqué.

Il sourit.

— Même les professeurs éminents ont parfois besoin de sortir de chez eux pour prendre un verre en fin de soirée. J'habite à une rue d'ici, Iris.

Je remarquai qu'il hésitait. Il avait entendu Toots m'appeler Klaus, et je supposai qu'il cherchait les mots adéquats. Il agita la main juste au-dessus de la surface de la table, et je reconnus ce geste.

— Iris, il y a quelque chose qui ne va pas. Je peux sans doute vous aider. Il marqua une pause. J'ai souvent pensé vous envoyer un mot de Caroline du Nord, mais ça ne s'est pas fait.

Je ne sais pas au juste si ce fut la lettre non écrite ou seulement sa voix qui me dénoua, mais je sentis mon visage se tordre et ma bouche trembler. L'un ou l'autre agit en catalyseur sur ce qui devait représenter des mois de refoulement et d'apitoiement sur moi-même. Dans les bonnes périodes, je pleure souvent, les larmes me viennent aisément, mais quand je suis dans une mauvaise passe mes conduits s'assèchent et je ne pleure presque pas. La douleur qui m'envahit alors était du regret. J'aurais voulu la retrouver, celle que j'avais été, la jeune fille qui avait regardé le professeur Rose s'éloigner, et elle était morte. J'avais tout gâché. Stephen, l'hôpital, mon maigre compte en banque, le costume, le hamburger à demi mangé sur mon assiette, tout me paraissait également pitoyable, également responsable, et je fondis en larmes. Je tremblais, je sanglotais, je me donnais en spectacle. Ce brave mêle-tout de Toots vint prendre mon assiette en examinant Mr. Rose d'un œil soupçonneux.

— Klausie, Klausie, me dit-il en me tapotant le bras, ça ne peut pas être si grave que ça. Tu veux que je te débarrasse de ce type ?

— C'est pas lui, Toots, répondis-je en me mouchant bruyamment dans la serviette en papier. C'est moi.

— Je vais m'occuper d'elle, déclara Mr. Rose. Il paya la note et m'aida à me dégager de la table.

— Allons dans mon bureau, proposa-t-il lorsque nous nous retrouvâmes dans la rue. Il y fait tranquille, nous pourrons parler.

J'acquiesçai d'un signe de tête. Marchant en silence, nous franchîmes, quatre carrefours plus loin, les grilles de l'université, en nous hâtant vers le bâtiment de philosophie. Il déverrouilla la porte et nous montâmes au sixième étage par l'escalier. Je ne dis rien tandis qu'il introduisait sa clef dans la serrure, ouvrait la porte de son bureau et m'encourageait du geste à m'asseoir. Il tira une chaise près de la mienne et s'assit, les mains sur les genoux. Son visage était l'image de l'anxiété paternelle. Il va me gronder, pensai-je.

Il plissa le front.

— Klaus ? Cet homme vous appelait Klaus ?

— Je me fais appeler comme ça, parfois, dis-je. C'est une espèce de jeu.

— Un jeu ! Quelle sorte de jeu ?

— Ça a de l'importance pour vous ? Un hoquet involontaire m'échappa. Je n'étais pas tout à fait remise de ma crise de larmes.

— Oui, ça a de l'importance. J'ai de l'affection pour vous. J'entre dans un bar à minuit et je tombe sur une de mes meilleures étudiantes en train de siffler du brandy, fagotée comme un personnage à la Dickens, Dieu du ciel ! Ces vêtements, ces cheveux, et cet affreux bonhomme qui vous appelle Klaus. Que suis-je censé imaginer ?

— Ce n'est pas un affreux bonhomme.

— D'accord, concéda-t-il en se tournant vers la fenêtre obscure. Il n'est pas affreux.

Je contemplai son profil. Il avait un beau nez.

— Vous m'avez manqué, dis-je. Je sais maintenant que vous m'avez manqué terriblement.

Il se retourna vers moi, l'air triste. Il laissa retomber les bras.

— Iris, vous me désarmez. Je ne sais que vous dire.

Nous nous regardâmes longuement ; il ne faisait aucun effort pour déguiser le tourment qu'exprimait son visage. Et puis, tel un homme vaincu, il soupira. Je vis ses épaules s'affaisser, et il tendit les mains vers moi. Il me saisit par les avant-bras et m'attira contre lui.

Nous fûmes des amants bruyants, cette nuit-là, dans le bâtiment de philosophie. Je suis sûre que nous avons mené grand tapage, désespérément embrassés sur le plancher, sous la lumière crue des tubes fluorescents, et je sais que j'ai crié à l'instant du paroxysme et qu'il me parlait, mais je ne sais plus ce qu'il disait, sans doute ce que dit tout le monde, le nom de l'autre personne ou simplement *oui* – de ces mots qui n'ont de sens qu'au moment où on les prononce. Les répéter est sacrilège. En bref, nous nous sommes entre-dévorés, et quand ce fut fini, nous demeurâmes allongés en silence, étourdis, je crois, par ce qui venait de se passer.

Il faisait froid dans la pièce. Je frissonnai, et il me prit dans ses bras. Le costume gisait entre nous, tout froissé, et en dépit du froid je n'avais pas envie de le remettre. Rose me couvrit de son veston et après un certain temps, il me dit :

— Je crois que tu ne devrais plus faire cela.

— Quoi ?

— Klaus.

J'accueillis la sentence avec joie, consciente de l'avoir attendue, de l'avoir espérée.

— Je sais, dis-je. Je ne le ferai plus.

Je me mis à l'appeler Michael. Au début, quand je disais son nom, j'éprouvais chaque fois une bouffée d'émotion, une forte impression d'avoir changé de statut : les universités sont sans doute le dernier lieu en Amérique où les prénoms ont encore valeur d'intimité. *Michael* représentait pour moi un signe clandestin, la clef de notre secret, et je ne me lassais pas de répéter ce nom, pour lui et pour moi-même. Nous nous retrouvions en fin d'après-midi, quand la lumière jouait brièvement dans ma fenêtre avant de disparaître. La lumière était importante, car même lorsqu'il n'était pas là avec moi, les rayons obliques du soleil de quatre heures abondaient en associations érotiques. Il se révélait un amant intense, et son zèle créait en moi une conscience neuve de ma spécificité. Parfois, après son départ, je m'examinais nue dans le miroir, et j'imaginais pendant un instant que je voyais ce qu'il voyait – un corps enchanté. Michael Rose n'était pas beau. Il avait une grande cicatrice irrégulière à l'endroit de l'appendice, la taille un peu trop bien garnie, et des veines bleues nettement visibles sous la peau pâle de ses jambes. Il y avait des moments où la réalité physique de l'homme m'éloignait de lui, où l'idée que je me faisais de lui se coupait de ce qu'il était, mais cela ne durait qu'à peine. C'est par l'ouïe que j'étais séduite. Plus il parlait, plus je le désirais, et il parlait dans un élan irrésistible, me faisait sa cour avec Catulle, Boccace, Donne et Sidney, avec Shakespeare et Wyatt, Fielding et Joyce, et c'est ainsi que j'aime aujourd'hui à me souvenir de lui, en plein milieu d'une phrase, couché dans mon lit, les yeux fermés, en train de citer de mémoire.

Sur lui-même, il ne me disait pas grand-chose, pourtant. Je savais qu'il avait une femme et trois grands enfants, et qu'il avait vécu “presque” toute sa vie à New York. Ses parents étaient morts tous les deux. Au début, je le pressais de me donner des détails, mais sa réticence me dissuada. Un jour où je lui demandais de me raconter son enfance, il déclara :

— Mon père me battait, et à dix ans je me suis enfui avec une bande de gitans.

— Non, dis-je, ta vraie histoire.

— Mon père me battait, et j'ai passé mon enfance à attendre les gitans.

— C'est vrai ?

— Plus ou moins.

— Combien plus ou moins ?

Il eut un sourire en coin.

— Oh, je ne sais pas. Ce n'est pas faute de m'en souvenir, ça non. Parfois, je trouve étrange de n'être plus un gosse, de devenir vieux. Je me demande où est mon gant de base-ball. Qu'est-ce qui a bien pu arriver à Charlie Shapiro ?

— Pourquoi tu ne me racontes pas tout ça ?

— Je te raconterai, Iris, un jour, mais pas maintenant, ce n'est pas le moment de remuer tout ça. Il y a des choses qu'il vaut mieux ne pas dire.

Et ce fut tout. Il me laissait son mauvais père, les gitans et Charlie Shapiro.

Nous ne parlions pas de Klaus. J'aurais voulu m'en expliquer à lui, mais les mots qui auraient pu exprimer mes sentiments au sujet de ces nuits semblaient ensevelis, et les remonter de l'endroit où ils gisaient jusqu'à ma bouche eût exigé un effort dont je me sentais incapable. Michael se trouvait trop près des origines de mes vagabondages, il y avait en quelque sorte collaboré, et un fort instinct me poussait à le maintenir en dehors, même si je savais que c'était lui qui avait tué Klaus. Après cette nuit dans le bâtiment de philosophie, j'avais perdu toute attirance pour le jeune rôdeur. Michael avait provoqué sa disparition, et j'étais possédée de l'idée folle que s'il avait pu faire cela, il pourrait aussi le ramener. L'enfant de Krüger était notre monstre de Frankenstein, une création que nous préférions ignorer.

Le printemps arriva ainsi ; je me sentais bien. De temps à autre, je m'effondrais dans mon lit en chantant mes litanies quand l'approche d'une migraine me brouillait la tête, mais la douleur restait insignifiante. Nausées et vomissements avaient disparu. Je ne voyais plus de trous noirs. Mes cheveux repoussaient. En mars, je présentai mes examens oraux. Pendant une heure, je débitai des données comme un automate emballé, énumérant des noms, des dates, des lieux, et toutes les bribes de connaissances qui me passaient par la tête. J'évoquai des philosophes et des linguistes, élaborai des théories et citai des passages des romans que j'aimais. Puis je tombai en panne, épuisée, et au long de l'heure suivante je parcourus en soupirant et en bafouillant mes trois matières les moins importantes, en oubliant ce que je croyais savoir, et je vis les visages des cinq messieurs d'âge mûr qui composaient mon jury, amusés quelques instants plus tôt, prendre d'identiques expressions de pitié et d'inquiétude. Je fus admise, néanmoins. J'en savais tant et si peu. C'était ainsi. Ils se montrèrent bienveillants. Je me sentis humiliée. Michael me dit : C'est un rite de passage, rien de plus. Tu l'as derrière toi, maintenant. Mais je me rejouais obstinément ces moments d'impotence en pensant, avec un regret cuisant : Si seulement j'étais restée chez moi à lire les poètes métaphysiques au lieu d'errer dans la ville telle une épave absurde.

Peu de temps après, Michael passa la nuit avec moi. Sa femme était en voyage. Nous n'avions jamais vécu tant d'heures ensemble, et au matin nous avions changé. La différence était subtile, mais elle s'articulait de nouveau sur le récit. Michael m'annonça que les Presses de l'université de Californie allaient publier la nouvelle, et que tout le crédit de la traduction me reviendrait.

— Tu n'as pas exactement l'air folle de joie, me dit-il.

Je le regardai.

— Mais ton nom doit figurer sur ce texte, répondis-je.

— C'est ta traduction. Tu as fait le plus difficile.

— Ce n'est pas vrai. C'est tout autant la tienne que la mienne.

Il s'assit dans le lit et réajusta l'oreiller derrière lui.

— De quoi parlons-nous ici, Iris ?

— Tu le sais très bien. Tu l'as toujours su. Je ne peux pas supporter ces faux-semblants. Vraiment pas.

Il leva les mains et commença à les agiter.

— Ne fais pas ça, implorai-je.

Il arrêta et se tourna vers moi.

— Iris, je n'arrive pas à déchiffrer ce que tu as en tête.

Je m'assis jambes croisées, à l'indienne, face à lui.

— Tu as dit, il y a longtemps, que c'était la boîte de Pandore.

— Je parlais du fait de travailler ensemble.

— Ce n'est pas de ça que tu parlais.

— Iris ! Sa voix avait une intonation désolée.

— Il y a quelque chose dans cette histoire, quelque chose d'horriblement excitant, et ça nous a atteints.

— Iris, fit-il avec douceur. C'est toi qui as emprunté ce nom. Dans quel but, je ne l'ai jamais bien compris. Je n'ai pas voulu me montrer indiscret. Mais c'est à cause de ça que tu es bouleversée, maintenant. La fiction n'est pas la vie.

— Tu ne crois pas ça.

— Je pense que si.

— Tu sais aussi bien que moi qu'on ne peut pas tracer de frontière, que nous sommes envahis à tous moments par toutes sortes de fictions, qu'il est impossible d'y échapper.

— Ne joue pas les sophistes. Le monde existe et il est palpable.

— Ce n'est pas ce que je veux dire, répondis-je. Je veux dire qu'il est difficile à voir réellement, qu'il est tout embrumé par nos rêves et nos fantasmes.

— C'est de Klaus que tu parles, de ton Klaus.

— Notre Klaus. Sais-tu que pendant un moment, j'ai cru que c'était toi qui avais écrit cette foutue histoire ?

Il sourit.

— J'aimerais l'avoir écrite.

— Tu vois, dis-je. Tu l'as adoptée, tu l'assumes, et ce qu'il y a, c'est qu'elle est cruelle.

— Il y a des tas d'histoires cruelles, réelles ou imaginaires.

— Oui, mais…

— Mais celle-ci, tu l'as dans la peau.

— Nous l'avons.

— Nous ne sommes pas une même personne, Iris.

— Je sais, mais je sens ça entre nous – non, en nous. Il y a une pièce du puzzle que tu ne m'as jamais montrée.

— En voilà du mystère !

— Et toi tu te caches.

Il soupira. Puis il tendit la main et me toucha les cheveux.

— Je sais que ça paraît dément, dis-je. Mais cette pièce manquante, cette chose entre nous, je crois que c'est mal.

— Mal ? Ses yeux se voilèrent, et il pressa les lèvres si fort qu'elles devinrent blanches. Qu'est-ce que le mal ?

— Je ne sais pas.

— Klaus est mauvais ? demanda-t-il d'un ton bref, les yeux étrécis. Il me regardait en face.

— Il ne tue pas le chat.

— Non, mais il en avait l'intention. Il est mauvais ? Il s'agit d'une peccadille ou d'un crime ?

— La loi a ses critères, dis-je.

— Oui, mais nous commettons tous des crimes en imagination, et les fantasmes ne sont pas pénalisés. Klaus est rempli d'idées perverses. Et s'il n'était jamais passé à l'acte ? Serait-il moins mauvais, pour autant ? Sûrement, le mal ne se définit pas seulement par la mauvaise action.

— Je n'ai pas dit qu'il était mauvais.

— On peut donc séparer la personne et l'acte, c'est ça ?

— Je ne suis pas sûre.

— La loi admet d'innombrables circonstances atténuantes, n'est-ce pas ? Folie passagère, déséquilibre hormonal – trop de testostérone, manies de la ménopause, dépressions postnatales, saloperies alimentaires –, ça l'a poussé au meurtre. C'est la théorie le-diable-m'a-forcé-d'agir-ainsi chère aux avocats. Mais ne sommes-nous pas, nous, les démons ?

— Si, chuchotai-je. Bien sûr.

Il ne dit rien.

— Pourtant, ce n'est pas pareil d'imaginer une chose terrible et de la faire. Je frissonnai. Quand les gens passent-ils des pensées aux actes ?

J'avais froid, et je tirai la couverture sur mes jambes. Je revoyais le revolver du policier, et cette vision me donnait envie de hurler. Je serrai les mâchoires et fermai les yeux.

— Une barrière se lève. Chez certains, elle ne s'est jamais formée. Chez d'autres, ça signifie qu'elle est enfoncée à grand fracas. Et puis je crois qu'il peut arriver parfois qu'on se contente de l'ouvrir et de la franchir – comme si de rien n'était. Des crimes indicibles ont paru routiniers, méthodiques. Il se tut, reprit son souffle, se détourna de moi vers le mur. Tous les jours, des gens commettent l'incroyable. Je ne pense pas seulement à la torture, très loin d'ici. J'ai connu une femme qui a jeté son fils de trois ans par la fenêtre. Elle a sauté après lui, mais elle n'est pas morte. Elle vit encore.

— Tu l'as bien connue ?

— Pendant quelque temps, oui. J'allais la voir à l'hôpital. Lila la connaissait mieux. Elles étaient très proches, mais Lila était si fâchée qu'elle ne pouvait plus…

Un frisson me traversa tout entière, et je claquai des dents.

— Cette femme, elle devait avoir perdu la tête.

— Oui, je suppose, mais qu'est-ce que ça veut dire ? Nous nous retrouvons au même point. Où se situe la responsabilité, à ton avis ?

J'examinai le dos de mes livres, qui tapissaient le mur.

— J'ai souvent pensé que les notions de bien, de vérité, doivent être inflexibles, absolues, sinon tout s'écroule.

Il me regarda.

— Tu dois confondre vertu et vérité. Ce sont deux choses très différentes.

Ces mots s'imposèrent, et mon erreur me fit mal.

— La vertu est une qualité morale distincte du vrai, dit-il.

Je hochai la tête.

— De sorte que le mal peut correspondre à la vérité.

— Bien sûr.

— Mais tout ça n'explique pas ce qu'il est.

Michael fit signe que non.

— Tu crois que saint Augustin avait raison ? demandai-je. Je veux dire, que le mal est une sorte de chute ou de distance, un éloignement ?

— Il évitait le dualisme, Iris. Toute son argumentation repose sur la foi en Dieu…

— Je sais, mais il doit avoir ressenti ça, le mal comme un vide, un manque, pas une présence.

Il tourna la tête d'un geste vif et me regarda.

— C'est ça, le désir, n'est-ce pas ? Un manque. Il paraissait en colère. Ensuite il me saisit les bras de ses mains et me secoua, pas fort mais fermement. Tu veux que je te dise la vérité ? demanda-t-il. Le bien, n'en parlons pas. Je vais te faire fuir. Tu me détesteras avant que ce soit fini entre nous. Je le ressens, ce gouffre, ce vide. Je vais te perdre. Il rit un instant et laissa retomber les mains. La terrible ironie c'est que, plus que tout au monde, je voudrais que tu restes.

Ses paroles me firent l'effet d'une déchirure de l'univers. Pendant qu'il parlait, ce qu'il disait me semblait vrai, et j'avais l'impression d'avoir plongé le regard non seulement en lui mais en d'autres, en moi-même. Et puis je me secouai. C'était du mélodrame. Nous nous laissions emporter.

— Ne dis pas ça, fis-je, tu ne peux pas prédire l'avenir…

— Nous avons trop parlé, répondit-il. Il est tard. Nous sommes ici ensemble, maintenant. Il m'étreignit avec violence, en m'écrasant le visage contre sa poitrine. Il me fallut écarter la tête pour respirer.

Durant la nuit, il dormit mal, en remuant beaucoup et en marmonnant. Au petit matin, il me réveilla en criant dans son sommeil, et puis il s'apaisa. Je n'avais pas saisi les mots. C'est le remords, pensai-je. J'imaginai sa femme, que je n'avais jamais vue – une femme mince, plus très jeune, avec un visage doux et de longs cheveux bruns noués dans le cou. Dieu sait d'où me venait cette image – sans doute une mixture de la longue série d'épouses d'universitaires que j'avais rencontrées au cours de ma vie – mais c'est ainsi que je la voyais, et cette vision m'inspirait de la pitié pour elle, et aussi pour lui, et je me disais : J'ai trahi quelqu'un que je ne connais même pas. Je prononçai mentalement son nom. Lila. C'est un joli nom.

En déjeunant, Michael me parut agité, distrait. Il avait les yeux rouges et se les frottait souvent. Je m'attendais plus ou moins à le voir se lever de table d'un bond et courir vers la porte.

— Bon Dieu, dis-je. On croirait que la police secrète va venir te chercher. Détends-toi.

Il sembla embarrassé.

— Excuse-moi.

Je lui souris.

— Tu ne m'avais pas encore vue le matin. Sans doute que je te fais peur. Je parie que j'ai l'air d'une sorcière. Je lui fis la grimace, en étirant ma bouche de part et d'autre avec mes doigts et en roulant des yeux.

Il rit.

— Tu es une sorcière, en effet, dit-il en tendant le bras par-dessus la table pour me caresser la tête. Mais tu es belle.

Quelques minutes après cette déclaration, il était parti. Son absence suscita en moi une sensation nouvelle, un mélange de crainte et de remords. Je lavai la vaisselle très lentement, en frottant chaque objet avec méthode puis en l'exposant à la lumière de la fenêtre afin de m'assurer qu'il brillait. Ensuite je nettoyai l'appartement entier.

Dans la semaine, Paris m'appela pour me proposer d'aller voir un film au *Thalia*. Michael passa l'après-midi avec moi. A six heures, il était encore là. Je lui dis que je devais m'habiller car j'allais au cinéma. Pendant que je mettais mon rouge à lèvres, Michael se tenait derrière moi dans la salle de bains.

— Qui t'emmène au cinéma ?

— Personne ne m'*emmène*. Je retrouve un ami.
— Quel ami ?
— Paris. Je t'ai parlé de Paris.
— Le critique d'art ?
— Oui, Michael, le petit critique d'art, pas du tout attirant mais assez intéressant.

Michael parut peiné. Il enfila son veston.

— Je ferais mieux de partir, maintenant, dit-il, comme ça tu pourras te préparer.

— Attends un peu, dis-je. Tu es marié. Tu rentres auprès d'elle tous les soirs. (C'était un dialogue de télévision, je le savais, mais je continuais.) Tu veux que je reste ici à broyer du noir ?

— Je n'ai pas dit ça, protesta-t-il. Je sais très bien que je suis mal placé pour dire quoi que ce soit.

Alors commencèrent les petits tourments. Pendant tout le trajet jusqu'au *Thalia*, je me rejouai la scène, repensai à mes paroles. Je regrettais de ne pas m'être mieux exprimée. Quand je vis Paris, je l'embrassai pour la première fois.

— En quel honneur ?
— Vous m'avez manqué.

Je le regardai en souriant. Paris me prit le bras et m'entraîna dans la salle obscure. Il n'y avait pas beaucoup de monde, et j'allongeai mes jambes sur le dossier du siège devant moi. Plusieurs rangs en avant, quelqu'un péta bruyamment. J'échangeai un sourire avec Paris. Le film était *l'Aurore*, réalisé par Murnau en 1927. Je ne me rappelle pas bien la succession des épisodes et je ne pourrais pas reconstituer l'histoire entière, mais je me souviens de l'effet de ce film sur moi et de l'impression qu'y produisait la ville – un carnaval en enfer, un terrain de jeux grotesque ; et j'y croyais. De temps à autre, Paris me jetait un coup d'œil, et je le soupçonnai de surveiller mes réactions. L'obscurité de la salle était agréable, et je me sentais heureuse de ne voir personne que les gens sur l'écran, d'avoir Paris à côté de moi sans obligation de le regarder. Ensuite, Paris m'emmena dîner au *Café Luxembourg*, un endroit à la mode et bruyant dans le West Side. Je caquetai intarissablement tout en laissant mes regards s'égarer vers les autres tables. J'ai oublié notre conversation. Je ne me souviens que de sa chute. J'avais ri d'une réflexion de Paris, quand je m'aperçus qu'il était en train de m'étudier d'un air soudain sérieux. Avant de parler, il posa un doigt sur sa cravate rose pâle, se pencha en avant et toucha une mèche de mes cheveux, puis il s'adossa à sa chaise.

— Vos cheveux, dit-il. Ils deviennent longs.

Je le regardai en face.

— Je les aime bien comme ça.

Paris hocha la tête.

— C'est joli, concéda-t-il. Mais ça n'a pas l'audace d'une coiffure en brosse, pas vrai ?

Je fixai la table.

— Si, dis-je, c'est vrai.

Michael venait et revenait, mais je sentais une différence. Pendant les premières semaines, il s'était délecté de notre adultère et avait franchi ma porte avec le sourire, mais il lui arrivait désormais de se montrer hagard et sérieux, tel un homme en mission. Il jetait parfois sur les objets de mon appartement des regards qui me donnaient l'impression qu'il cherchait quelque chose. Sa distraction m'énervait. Quand je l'interrogeais sur ses humeurs, il restait vague. C'est peut-être pénible pour toi, suggérai-je un jour, d'entrer ici et d'en sortir comme un voleur ? Il se contenta de secouer la tête et je n'insistai pas. Le silence entre nous se chargeait d'insinuations, et je ne savais comment lutter ; à ces moments-là, je le voyais à distance, un inconnu dans une foule. Un après-midi d'avril, Michael avait pris une douche et se tenait debout près du petit coin-cuisine dans l'antichambre de mon appartement. Il n'était vêtu que d'une serviette. J'entourai sa taille de mes bras et me pressai contre lui.

— Tu utilises toujours deux tasses à café ? demanda-t-il, les yeux fixés sur l'évier.

— Parfois je suis trop paresseuse pour les laver.

— Tu n'as pas reçu quelqu'un ?

Je le lâchai, le pris par les épaules, le fis pivoter vers moi.

— Non, implorai-je. Pas ça. Je t'en prie. Ça nous fera du mal.

Il me regarda, hocha la tête et sourit, bouche fermée.

— Je sais, dit-il.

Cependant Michael imaginait partout des signes de trahison. Dans mon placard, une chemise de Stephen que je ne lui avais jamais renvoyée, des fleurs offertes par Ruth pour mon anniversaire, jusqu'à une lettre de ma mère, abandonnée sur mon bureau, qui commençait par les mots : Iris, ma chérie. Il ne m'accusait jamais de rien. Ses interrogations étaient détournées : Tu as reçu des fleurs ? Ou : Quelqu'un t'a écrit ? La jalousie est rarement sans motif. Je n'avais pas d'autre amant, mais Michael s'était aperçu de mon éloignement, si éphémère fût-il, et il avait besoin d'en rendre quelqu'un responsable. Ses soupçons engendraient une atmosphère de menace. Quand il me parlait, il se frottait les mains avec une violence suggérant qu'il ne leur faisait pas confiance. Par moments, sa jalousie me transformait en spectatrice consternée. D'autres fois, elle me gagnait comme une maladie, et je hurlais de frustration. La question était là. Je jouais et ne jouais pas. J'étais et n'étais pas dans le coup. Je devins ce qu'on appelle une créature impossible, une de ces horribles femmes qui ne savent pas ce qu'elles veulent. Mes humeurs n'étaient pourtant pas calculées. Michael changeait. Il était une personne et puis une autre. Proche et puis lointain. Je faisais la navette entre deux pôles, et cela m'épuisait.

Avec Stephen, j'avais connu la jalousie sous l'angle opposé, j'avais été moi-même atteinte de ce mal, et c'était sans doute pour cela que l'expérience me paraissait familière. Mais il y avait plus que cela. Dès le début, le rituel des accusations voilées de Michael, de mes dénégations et, enfin, de nos réconciliations eut la force de situations déjà vécues. Je pouvais crier des injures ou chuchoter des mots tendres de réconfort, les paroles que je prononçais paraissaient provenir d'un scénario aussi vieux que les montagnes et j'avais l'impression d'être un personnage de comédie. J'ai acquis la conviction qu'il n'existe pas un langage authentique de l'amour, il n'y a que des sons. Quand j'ouvrais la bouche pour lui parler, pour lui exprimer ma pitié et mon affection, je m'entendais dire des inepties. Mais nous ne cessions de discuter, creusant l'ornière à chaque phrase. Nous nous repaissions d'un bric-à-brac d'expressions mortes, et ces orgies ne nous valaient rien. Il devenait pompeux ou geignard, et moi méchante ou sotte. Ainsi balancions-nous d'un extrême à l'autre, sans jamais les atteindre vraiment. Et puis nous nous retrouvions, nous parlions de nouveau comme aux premiers temps et connaissions des heures de bonheur. Pourtant, une troisième présence demeurait, invisible et collante. Je commençai à sentir que lorsqu'il me parlait, qu'il s'agît de littérature, de philosophie ou de science, il tournait autour de cette autre chose, de cette troisième présence. Tout ce qu'il disait paraissait chargé de sous-entendus. Son discours était devenu moins direct, plus oblique, plus délicat. Il évoquait souvent la cruauté, le mystère de la cruauté et de la tendance humaine à mutiler et à détruire. Il évoquait le sadisme privé et la barbarie de masse, les psychopathes et les nazis. De telles discussions sont sans limites. Elles s'enroulent sur elles-mêmes. Les explications s'étirent, s'achèvent en incrédulité. Michael cherchait à élucider le cœur de la question, qui restait introuvable, et je savais que c'était personnel et qu'il m'entraînait avec lui, qu'il m'y donnait accès. Il forçait ma complicité en disant : Tu comprends, ou : Nous sommes du même avis. Mais la plupart du temps j'étais perdue, et un jour où il me racontait l'histoire d'un homme qui avait survécu à Auschwitz en tant que musicien et puis, des années plus tard, s'était suicidé après avoir giflé sa fille en public, je fondis en larmes. Il recommença à évoquer *Une petite brute*, en m'étudiant tandis qu'il analysait Klaus ou le destin de Krüger dans le camp de la mort. N'en parlons plus, demandai-je. D'une certaine manière, ça devient de pis en pis. J'aimerais n'avoir jamais aperçu ce stupide bouquin. Je me souviens des termes exacts de sa réponse : "Nous ne pouvons plus remonter le temps. C'est en nous maintenant. Si nous fermons les yeux, ça nous sautera dessus dans l'obscurité." J'ignore ce qu'il entendait par *ça*, s'il voulait parler du récit, du mal, ou d'une présence indistincte, et je ne l'interrogeai pas. Au point où j'en étais, je n'avais pas envie de savoir. En même temps, je me sentais fascinée, comme quelqu'un devant un film d'horreur qui se cache les yeux et puis regarde entre ses doigts.

Les doctes divagations de Michael me ramenaient toujours au bar et au revolver, à ce que je ne pouvais lui raconter. L'épisode revenait, se répétait, nauséeux. Et pourtant c'était un faux souvenir, car je quittais mon corps et me voyais agir. Je devenais de ce fait spectatrice de mon propre geste, l'un des assistants stupéfaits, dans le *Babydoll Lounge*. Mais c'était toi, me disais-je, c'était toi qui voulais ce revolver, toi qui as essayé de t'en emparer. Ma motivation me paraissait inexplicable. L'impulsion qui m'avait entraînée si loin était enfouie avec Klaus.

Il m'apportait des cadeaux, de menus présents : friandises, livres, et aussi des objets : une bouteille de parfum, de petites boucles d'oreilles de topaze et d'or, et un vase de cristal pour les fleurs que j'avais mises dans un vieux pot de mayonnaise. J'aimais ces offrandes, et j'aimais son visage tandis que je déballais les paquets. Il avait l'air jeune, alors, et si désireux de faire plaisir. Ces gages rendaient aussi ma vie moins austère. Chacun d'eux repoussait d'un pas de plus la morosité de ne rien posséder. Ils étaient symboliques, bien entendu, mais lorsque je regardais le vase plein de tulipes, de marguerites, d'anémones ou de freesias, je me sentais encouragée. Au début de juin Michael m'offrit ce qui devait être son dernier cadeau. Il m'avait invitée à dîner dans un petit restaurant français non loin de chez moi, bien qu'en dehors de l'orbite de Columbia. C'était un risque, et nous l'avions pris. Nous fêtions mon travail de vacances : je devais enseigner l'anglais élémentaire à Queens College et le salaire, si petit fût-il, promettait de me maintenir à flot. Nous avions mangé, bu et ri. A plusieurs reprises, il avait tendu le bras par-dessus la table pour me presser la main. Le lendemain, il partait pour l'été. Sa femme avait une maison dans le Vermont, et il allait l'y rejoindre pendant juillet et août. Notre séparation était sujet tabou, et nous n'y avions pas fait allusion. Michael s'inquiétait de me laisser seule en ville, et je le savais torturé par des images de moi avec d'autres hommes. Ça se voyait à ses yeux, à sa bouche, à son corps, et à la façon indirecte mais lourde de sous-entendus dont il parlait de l'été.

Après le dîner, il me tendit une boîte. Le papier doré était noué d'un ruban bleu pâle. Je l'ouvris lentement, écartai le papier de soie, et découvris un foulard de soie – blanc, marine, rouge et vert. Il était magnifique et cher, avec le nom du styliste inscrit dans un coin. Je le tins à bout de bras. Je n'ai jamais rien eu de pareil, dis-je, et je le drapai sur mes épaules. Je me penchai en avant pour l'embrasser. Quand nous quittâmes le restaurant, il était près de onze heures et demie, et nous partîmes à pied vers chez moi. Michael m'entoura les épaules de son bras et me tint serrée contre lui. Nous aurions pu rencontrer toutes sortes de gens que nous connaissions, mais il envoyait la prudence au diable et j'en étais heureuse.

— Ces rues familières, fit-il. Il y a trop longtemps que je vis ici.

— Combien de temps ?

— Presque quinze ans.

Nous gardâmes le silence, puis je dis :

— Il y a trois ans que j'y suis, maintenant. J'ai marché dans ces rues des centaines de fois. J'en ai le rythme dans les pieds. Je désignai de la tête l'espace devant moi. Je parie que je pourrais parcourir le reste du chemin avec les yeux bandés.

Je sentis ses doigts s'enfoncer dans mon bras, et il tourna d'un coup la tête vers moi. Ensuite il posa la main sur ma nuque et caressa le foulard, en frottant son majeur contre ma peau.

— C'est ça ! s'exclama-t-il. Voyons si tu peux le faire.

— Tu blagues ?

Un coin de sa bouche remua, et même dans l'obscurité j'aperçus le vert de ses yeux. Il s'arrêta, et dénoua le foulard.

— Tourne-toi, me dit-il.

Ses paroles suscitèrent en moi un tremblement d'excitation que je ressentis dans l'abdomen et une crispation involontaire de l'estomac et des cuisses. Il pliait le foulard avec méthode sur son genou relevé et vacilla un instant sur une seule jambe.

— Tourne-toi, répéta-t-il.

J'obéis, et il m'attacha l'écharpe de soie sur les yeux en la nouant solidement dans ma nuque.

— C'est dingue, tu sais, dis-je.

Je ne voyais rien. Le tissu était dense.

— Je suis vraiment aveugle, dis-je.

— Tu peux rentrer chez toi ?

— Oui, répondis-je. Nous sommes à la 103e rue. Je peux compter les carrefours. Mais il faut que tu m'empêches de rentrer dans des murs ou des voitures.

— Bien sûr. Il rit.

— Est-ce qu'on nous regarde ? demandai-je. Il avait une main sur mon coude.

— Ça te gênerait ?

— Non. Allons-y.

Il ôta sa main. J'avançai lentement, tâtant le trottoir du pied à chaque pas, bien décidée à ne pas tomber.

— Tu vas en zigzag, me dit-il.

— Même les aveugles ont des cannes, bon Dieu !

Une brise légère soufflait. Je me rappelle m'être demandé s'il y avait des étoiles, en regrettant de ne pas avoir regardé, je ne sais pourquoi. Michael marchait près de moi. Je franchis le bord du trottoir avec maladresse, me sentant exposée dans l'air nocturne. Je ris.

— Tout le monde nous observe ? demandai-je.

— L'univers entier nous observe, répondit-il. On nous croit fous.

Mais il n'y avait pas beaucoup de monde dans les rues à cette heure. J'entendis des pas qui venaient vers nous et m'immobilisai. Michael parla d'une voix basse et claire, pas à moi : C'est un pari, madame, un simple pari.

Les pas se firent plus rapides. J'éclatai de rire. Mes épaules tressautaient. En riant aussi, Michael m'attira contre lui et m'embrassa les joues et le menton. Fin de la pause, dit-il.

Passer ces six carrefours fut une odyssée. Avec la vue, j'avais perdu l'équilibre, et je progressais par embardées chancelantes, en notant mentalement chaque rue. Une fois, Michael tendit la main pour m'aider, mais je la repoussai en disant : J'y arriverai.

A la 109e rue, je tournai, les bras tendus devant moi. Michael n'avait cessé de marcher à mes côtés, et sa présence dans l'obscurité était un atout. Bien qu'invisible, son corps occupait un certain espace, et je l'entendais respirer et tousser, j'écoutais sa voix et imaginais son visage mi-figue, mi-raisin. Je reconnus à tâtons le mur de briques de mon immeuble et le suivis du bout des doigts, m'attendant à tout moment à rencontrer le perron, mais je m'étais trompée dans mes calculs et je heurtai un objet métallique, trébuchai de côté. Michael me rattrapa par la taille et je me laissai aller contre lui, épuisée. C'est une poubelle, me dit-il. Mais tu as réussi.

J'allais détacher le foulard, mais il me saisit la main. Pas encore, fit-il.

— Mais je suis fatiguée. Je n'en peux plus.

— Je me charge de toi, répliqua-t-il. Garde-le jusqu'à ce que nous soyons rentrés.

Michael me souleva et m'emporta en haut des marches. Sa force paraissait considérable, et je m'y abandonnai, la joue appuyée contre lui. La dernière fois qu'on m'a portée comme ceci, pensai-je, c'était mon père, quand il me sortait de la voiture où j'avais dormi. Il y avait de cela des années et des années. Michael me posa sur mes pieds et prit mon sac. J'entendis le tintement des clefs, le bruit de la porte. Il m'attira à l'intérieur. La lumière du vestibule perçait l'étoffe sur mes yeux. Il me reprit. Tu vas te faire mal, Michael, dis-je.

Mais il ne répondit pas. Il monta, essoufflé, l'unique volée de marches, me mit de nouveau debout tandis qu'il ouvrait la porte et me faisait entrer. J'entendis claquer la porte. Je suppose qu'il l'avait refermée d'un coup de pied. Je relevai les mains vers le foulard, et de nouveau il m'arrêta en disant : Non, pas maintenant. Je te veux aveugle, juste une fois.

Il m'embrassa, et ça me parut bon de ne pas le voir. Il aurait pu être n'importe qui. L'anonymat était le sien et le mien. Telle une enfant, j'avais l'impression que ma cécité me faisait disparaître, ou en tout cas qu'elle rendait indistinctes les limites de mon corps. L'un de nous reprit son souffle. Je ne savais pas lequel c'était, et cette confusion me fit battre le cœur.

Nous étions passés dans l'autre chambre. Les mains posées sur mes épaules, il me poussa, assise sur le lit. Il n'y avait pas de lumière. Il se hâtait, tirait sur mes vêtements. Aveugle, pensai-je, et le mot me troubla. Je coule. Il avait saisi mes poignets et les tenait au-dessus de moi en un geste de conquête que je reconnus, émue. J'acceptai le rôle et le jouai. Le plaisir se trouvait dans la mise en scène, l'idée que nous étions en train de répéter une scène déjà représentée par d'autres. Je le savais sans le dire, consciente de ma féminité en tant que jeu de toutes les femmes, identification mystérieuse dans laquelle je me perdais. Noyons-nous, pensai-je, et je sentis battre mes tempes sous le tissu serré. Mais alors il parut me gagner de vitesse, comme débordé par un sentiment d'urgence. J'approchai mon visage du sien pour l'embrasser, mais il se détourna. Je cherchai un rythme nouveau, il n'y en avait pas. Au-dessous de moi, la couverture m'irritait la peau du dos. J'aurais aimé tirer sur le bandeau, le réajuster, mais il me maintenait les bras, intense, fiévreux. Sa peau était brûlante et moite. Mon esprit se détacha du drame, et mon corps devint inerte. Ses mains me faisaient mal aux poignets, et je tentai de les libérer, mais il me rabattit sur le drap chaud et sa fureur m'atterra. C'est étrange qu'on pense en de tels instants, que la pensée se développe sans freins, que je me sois souvenue de nos conversations. Gestes indicibles, accès de cruauté, Klaus. Je m'étouffai de peur, entendis un bruit monter de moi, un cri d'alarme animal, et puis je dis : Non ! Il mit une main sur ma bouche. Chut ! On va t'entendre. Non ! criai-je de nouveau en luttant contre lui de ma main libre. Il l'empoigna mais je ruai sous lui et me remis à crier. Sorcière, grommela-t-il, et l'épithète me fit pleurer. Il me gifla sur la bouche. La douleur m'abasourdit. Il ne sait pas, pensai-je, il est encore dedans. Il ne peut pas savoir. De nouveau, il mit la main sur mes lèvres tout en se poussant sur moi, en me halant vers la fin, mais je lui bourrai le dos de coups de poing et, de ma bouche, cherchai ses doigts. Je le mordis, attentive au bruit de son hurlement, un son qui me fit plaisir. Il s'écarta, et je m'assis, arrachai le foulard de ma tête et le jetai sur le lit. Je saisis la couverture et m'en drapai les épaules de façon à me couvrir complètement. Je me retirai loin de lui, dans le coin de mon lit près de la fenêtre, et regardai dehors, entre les barreaux de la grille de sécurité, le puits d'aération éclairé par la lune et, dans le bas, par de lointains néons. Sur le sol, j'apercevais quelques poubelles abandonnées et des pierres. D'où viennent ces pierres ? me demandai-je.

Michael poussa un grognement, et je tournai la tête vers lui. Il était assis au bord du lit, ses jambes nues écartées, sa chemise ouverte. Il pleurait. Je le contemplai, fascinée par son dos tressautant et les sons inhabituels qui émanaient de lui – de brèves et inégales bouffées de bruit. Je le trouvai laid dans sa misère et cela me fit horreur. Je pourrais difficilement dire combien de temps nous restâmes ainsi, combien de temps il fallut pour que je sente en moi ce revirement. Cela prit la forme d'une violente impression de déchirure dans mes tripes, après quoi j'eus pitié de lui.

Il parlait, des paroles déformées par les sanglots. Que dit-il ? pensai-je. Je n'y comprends rien. Je me rapprochai de lui imperceptiblement, en traînant ma couverture avec moi, et quand je fus tout près de lui je tendis une main, et hésitai. Finalement j'effleurai son épaule de mes doigts. Les traces mouillées sur ses joues me semblaient incroyables. Des fragments de phrases me passèrent par la tête puis disparurent. J'ouvris la bouche, la refermai. Puis je chuchotai : Pourquoi ?

Il secoua la tête, joignit les mains sur ses cuisses et en frotta les paumes l'une contre l'autre. J'observai ses doigts et vis la minuscule blessure, là où j'avais mordu jusqu'au sang une des articulations. Mon regard passa de sa main vers le lit, où le foulard gisait, toujours noué, sur le drap blanc. Etrange, pensai-je. Tout est étrange.

Michael se déplaça de manière à se voir dans le grand miroir en face de nous. Nous dévisageâmes son image. Je le vis, je vis le ventre mou et pâle, le nombril profondément enfoncé, le sexe flasque. Je détournai les yeux. Je l'avais vu. Dans le miroir, son corps apparaissait comme un objet d'horreur dérisoire : vulnérable, vieillissant, un lieu de dégradation.

Il le voyait aussi.

— Regarde-moi, dit-il. Je suis un vieux bonhomme, absurde, méprisable.

Je vins derrière lui et m'étudiai dans la glace – la tête petite aux cheveux fous, les joues incolores, les cernes sombres sous les yeux, les doigts effilés cramponnés à la couverture. Je la lâchai, et elle tomba sur le lit, exposant mon corps nu, mais ce que je vis alors, c'est ma bouche. Les lèvres semblaient très rouges et très enflées, indice solitaire d'une sensualité flagrante, un vrai signal.

Michael paraissait pétrifié par mon reflet.

— Ne regarde plus, Michael, chuchotai-je. Le miroir. Ne me fixe pas comme ça.

Ses yeux croisèrent les miens dans la glace, nos reflets se bouclèrent, confrontés.

— Tu la vois ? me demanda-t-il.

— Quoi ?

— La réponse ? Elle est là, en toi, sur toi.

Je ne répondis pas. Il me regardait.

— Non, fis-je. C'est ce que tu crois voir. C'est ce vieux truc entre nous, ce que tu as essayé d'exprimer, essayé de me dire… Je ne pus terminer. J'étais fatiguée de ses lubies. Parler me rendait malade.

Michael continuait à nous contempler, lui et puis moi, dans le miroir. Je sortis de son champ de vision, me dissimulai à nouveau sous les plis de la couverture et allai ouvrir le châssis et relever la fenêtre. J'ai besoin d'air, pensai-je. Et je l'inspirai, un air frais qui sentait l'essence, la suie et les briques.

— Ce soir, commença-t-il, j'étais un autre. Il attendit, mais je ne dis rien. C'est – il fit une pause – impardonnable.

— Tu m'as frappée, dis-je. Je trébuchai sur les mots, et l'émotion remonta. Je serrai les lèvres et fermai les yeux.

— Je ne peux pas le croire. Il murmura ça doucement, pour lui-même.

Nous restâmes silencieux. Puis je revins près de lui en disant : Je le sentais venir. Je m'y attendais presque.

Il baissa les yeux vers ses genoux.

— Michael, demandai-je, en chuchotant, cette fois. D'où ça venait ? Je ne comprends pas.

Il releva brusquement la tête.

— Tu crois que je peux te l'expliquer ? Tu crois que je le sais ?

— Tu as dit sorcière.

Il tourna son visage vers moi, le regard vide.

— Tu ne te souviens pas ? Tu m'as traitée de sorcière.

Ses lèvres remuèrent, articulant le mot en silence ; je le regardais fixement. Il faisait encore sombre dans la pièce, sauf une lumière dans l'antichambre. Cela suffisait. Je décidai de ne pas allumer ma lampe.

— J'ai parfois l'impression que ce que nous faisons et disons n'est qu'une répétition, que c'est déjà arrivé, dis-je.

— "Déjà vu*", prononça-t-il d'une voix morte.

— Non, non, ce n'est pas ça, pas identique – vaguement pareil, comme si nous étions piégés dans un schéma ou une idée dont nous ne pouvons nous débarrasser, qui nous mène par le bout du nez…

— Tu veux discuter philosophie maintenant ? s'exclama-t-il. Bon Dieu ! Il s'adressait au mur.

* En français dans le texte. *(N.d.T.)*

— Non, j'ai seulement envie de comprendre ce qui s'est passé.

— Iris, on pourrait en parler jusqu'à la fin des temps, on n'arriverait nulle part.

— Je crois que tu n'avais envie que d'une partie de moi, d'une bribe de moi en réalité, et c'est ce que j'ai essayé de te donner, mais ça n'a pas marché. Ça s'est tout déformé…

Il ne se retournait toujours pas vers moi.

— Quand je t'ai trouvée, Iris, à nouveau, dans ce bar, tu avais l'air d'un gamin perdu, d'un gosse hagard, aux yeux fous, un peu dément aussi. Tu crois que je l'ai oublié ? J'y pense tout le temps.

— Tu m'as sauvée de la perdition, c'est ça ?

— Non, ceci est peut-être pis que cela. Je ne sais pas. Ce que je veux dire, c'est que je t'ai vue, je t'ai vraiment vue, et ce que j'ai vu n'est ni simple ni insignifiant. C'est complexe, ambivalent, mystérieux, et ça m'a rendu fou.

— Tu veux dire que c'est ma faute, fis-je.

— Non, la mienne. Où est mon pantalon ?

— Quoi ?

— Mon pantalon.

— Je suis assise dessus. Michael, dis-je, je suis désolée.

— Ne dis pas ça, Iris. Je ne peux pas le supporter.

Je lui lançai le pantalon, et il se leva. J'observai l'arrière de ses jambes blanches, les muscles de ses cuisses. Il enfila son caleçon et puis le velours à côtes marron. Il me fit face, la chemise encore ouverte. J'allumai la lampe près de mon lit et le regardai. Je remarquai les poils gris qui poussaient parmi les noirs sur sa poitrine. Leur vue suscita une tendresse douloureuse. Il boutonnait sa chemise. Je lui pris les mains et l'attirai vers moi, mais il se raidit et s'assit près de moi sur le lit.

— Je ne peux pas accepter, Iris, dit-il. Ta compassion, ton pardon, quoi que ce soit. Pas maintenant. Il hocha la tête pour lui-même. C'est de la folie d'agir sous l'impulsion de ses sentiments, de se laisser emmener Dieu sait où par n'importe quel élan momentané – pitié, amour, colère, jalousie. Il tourna la tête et me fixa, sourcils froncés. Je la lis sur ton visage en ce moment, cette expression d'intolérable gentillesse, d'émotion poignante, de bonne volonté. Mais ça ne durera pas.

— C'est tout ce que nous avons, Michael, ces instants de grande émotion. Ils disparaissent, et puis reviennent. Même les saints sont parfois cruels, ajoutai-je, sans très bien comprendre pourquoi. Ne te détourne pas de moi. Ça n'a aucun sens.

— C'est tout à fait sensé. Il fixa le plafond, menton levé, et je vis la ligne de son cou, la bosse de sa pomme d'Adam. Puis il laissa retomber la tête. Nous allons nous transformer en monstres, ne le vois-tu pas ? Moi, en tout cas.

— Non. Ce n'est pas vrai.

Michael secoua la tête et ramassa sa veste sur le plancher.

— Je t'en prie, ne t'en va pas, dis-je.

Il me regarda mais ne répondit pas.

— Tu pars demain.

Je le regardai fourrer sa cravate dans la poche de son pantalon.

— Reste. Reste cette nuit.

— Non.

Il se leva.

— Ecoute-moi, insistai-je. Tu ne peux pas t'en aller sans rien dire. Il faut que nous résolvions ceci, que ce soit clair.

Il passa dans l'autre pièce et se retourna. Sous la lumière vive qui le frappait d'en haut, il avait l'air mort. Son visage exsangue était un masque. J'allai vers lui, prenant la couverture avec moi en guise de manteau, et je m'arrêtai devant lui.

— Ne fais pas ça, Michael, implorai-je.

Il me contempla fixement. Puis il hocha la tête et ses lèvres remuèrent. Pendant un instant, je crus qu'il allait de nouveau pleurer, mais ce ne fut pas le cas.

Je posai mes mains de part et d'autre de son visage et laissai choir la couverture. Par la fenêtre ouverte, la brise soufflait sur ma peau. Tout est possible, dis-je. En ce moment précis, nous avons le choix. Nous pouvons décider de recommencer. J'enfonçai mes doigts dans ses joues. Mes paroles m'émouvaient et des larmes ruisselaient sur mon visage, mais sans sanglots. Je repris. Tu ne comprends pas, mais moi si. Ceci n'est qu'une crise, qui peut nous envoyer dans un monde nouveau. Je souris. Tout va bien maintenant. J'écartai les mains et les tins à mes côtés. Je ris. C'était vrai. J'en étais sûre. Mon menton tremblait. Je pleurais et riais. Les miracles existent, fis-je.

Michael me fixait, les yeux étrécis, le visage inexpressif.

Je ne m'arrêtai pas.

— C'est simple, dis-je. Un geste, un signe. C'est tout.

Michael ne bougea pas.

Je me mordis les lèvres. C'était fini. Alors je détournai la tête afin de ne plus le voir, et je me rappelai le dénouement de *Rapunzel* : deux des larmes de la jeune fille tombèrent dans ses yeux aveugles, et il recouvra la vue. J'allai à mon placard, y pris ma robe de chambre et l'enfilai lentement, en me concentrant sur le nœud à ma taille. Puis je me retournai pour lui faire face.

— Je t'écrirai, dit-il.

Je hochai la tête. Puis je lui souris. Ce devait être un sourire terrible, car il eut un mouvement de recul. Il courba les épaules, regarda par terre. Avec ce mouvement, il entra dans le passé. Quand il enfila sa veste, m'embrassa encore et marcha vers la porte, il était déjà un souvenir. Sur le seuil, il s'arrêta pour me regarder, aussi immobile que sa propre photographie. Je dois avoir dit au revoir. Je ne sais pas. Après son départ, je me souviens d'avoir observé les objets dans ma chambre – la table et les deux chaises, le canapé de fortune, la couverture gisant sur le sol – avec une sorte de curiosité détachée. Presque au même instant, je pensai au costume. Je me rappelai mon enfance, quand j'imaginais que tous les objets étaient vivants. Je parlais à mes jouets, à mes couverts, à mes chaussures. En verrouillant la porte, je me sentis envahie par le désir de ressusciter cet univers.

L'été arriva, torride et familier. Avec mon premier chèque mensuel, je m'offris un climatiseur. Mes étudiants de Queens lisaient des nouvelles. Ils lisaient Melville, Hawthorne, Tchekhov, Babel, Kafka. Cinq jours par semaine, je prenais le métro puis un bus jusqu'à Flushing. Je veillais tard chaque soir pour corriger grammaire et expression, logique douteuse et franches inepties, travaillant longuement afin de repousser l'insomnie. Michael n'écrivait pas. Je pensais à lui tout le temps, et en pensant à lui je pensais à Klaus. Une sensation – de culpabilité, de tristesse, de déprime – s'était installée en moi et ne me quittait guère. Elle s'épanouissait à chaque temps mort : entre les cours, les rédactions et les conversations. Quand je me retrouvais seule, cette boule d'émotion informe était tout ce que je ressentais, et je voulais qu'elle disparaisse. Un besoin de me purger, de raconter l'histoire à quelqu'un commença de me tirailler. Il fallait que je parle.

A la mi-juillet, je fis un cours sur *Une petite brute*. L'édition n'avait pas encore paru, et je fis donc des photocopies du manuscrit que je distribuai à la classe. Pendant deux jours, je haranguai mes élèves sur le problème du mal. A la fin du second cours, je rugis : Qui est Klaus ? à leurs faces étonnées. Tina Jaworsky leva la main. Je ne sais pas, Miss V., dit-elle, il me semble que c'est un gamin plutôt normal. Il ne *fait* pas grand-chose. Elle réfléchit un instant. Mon frère a tué sa tourterelle quand il avait sept ans, il l'a jetée dans le cabinet et il a tiré la chasse. Et puis il a bramé pendant des heures. La classe rit. Je m'assis à mon bureau. A demain, dis-je, dix minutes trop tôt.

Le récit de Krüger n'offrait aucun indice, aucune prémisse de la moindre explication. Son histoire était une fausse piste. Ça me laissa vidée. Alors je décidai de rapporter le costume à Ruth et de lui parler de Klaus et de Michael. On se retrouva au *Tom's Restaurant*.

Elle était là lorsque j'arrivai, et ma vieille amie me parut magnifique. Ses cheveux roux étaient remontés souplement sur le haut de sa tête, et elle portait une simple tunique verte avec des sandales couleur bronze. Ruth n'avait plus l'air d'une étudiante.

— Comment vas-tu, Iris ? demanda-t-elle, le visage sérieux.

— Je vais bien, je suis contente de te voir, très contente. Tu es en beauté, tu as l'air heureuse.

— Je le suis. Son regard était ferme.

Dans son expression, j'aperçus une ouverture, un lieu où commencer. Je pris une inspiration. Le costume était posé près de moi, dans la housse du teinturier.

— J'ai apporté le costume de ton frère, déclarai-je.

Elle parut intriguée, puis s'exclama : Oh, ça ! Je l'avais complètement oublié. Je suis sûre que lui aussi.

— Il faut que je te dise, Ruth… Je parlais à voix basse. Je l'ai encore mis quelques fois.

Ruth sourit.

— Quelle importance, Iris ? Tu avais un ton si tragique que je pensais que tu allais me dire, eh bien, tout autre chose.

Je gardai le silence et contemplai ses boucles d'oreilles en or. Robert Cohen, décidai-je, était riche.

— Ça y est, Iris, dit-elle.

— Quoi, ça ?

— On est mariés.

— Toi et l'illustre Mr. Cohen ?

— Oh, Iris ! fit-elle. Elle semblait désolée. Tu n'aimes pas Robert.

— Tu te trompes, dis-je. Je l'aime bien.

— On a fait ça au palais de justice, en ville – rapidement, sans histoires. On va faire une fête, bien sûr, et tu es invitée. Et…

— Et tu es si heureuse, dis-je.

— Oui, mais ce n'est pas tout.

Je la regardai en souriant.

— D'accord, raconte.

Elle se leva et lissa l'étoffe de sa robe sur son ventre.

— Je suis enceinte.

— Oh, Ruth ! fis-je, et puis je le répétai, en ouvrant les bras. Elle me serra fort, et quand elle s'écarta je vis son visage convulsé d'émotion.

Je ne pouvais pas lui parler. Je savais que le motif de mon silence était le bébé, le fait qu'elle fût enceinte, mais la raison pour laquelle cet enfant à naître me mettait dans l'impossibilité de me confier à elle m'échappe encore. Avant de nous séparer, je lui dis : J'espère que c'est une fille.

— Ça m'est vraiment égal, répondit-elle, du moment que c'est l'un ou l'autre. Elle rit.

— Je sais, fis-je. Mais j'aimerais une fille.

— Alors je souhaiterai une fille, dit Ruth, pour toi.

Paris refit surface à la mi-août. En rentrant de Queens avec cinquante rédactions de débutants à corriger, je le découvris sur le perron de mon immeuble, vêtu d'un complet vert pomme et plongé dans la lecture d'un numéro d'*Interview*.

— Ulysse ! s'écria-t-il. Enfin, vous voilà revenu à moi.

Je lui souris.

— Ça fait une éternité, Pénélope.

— Des années et des années, mais je veux que vous sachiez que je vous suis restée fidèle.

— Depuis combien de temps êtes-vous assis là ?

— Pas longtemps.

— Votre notion de la durée est un mystère, fis-je, en observant les petites rides au coin de ses yeux.

— Je suis enchanté que vous le pensiez. Que diriez-vous d'aller dîner ?

— J'en serais ravie, répondis-je.

Paris me prit la main et la serra. La chaleur brouillait la lumière du soleil. Je fixai l'immeuble en pierres de taille de l'autre côté de la rue. Quelqu'un souleva le store d'une fenêtre au deuxième étage. J'aperçus un bras nu de femme, et me souvins de Michael.

Paris m'attendit pendant que je prenais une douche et me changeais. Il n'avait jamais vu mon appartement, et quand je sortis de ma chambre il en commenta l'austérité.

— C'est un euphémisme, Paris. La vérité, c'est que je suis pauvre comme Job. Votre délicatesse me surprend.

— J'ai adopté mes meilleures manières.

Il m'emmena à *l'Odéon*, dans Tribeca ; c'était un endroit brillant et bondé, fréquenté principalement par des jeunes gens vêtus de noir. Leur foule élégante se pavanait, imprégnant l'atmosphère d'une telle conscience de soi que c'était comme de l'action. Le restaurant était un chaos de regards lancés puis détournés, de notations mentales – le chic et le beau admirés, le pas-vraiment-chic et le pas-vraiment-beau écartés. Au bras du minuscule Paris, je fis mon entrée avec l'impression d'être une géante sur mes talons de sept centimètres et l'espoir que ma robe ne trahissait pas ses origines de cave à occasions. Mais une fois assise, je me détendis. Paris commanda du champagne et entreprit de m'amuser par ses piques à propos des gens qu'il connaissait aux autres tables. Vous voyez cette femme avec un ensemble violet, celle qui a le nez en trompette ? Riche, riche, riche. Propriétaire d'une galerie, mais la fortune c'est papa, dans le trafic d'armes. Et par là – il le désigna du menton – voilà Rick Hopper, le peintre. Il a mal tourné, ne peint plus que des oranges. Son œuvre pue. Il a eu son quart d'heure… Bouche bée, je dévisageais l'un après l'autre les différents personnages. Quand apprendrez-vous, Iris, que ça ne se fait pas de lorgner les gens ?

— Comment ça va, Paris ? demandai-je.

Il cessa de sourire.

— Pas très bien. Il posa une main sur son cœur. J'ai eu une attaque hier soir. Pouvais à peine respirer.

— Je suis désolée.

— Susan m'a quitté jeudi. Il y a encore tout un fourbi à elle dans mon appartement.

— Je ne savais pas que vous viviez ensemble, dis-je.

— Plus ou moins. Parfois plus, parfois moins.

— C'est vraiment fini ?

Il hocha la tête, plongé dans ses pensées.

— J'ai vingt-sept paires de ses chaussures dans mon placard.

— Vingt-sept ?

— J'ai compté.

— Faut croire que ça existe en ce monde, des gens qui possèdent vingt-sept paires de chaussures.

Paris fixait sa tarte aux framboises.

— Un homme que je voyais m'a quittée, moi aussi, dis-je. Cette déclaration sommaire me fit rougir. Quand Paris parlait de Susan, cela me paraissait naturel et simple, à peine privé. Mon allusion à Michael faillit m'étouffer.

Paris releva la tête.

— Pas Stephen ? demanda-t-il. Je connais Stephen.

— C'est vrai ?

— Il traîne avec une espèce de mannequin, une petite sotte.

— Ah.

Stephen était venu me rendre visite à l'hôpital, et je ne l'avais pas revu depuis. Qu'il y eût un lien entre Paris et lui, cela n'avait rien d'étonnant. J'avais entendu dire que Stephen écrivait des articles sur l'art, et ce monde était petit. Pourtant, je me sentais compromise.

— Alors Stephen a parlé de moi ? demandai-je.

— Il ne m'a pas raconté les détails de votre vie amoureuse, si c'est ça qui vous inquiète, fit Paris, seulement que vous aviez été son amie. Il eut un bref sourire. Ce qu'il m'a dit, c'est que des bruits circulent à propos de vous et d'un type plus âgé, un professeur, je crois…

Je serrai les lèvres et regardai fixement Paris. Il n'y a pas moyen de se cacher, pensai-je. Le secret n'est qu'une illusion.

Paris fronça les sourcils.

— Je suis désolé, dit-il. Commérages, purs commérages. Vous devriez entendre ce qu'on raconte sur moi. Si tout était vrai, je me trouverais au fond d'un bocal à l'école de médecine de Harvard.

Je me souvins de Ruth et de l'histoire du peintre qui s'était suicidé. Une image du mort m'apparut pendant un instant. Puis je vis Michael assis au bord du lit, le foulard noué abandonné sur le drap. La rumeur de cent conversations emplissait la pièce, et je devinai près de moi l'odeur de quelqu'un qui transpirait.

— Fichons le camp de cette baraque de foire, fit Paris en appelant le garçon d'une main simulant le geste d'écrire. Pourquoi n'irions-nous pas chez moi ? Il y fait calme.

Nous prîmes un taxi pour Chelsea. Paris ne parlait pas, et je regardais dans le vide. A un moment donné, il me tapota le bras. Il est gentil, pensai-je. Ce soir, il a été gentil. Paris paya le chauffeur, un taiseux à l'air sombre, puis me fit entrer dans son immeuble et monter deux volées d'escalier. Dans mon souvenir, son appartement est tout en verre – tables de verre, murs en briques de verre glauque, et plusieurs miroirs –, d'une transparence accentuée par de mystérieuses lumières que Paris réglait d'un bouton placé sur le mur. Rien n'était ancien. Même ses livres, rassemblés sur une grande étagère métallique, paraissaient neufs dans leurs jaquettes brillantes. Paris me montra du doigt un canapé blanc, s'assit en face de moi et versa deux cognacs.

— Je regrette d'avoir répété ce commérage de Stephen, dit-il. Je ne pensais pas à ce que je faisais. Il m'arrive d'être trop bavard. Vous me donnez l'impression d'avoir eu très mal.

Je relevai la tête.

— Ce n'est pas votre faute. Je suis d'une sensibilité excessive, ces temps-ci. J'avais les yeux humides, et j'avalai une gorgée de cognac.

— Ne vous en faites pas, Iris. Vous pouvez me raconter. Ne vous en faites pas.

La permission m'avait été accordée, et je me lançai dans cette ouverture à la façon d'un animal désespéré. Ce fut un déballage. Je lui dis tout : Klaus, Stephen, l'hôpital, la soirée de mes yeux bandés. Des sanglots envahissaient mes phrases, mais j'arrivai au bout, en ponctuant chacune de mes propositions du refrain imbécile : je ne sais pas. Tant que je parlai, je ne regardai pas Paris. Je racontai mon histoire à la ville, au-delà des grandes fenêtres, les yeux sur ses lumières et ses cavernes de ténèbres. Nous nous trouvions très à l'ouest, près des quais et du fleuve. Il y eut des périodes de calme intermittent où je parlais d'une voix normale, en m'efforçant d'expliciter ce qui s'était passé, et puis je me remettais à pleurer de plus belle, à manquer de souffle, à renifler et à produire de curieux petits bruits. Pendant ces intervalles, Paris manifestait sa sympathie par de menus claquements de langue, que j'interprétai comme une autorisation supplémentaire à poursuivre mon récit désordonné. Quand j'eus enfin débité ce que je considérais comme les dernières bribes de ma confession, je me tournai vers lui.

Il était allongé dans le fauteuil blanc, son verre de cognac entre les mains. Un plafonnier invisible projetait sur lui un nuage de lumière. J'apercevais les grains de poussière dans son rayon. Il cligna des yeux puis bâilla. Pendant une fraction de seconde, les couronnes argentées de ses dents scintillèrent. Je me penchai en avant, agrippée au bras du canapé. Son visage me paraissait changé. Il me fit un sourire en coin.

— J'aime bien l'histoire du flic. Je le vois d'ici ! Il rit.

— Ce n'est pas drôle, dis-je, en le regardant fixement.

— Allons, Klaus, répliqua-t-il en insistant sur le nom. C'est à mourir de rire.

— Non, dis-je. Je secouai la tête et, insensiblement, m'éloignai de lui sur le canapé, sans quitter son visage des yeux.

— Iris. Il souriait maintenant. Un peu de perspective, voyons, un peu d'humour ! Pendant quelque temps, vous vous baladez dans votre déguisement d'Halloween. Ça je le savais déjà, et j'admets que c'était un peu étrange, mais ça ne vous rend que plus intéressante. Stephen intervient ici, quelque part. Ce qui me déçoit, parce que, franchement, il est assommant. Vous avez de la chance d'en être débarrassée. Tout ça vous rend malade, vous avez des maux de tête et vous passez quelque temps *uptown* dans un service de neurologie. Et puis vous rencontrez Machin. Appelons-le simplement pépé. Pépé vous a un peu brutalisée, un soir, et il est sorti de votre vie pour toujours. Tout se résume à peu près à ça, non ?

Je me levai. J'eus un vertige et dus retrouver mon équilibre.

— Vous êtes un monstre, lui dis-je. Ma voix me parut petite, bouleversée. Je fis un pas en arrière et me cognai au canapé.

— Allons, écoutez, dit-il. Je sais que vous trouvez tout ça pénible, mais si vous le considérez sous un autre angle, ça s'évapore. Ce n'est rien. Je pourrais vous en raconter… Vraiment, Iris, asseyez-vous.

— C'est incroyable. Il y a une heure, vous jouiez l'ami débordant de sympathie, de compréhension. Qui diable êtes-vous, maintenant ?

— Je ne sais pas pourquoi vous vous énervez à ce point. Je me suis un peu moqué de vous, et alors ?

— Paris, je vous ai fait confiance au point de tout vous dire. Nous étions amis.

Il fixa sur moi des yeux aveugles.

— Conneries, fit-il, sans élever la voix. J'étais quelqu'un de commode, une distraction de temps à autre, mais pas à prendre au sérieux, vraiment pas un premier rôle. Je suis trop petit, vous vous en souvenez ?

J'avais la nausée. Le cognac, pensai-je. J'écartai les pieds pour me sentir plus stable.

— Comment vous appelez-vous en réalité ? demandai-je.

Il resta assis, immobile sur son siège. J'ai touché un nerf, me dis-je.

— Quel nom vos parents vous ont-ils donné ? Quel nom ?

Il ne cligna même pas des yeux.

— Fred, peut-être ?

— Non.

— Arnold, dis-je. C'est mignon, Arnold. Alfred, Abner. Mon Dieu, il y a des milliers de possibilités. Buddy, Bert, Bertrand, Brian, Billy, Buster, Caleb, Curtis. Les prénoms surgissaient dans ma tête. Oublions l'alphabet. Dick, Dickie, Rick, Ricky, Constant, Con, Connard. L'invective me plut. Jules, Julot, un jules, le jules… Olivier, Walter, Allan, Georges. Quel nom ?

Le sourire de Paris était placide.

— Vous êtes cinglée. Il plongea un doigt dans son cognac et le suça. Calmez-vous.

Les reflets dans la pièce me rendaient malade. Je fermai les yeux.

— Il y a peut-être un *junior* attaché à votre nom. Bob junior, un petit Jim. Vous êtes un junior, n'est-ce pas ? Je le regardai. Je ne pouvais contrôler le tremblement de ma bouche.

— Laissez tomber, dit-il. Vous êtes ivre.

Je repris mon souffle. Ma voix s'apaisa.

— Quel que soit votre nom, il doit vous paraître terrible. N'importe quelle existence peut être transformée en mauvaise blague – la mienne, la vôtre – mais pourquoi avoir fait ça ? Vous avez voulu que je parle. Vous m'avez encouragée. Pourquoi ? Pour un instant d'émotion vraie ? Pour un peu de piquant ? Un peu de pouvoir dans la grande méchante cité ? C'est ça ? Quel usage pouvez-vous bien avoir de moi ? Je ne peux vous servir à rien.

— Bien dit pour quelqu'un qui ne tient pas sur ses jambes, dit-il. Mais vous vous leurrez. Vous ne m'avez jamais aimé pour ma sincérité. Je vous fascine. C'est la seule chose qui compte, Iris. Vous n'êtes pas si grande dame que vous en prenez l'air. Il n'y a pas de règles, pas vraiment. Qui les édicte ? Dieu ? Je crois que vous vous intéressez à ce qui est sale, un brin cruel. Ça vous excite. La vie est un cirque, ma chère. Pourquoi lutter ?

Paris écarta les bras et me fit signe de venir près de lui.

La pièce bougeait. Ma vision manquait de stabilité.

— Vous pensez vraiment tout ça, n'est-ce pas ? demandai-je.

Il fit oui de la tête.

— Embrassez-moi, dit-il, et il posa un doigt sur ses lèvres. Vous n'êtes pas curieuse ? Sentez l'effet que ça fait.

— Je m'en vais, dis-je. Je m'en vais tout de suite.

Il se leva. La veste verte était toute chiffonnée. Je contemplai avec stupeur sa coiffure idiote. Il mit ses doigts sur mon bras. Je ne bougeai pas. Il prit ma main et la fixa, en frottant ma paume du pouce. Puis il la lâcha et mon bras retomba à mon côté comme un morceau de bois.

— Vous ne pourriez sans doute pas, ce soir, concéda-t-il. Je vous appelle un taxi.

— Non, dis-je. Je marchai vers la porte. Il me devança et l'ouvrit. Dans le corridor, je me retournai et regardai à l'intérieur par-dessus sa tête. Je ne dirai rien, pensai-je. Paris avait une main sur le cadre de la porte.

— Eh bien, au revoir, alors, fit-il. Je vous ferai signe.

Je le regardai dans les yeux. Puis je tournai la tête très lentement de droite à gauche, un non silencieux.

Paris ôta soudain sa main de la porte et l'envoya vers moi, l'enfonçant entre mes jambes à travers l'étoffe de ma robe.

Mes épaules et mon menton tremblèrent. Je pivotai et m'engageai dans l'escalier, descendis en m'agrippant à la main courante. Dans la rue obscure, la nausée me rattrapa et je vomis entre deux immeubles. Pendant quelques minutes, je restai debout, immobile, à écouter le bruit de ma respiration. Puis j'enlevai mes souliers et courus vers la station de métro, je courus, chauve-souris échappée de l'enfer.

BABEL

Extrait du catalogue

136. RAMÓN GÓMEZ DE LA SERNA
Seins

137. HANAN EL-CHEIKH
Femmes de sable et de myrrhe

138. BAPTISTE-MARREY
Edda H.

139. ANTONIO MUÑOZ MOLINA
Beltenebros

140. JOSHUA SLOCUM
Navigateur en solitaire

141. CARLO COLLODI
Les Aventures de Pinocchio

142. NANCY HUSTON
Cantique des plaines

143. MAURICE CHAPPAZ
Chant de la Grande Dixence / Le Valais au gosier de grive

144. LIEVE JORIS
Mon oncle du Congo

145. FÉDOR DOSTOÏEVSKI
Les Démons, 1re partie

146. FÉDOR DOSTOÏEVSKI
Les Démons, 2e partie

147. FÉDOR DOSTOÏEVSKI
Les Démons, 3e partie

148. EMMANUEL ROÏDIS
La Papesse Jeanne

149. LÉONIE D'AUNET
Voyage d'une femme au Spitzberg

150. MARLEN HAUSHOFER
Nous avons tué Stella

151. JACQUES POULIN
Le Vieux Chagrin

152. JULES RENARD
Journal (1887-1910)

153. JEAN MARTET
Les Cousins de Vaison

154. ROGER BASTIDE
Images du Nordeste mystique en noir et blanc

155. HERMANN HESSE
La Leçon interrompue

156. DENIS DIDEROT
Les Bijoux indiscrets

157. ALEXANDRE PAPADIAMANTIS
Les Petites Filles et la mort

158. VASSILI PESKOV
Ermites dans la taïga

159. JEAN-CLAUDE GRUMBERG
Les Courtes

160. PIERRE MERTENS
Collision

161. FÉDOR DOSTOÏEVSKI
Notes d'hiver sur impressions d'été

162. INTERNATIONALE DE L'IMAGINAIRE N° 4
La Musique et le monde

163. PAUL AUSTER
Mr. Vertigo

164. ABBÉ LHOMOND
De viris illustribus urbis Romæ

165. GUY DE MAUPASSANT
Les Horlas

166. ÉLISÉE RECLUS
Histoire d'un ruisseau

167. MICHEL TREMBLAY
Le Cœur découvert

168. MICHEL TREMBLAY
Le Cœur éclaté

169. BÉATRIX BECK
Grâce

170. RAUDA JAMIS
Frida Kahlo

171. HOMÈRE
L'Iliade

172. HOMÈRE
L'Odyssée

173. RAMÓN CHAO
Un train de glace et de feu

174. ROBERT DOISNEAU
A l'imparfait de l'objectif

175. ALEXANDRE DUMAS
La Chasse au chastre

176. JACQUES GAILLARD
Beau comme l'Antique

177. PASOLINI
Théâtre complet

178. JEF GEERAERTS
Black Venus

179. MICHEL TREMBLAY
La grosse femme d'à côté est enceinte

180. MICHEL TREMBLAY
Thérèse et Pierrette à l'école des Saints-Anges

181. BRAM STOKER
La Dame au linceul

182. Théâtre de marionnettes

183. EDMOND DE GONCOURT
La Faustin

184. CONRAD DETREZ
Les Plumes du coq

185. NICOLAS VANIER
Transsibérie, le mythe sauvage

186. BERBEROVA
Où il n'est pas question d'amour

187. DANIEL DEFOE
Robinson Crusoé

188. ANTON TCHEKHOV
La Mouette

189. ANTON TCHEKHOV
L'Homme des bois

190. INTERNATIONALE DE L'IMAGINAIRE N° 5
La Scène et la terre

192. ALEXANDER LERNET-HOLENIA
Le Régiment des Deux-Siciles

193. ARISTOPHANE
Les Oiseaux

194. J.-P. FAYE / A.-M. DE VILAINE
La Déraison antisémite et son langage

195. JACQUES POULIN
Les Grandes Marées

COÉDITION ACTES SUD – LEMÉAC

Ouvrage réalisé
par l'Atelier graphique Actes Sud.
Achevé d'imprimer
en mars 2004
dans les ateliers
Bussière Camedan Imprimeries
à Saint-Amand-Montrond (Cher)
pour le compte
d'ACTES SUD
Le Méjan
Place Nina-Berberova
13200 Arles.

N° d'éditeur : 2105
Dépôt légal
1re édition : février 1996
N° impr. : 041231/1